河出文庫

俺の残機を投下します

山田悠介

河出書房新社

CONTENTS

俺の残機を投下します

「残機」

ゲームにおいてあとどれだけプレイできるかを示す許容回数。

自分自身の姿を外界に見る幻覚「分身」や「ドッペルゲンガー」などとも言われる。

現実世界では、「ドッペルゲンガー」に出会った者は死ぬという伝承がある。

PROLOGUE

プレイヤー席に座った一輝《かずき》は焦っていた。

額から噴き出た汗が頬を伝い首筋に流れていく。レバーを握る手にも汗が滲み思うような操作ができない。呼吸が浅くなり、その目は極度の緊張で充血していた。

舞台上にはいま一輝が操る〝ソウヤ〟が満身創痍《まんしんそうい》で佇《たたず》んでいる。対峙する敵のキャラクター〝ダバロス〟の巨体がいつにも増して大きく見えた。


横浜みなとみらいにあるイベント会場には朝から多くの客が詰めかけていた。

前日の予選を勝ち抜いた一般参加者に、プロの招待選手が加わって決勝トーナメントが繰り広げられている。

国内屈指のｅスポーツイベント。世界タイトル、日本タイトルを決めるチャンピオンシップ大会に次ぐ規模のイベントだ。優勝者には賞金五百万円に加えて、今年の夏に初めて日本国内で開催されるワールドカップのシード権が与えられる。

ゆえに、プロゲーマーであるイッキこと上山《かみやま》一輝は絶対負けるわけにはいかなかった。

集中を維持しながら舞台の背景に映し出された〝ライフ〟を確認する。ソウヤはすでに１００のうち残り４。敵にも相当のダメージを与えていたが、ソウヤより多い９だった。

格闘ゲームにシューティングゲームのような残機はない。今大会は〝3先制〟、つまり早く三勝したほうが勝者となる。

次の一撃をどっちが成功させるかが勝負の分かれ目だった。

薄暗い会場は一万人の観客で埋まっている。後ろのほうには立ち見も出るほどだ。そんな中、舞台上は仄《ほの》かにライトアップされ、3Dホログラムで映し出されたキャラクターが次の攻撃の間合いを窺って身体を上下させている。

一輝はレバーを握る手に力を込めた。

ここは温存していたウルトラコンボ（必殺の連続技）を繰り出す絶好の機会だ。

ダバロスがその毛むくじゃらな脚を一歩踏み出した瞬間、一輝は息を止めた。

一フレーム六十分の一秒という刹那に連続してコマンドを打ち込み続ける。それにはわずかなリズムの乱れも許されない。もしちょっとでもタイミングを損なえば、一撃必殺の大技は繰り出されることなく空振りに終わり相手の攻撃の餌食《えじき》になるだけだ。

それでも一輝には自信がある。何万回も繰り返し練習してきた必殺技だ。頭でなく身体にリズムが刻まれている。

息を止めた瞬間、一輝の両手が空を裂く。超絶技巧を駆使するピアニストのそれを思わせた。カメラが一輝の手元をとらえる。モニターに見入っていた観客席から一斉にどよめきが響いた。

「イッキ選手行った‼」

アナウンサーの声がこだまする。

観客の誰もが一輝の逆転劇を予想した、次の瞬間だった。

ダバロスがその巨体を瞬時に引く。

それはソウヤのコンボを予想していたかのような早業だった。

一輝のコマンドは完璧で、舞台上のソウヤは華麗な動きで大技を繰り出し最後の〝烈《れっ》風投掌拳《ぷうとうしょうけん》〟につなげている。しかしそれはさっきまでダバロスがいたスペースで虚しく披露され空振りに終わった。

そしてダバロスはそんなソウヤの崩れた体勢を見逃さない。巨体を大きく回転させると蒼い炎が身体を包む。これもまたダバロスが持つ最高級の技だ。そのままソウヤ目がけて飛んできた。

一輝はもちろん、その場にいた観客の誰もがその一瞬の攻撃をスローモーションのようにゆっくり感じる。蒼い炎はソウヤをとらえその細身の身体を空中に放り投げた。

一輝の耳から音が消える。

直後、会場から叫びのような歓声が沸き起こった。

『KO!』

3Dホログラムの文字が舞台上に大きく浮かぶ。

そしてアナウンサーの宣告が響き渡った。

「初優勝っ！　ダバロス使いのマメ助《すけ》ー！」

目を開けた一輝はぼんやりと天井を見上げていた。

オレンジ色がかった光がカーテンの隙間から差し込み天井を同じ色に染めている。

見覚えのない景色、馴染みのないベッドの柔らかさ。眼球だけを動かしてあたりを観察しながら、ゆっくりと頭を巡らせた。

遠くから低いどよめきが聞こえてくる。そのことに気づいて一輝は徐々に状況が摑めてきた。頭はさっきまでの興奮でまだ痺れたようにボーッとするがポツリと言葉が漏れた。

「負けたんだ――」

自分が参加していた格闘部門は終わった。ただ、まだシューティング部門やスポーツ部門など、さまざまなジャンルの試合は続いているのだろう。

状況が摑めてくると格闘部門の決勝の光景が甦ってくる。それは痛みをともなった記憶だった。

満を持しての大技は寸分の狂いもなく繰り出した。この瞬間のためにずっと使うことなく温めてきたのだ。誰も見たことがなければ対策を練られることもない。技の存在はゲームメーカーが出すガイドブックに載っていたが、あまりに複雑なコマンドのために実際に使える者はほぼいなかった。

そうなると意地でも習得したくなるのが一輝の性格だ。

ここぞという場面で披露してみんなの度肝を抜きたい。

こんなとき一輝は自分でも驚くほどの集中力を発揮できる。コツコツと練習してついに習得した技だった。最高の舞台、最高の相手、ここで成功して優勝すれば世間の注目を浴びるのは間違いない。

けれど……

その目論見《もくろみ》は見事に外れ、むしろ対戦相手の恰好の引き立て役になってしまった。

『伝説の技をも華麗にかわし、驚異の新人初優勝！』

明日の新聞の見出しが頭をよぎり一輝は深いため息をついた。

「お、気づきましたか？」

カーテンを引く音がしてベッドサイドに白衣の男が近づいてきた。医務室に詰めているドクターだろう。

慌てて起き上がろうとするのをドクターが制する。

「ゆっくりしていってください。まだ試合は続いています」

「俺は……」

男はサイドボードに置かれたペットボトルを摑んで一輝に渡す。

どうもとつぶやいて受け取ると、一輝は蓋をひねって一口飲んだ。妙に甘ったるい液体が喉の奥に流れていく。

「いやぁびっくりしましたよ。緊急連絡が入って駆けつけたらプレイヤー席で気絶してるんだもんな」

「……そうか」

「覚えてないんですか？　試合終了直後に気を失ったらしいです。相当張りつめたゲームだったんですね」

熱狂のゲーム会場では毎年数十人の来場者が医務室の世話になる。立ち込める熱気で熱射病や脱水症状を起こす者や、大混雑で転倒して怪我する者、さらに試合が白熱した挙句の喧嘩などだ。とはいえプレイヤーが医務室に運ばれることは珍しい。

「これ、主催者が届けてきましたよ」

そう言ってドクターが一輝に渡したのは、準優勝のメダルだった。

黒いプラスチックケースの蓋を開けるとシルバーに鈍く光るメダルが収まっている。表彰式はとっくに終わり、気絶していた一輝は参加することができなかったようだ。

一輝はそれを見てふたたび大きく息を吐いた。

この大会で一輝は再起を誓っていた。ここ一年は主だった大会で良い成績を挙げられず、直前の試合では予選敗退を喰らっている。

所属事務所ＵＥＭの監督からは、この大会で優勝できなかったら夏のワールドカップには参加させられないと告げられていた。

人気競技だけに若手はどんどん育っている。一度つまずけばどんどん転がり落ちていくのがこの世界だ。

つまり一輝はプロゲーマーとして土壇場にいた。

それなのに優勝することができなかった。賞金だって優勝と準優勝では雲泥の差である。しかも賞金がそのまま一輝の手に渡るわけではない。事務所に振り込まれたのち、給料という形で一輝たちは受け取るのだ。手取りはわずかだけ。カツカツの状態が続いていた。プロとして専業でやっていくのはかなり厳しくなっている。

「もういいっす」

おもむろに起き上がった一輝は、ゆっくりしていきなさいと言うドクターを無視してベッドを降りた。

足元に転がったスニーカーをつっかけて立ち上がる。気を失ったときに頭でも打ったのか、右の額がズキリと痛む。手を当てると絆創膏《ばんそうこう》が貼られていた。

「大丈夫？　足元ふらついてますよ」

心配そうなドクターに顎を突き出すようにぞんざいなお辞儀をすると、一輝は医務室をあとにした。

明るい蛍光灯に照らされた廊下を進み『会場』と貼られた扉を開けると、一瞬で世界が変わる。そこには熱気に満ちた戦いの現場が広がっていた。暗い会場に大音量のＢＧ

Mが鳴り響いている。

頭に響くその音を避けるように進むと、選手控室のロッカーからリュックを取り出し足早に建物の外に出た。

さっきまで夕方の光に包まれていたのにいつの間にか陽が落ちている。それでも日曜のみなとみらい駅前は賑やかな雰囲気に満ちていた。

大会会場のような張りつめた空気ではない。家族連れやカップルたちが楽しそうに会話しながら行き交っている。背中のリュックがやけに重い。周りと自分のまとっている雰囲気にあまりの落差を感じる。一輝は取り残されたような感覚に陥ってとぼとぼと改札口に続く地下への入口へと歩いていった。

ところがそこで一輝は眉根を寄せた。

目の前が一瞬発光し真っ白になる。チカチカと光が明滅したかと思うと次の瞬間強烈な痛みが頭に走った。

ドクターがゆっくりしていきなさいと言っていたのを思い出す。

記憶はないがもしかしたら思った以上に頭を強く打ったのかもしれない。

空を見上げると頭上にそそり立つ大観覧車のシルエットが歪《ゆが》んで見える。頭痛はどんどん酷くなりついに一輝は歩みを止めた。

すぐそばの生垣の縁に腰掛けてうつむく。痛みはドクドクと脈に合わせて頭に響く。吐き気までしてくる始末だ。

数十分はそうしていただろうか。

ようやく痛みが引いてきて険しい顔が緩んできた。

頭を打ったのだけが原因ではないだろう。思考をフル回転させてテンションがマックスになっていたから、負担がかかり過ぎたのかもしれない。しかもここ数日は緊張でろくに眠れていなかった。

早く帰って今日はとにかく眠ろう。

近々事務所に行って今後のことを監督に相談しなければならないが、まずは休息が必要だ。これからのことは起きてから考えればいい。

周りを行き交う人たちはそんな一輝にまったく気づかない。一輝はゆっくりと生垣から立ち上がりふたたび歩き出した、そのときだった。

「一輝さん――」

喧騒から一輝を呼ぶ声がする。

振り返るとそこに三人の男が佇んでいた。

STAGE.1

1

「それじゃあさっそく明日から入ってください」

「はい……」

四十代後半の店長に言われ一輝は力なく返事をした。

店長はすぐに椅子から立ち上がり手狭な事務所をあとにする。一輝は慌ててリュックを摑み店長のあとを追った。

前を歩く男の頭頂部は薄くガリガリの身体からは萎《しぼ》んだ中年の哀愁が漂っている。一輝はみぞおちあたりの重苦しさを抑えつけて店を出た。

振り返った視線の先に五階建ての商業ビルが立っている。エンターテインメント施設の全国チェーン・プレイングワン桜木町《さくらぎちょう》店である。横浜桜木町は一輝のいまの地元だ。

そしてここが明日からの一輝のバイト先だった。

「あのハゲ、ふざけやがって！」

一昨日、満を持して臨んだ大会は準優勝に終わった。

そして昨日、一輝はJR横浜駅前にあるプロゲーマー事務所UEMを訪ねて監督の梅本《うめもと》と面談した。その席で、遠征参加メンバーから外れることと来月からの減給を告げられたのだ。

実力がモノを言うプロの世界とはいえ、あまりに露骨な待遇の変化である。

ただ、勝てない日が続いたここ一年の間に言われ続けていたことなので仕方がない。準優勝でも約束の優勝ができなかったことに変わりはないのだ。監督もそのことには触れてくれた。

『準優勝する実力はあるんだ。しっかりやればまだまだ返り咲けるよ』

やり場のない苛立ちが募る。明日からの生活に思いを巡らせて思わずチッと舌打ちした。

梅本は黎明期の業界を支えた伝説的なプロゲーマーだ。

十代から活躍して日本第一号のプロになった。その後三十代前半で現役を引退するまで手にした世界タイトルは数知れない。ゲーマー名はそのまま〝ウメモト〟〝UMEMOTO〟だが、その強さから世界中で〝モンスター〟と呼ばれていた。いま日本で活躍するゲーマーはみんな彼に憧れてこの世界に入ったと言っても過言ではない。

そんな梅本が立ち上げた事務所が一輝が所属する梅本eスポーツマネージメント（UEM）である。

ＵＥＭに所属するプロゲーマーの収入は、基本給に加えて成績によって増減するインセンティブ制をとっている。しかも闘争心を煽《あお》るためにインセンティブの比重が高かった。つまり基本給は鼻血が出るほど安い代わりに、好成績を収めたときのボーナスがでかいのだ。

この一年で一輝の基本給は毎月のように落ちまくり、昨日の面談でついに二十万を切ってしまった。しかも一年ごとの専属契約を結ぶプロゲーマーは正社員ではなく個人事業主である。ここから税金などが引かれ手元に残る額はさらに低い。臨時ボーナスで稼ぎまくれば〝億り人〟になるのも夢ではないが、いまの一輝にはこれがリアルだった。プロゲーマーとしてだけでは暮らせない。そこで仕方なく受けたのがさっきのバイトの面接だったのだ。

バイト先としてＵＥＭがある横浜駅前は論外だ。同僚ゲーマーにバイトしている姿を見せるのは死んでも避けたい。と言ってもゲーマーとしての練習時間も確保したいので家からなるべく近くでできる仕事がいい。しかもどうせ働くなら特典付きの仕事が良かった。そこで目を付けたのが横浜駅にもほど近い一輝の地元のプレイングワンだった。

プレイングワンは全国に何十店舗も展開している娯楽施設で、ボウリング場やローラーブレード場などを完備している。家族連れやカップルが一日中気楽に楽しめるので人気だ。今年ブレイクしたアイドルグループを起用してテレビＣＭも流している。桜木町店ではないが一輝も小さいころから入り浸っていて馴染み深い。

当然ゲームセンターもあり、小学生時代はそこで腕を磨いたと言っても過言ではない。どうせバイトするならゲームに囲まれたところがいい。うまくすればタダで最新機種の練習ができるかもしれない。バイト先に選んだのにはそんな打算もあった。

ところがさっきの面接で無事採用にはなったものの、ハゲ店長はカラオケに一輝を配属させたのだ。

『俺一応そこそこ有名なプロゲーマーなんですけど……』

面接の終盤でそう反論したのだがちらっとこちらを見た店長の目は冷たかった。こんな会社に勤めているのにゲーム業界には疎《うと》いようだ。『イッキ』という名前も知らないのだろう。返ってきたのは素っ気ない言葉だった。

『ゲーセンは人が足りてるんですわ。お願いしたいのはカラオケの接客です。無理なら他の人に代えるからいいですよ』

思い出すだけで腹が立つ。が、背に腹は代えられない。二十九歳の今までゲームしかしてこなかった一輝にはできる仕事は限られている。

『どうします？』

訊き返してきた店長に一輝はポツリと返事をした。

『お願いします』

バイトの面接を終えた一輝はそのまま電車に乗って横浜駅に出た。

西口ロータリーを右手に見て回り込んだ路地裏にUEMの事務所ビルが立っている。一フロアこそ大した広さではないが地上七階の建物だった。

最上階が社長兼監督の梅本の個室や経理部。六階は備品や機材、過去の試合のデータを収めたライブラリーと、最大十人まで寝られる宿泊施設。一階は受付スペースと営業部。二階は所属ゲーマーの対戦模様をWEB配信するスタジオ。三階から五階までの三フロアが所属ゲーマーたちの練習場だった。ジャンルごとにフロアが分かれてそれぞれにコーチがついている。

一輝の所属する格闘部門（格ゲー部）は三階だ。eスポーツとしての歴史も古く競技人口も多い。いわば花形ジャンルである。

世界的にはFPS（ファーストパーソンシューター）と呼ばれる一人称目線の狙撃ゲームが人気だ。UEMではこれに加えてオンラインカードゲームとスポーツゲームの部門もある。

これらはチーム制をとっていたが格ゲーは完全に個人競技である。他人とのコミュニケーションなんて面倒くさい。一輝には格ゲーが性《しょう》に合っていた。

プレイヤーは一対一で対峙し選んだキャラクターで格闘技を繰り広げる。持ち点である〝ライフ〟は100。相手に攻撃を仕掛けて自分より先に相手のライフを0にすれば勝ちだ。

UEMには全部で八十名が勤めている。そのうち選手は六十名ちょっと。残りはスタッフだ。選手のうちの十名が事務所の中核をなす〝一軍〟である。

海外遠征や事務所での合宿は基本的にこの一軍が行う。基本給を下げられたとはいえ一輝ももちろん一軍に所属していた。

扉を開けて中に入ると、まだ午後の二時過ぎだというのに部屋は熱気に満ちている。いつもながら素人が遊ぶゲーセンとはまったく異なる雰囲気だ。

「おうイッキ、ちょうどいいとこに。これ、お前ならどうする？」

3Dホログラムのメガネをチラッとずらして手招きしてきたのは先輩ゲーマーの〝もふもふ〟だ。

プロゲーマーはたいていゲーマー名を持つ。本名でプレイする人は稀《まれ》だ。

一輝は単に本名の呼び方を変えて『イッキ』と名乗っている。

そしてゲーマー同士はこのゲーマー名で呼び合うのが普通だった。同じ事務所に所属していてもそれは変わらない。昔本名を聞いたような気もするが、もふもふの本名が高《たか》橋《はし》だったか高木《たかぎ》だったか忘れてしまった。試合でも使うゲーマー名のほうが便利なのだ。

もふもふは一輝より二つ年上である。チビのくせに横幅だけは人一倍あり、おそらく百キロは超えている。なにより目立つのはその頭髪の量だった。天パーの髪は適度な長さで切られているもののアフロのように広がっている。〝もふもふ〟はあまりに的確なネーミングで覚えやすい。名付け親は学生時代のイジメっ子らしい。

一輝は自分専用のロッカーに荷物を放り込むと、中から3Dホログラム用メガネ〝ホログラス〟を取り出して装着した。

こめかみ部分にあるスイッチを長押ししてもふもふのゲームに同期させる。

同期完了の電子音が鳴った直後、目の前に荒野が広がった。

「何回やっても相手に逃げられちゃうんだよな。いくら強力技だって当たらなきゃ意味がない」

見ると、ホログラスに広がっていたのは大人気格ゲー・トランス・ファイターのⅫで舞台は西部開拓時代だった。

〝トランス〟は日本の大手ゲーム会社の看板商品で、世界中に億のファンを持つ大人気シリーズである。先日の国内での大きな大会のみならず、格ゲー世界大会でもトランスが採用されることが多く、ＵＥＭでも常にこのソフトで練習していた。

もふもふはトランスのキャラクター〝ガリュー〟の使い手で、流れるような連続攻撃に定評がある。その太い指のどこからあの繊細な動きが引き出せるのかいまだに謎だ。世界タイトルの経験はないが常に上位の実力者で、ＵＥＭ格ゲー部の中でも兄貴的存在である。

もふもふはオンラインの対戦ではなく、ソフトにデフォルトで入っているプロモードの敵を相手に練習していた。

普段であれば同僚から質問されても一輝はほとんど応えない。

同僚といえども個人戦の格ゲーでは皆ライバルだ。

後輩に手の内を見せたくない。

しかし唯一の先輩であるもふもふは別だ。すべてさらけ出すつもりはないがあまり邪険にもできない。

「直前の動きが問題でしょ」

「相手を刃圏《はけん》に入れるんだろ。そんなことは分かってるんだよ。でもコマンドの間に引かれるんだ」

「ちょっと……」

一輝は言いながらパイプ椅子に座ると、もふもふのアーケードコントローラーを自分の膝の上に載せた。レバーに左手を被せていつもの戦闘体勢をとる。

ガリューは以前使っていたことがある。その技の練習も一通り積んでいた。コマンド入力の速さ、的確さには、プロゲーマーの間でも定評がある。

一輝は一時停止を解いてゲームを再スタートさせると、相手の踏み込む動作に合わせて右手を連打した。

さっきまでもふもふが何度繰り返しても逃げられていた大技が、見事に相手の顔面に炸裂する。一輝の右手のあまりの速さに相手も逃げる間を失ったのだ。大技の前の〝タメ〟がまったくなかった。

「おおっすげーな。いまどうやったんだよ！」

あっけなくクリアされてもふもふの闘志に火がついた。

「いや別に、特別なことをしたわけじゃないです。コマンドの流れは身体に染みついてるっていうか、考えなくても動きますから。コツといえば――」

「コツといえば？」

「レバーの握り方っすね。もふもふさん、いつもは〝被せ〟でしょ？　それをこのときだけ〝摑み〟に変えるんですよ」

一輝のアドバイスを受けてもふもふが宙で動きをチェックする。家庭用ゲーム機と違いプロが使用するアーケードコントローラーにはレバーが付いていて、その握り方にはかなりの種類が存在する。王道から変則的なものまでさまざまだが一般的なのは〝被せ握り〟だ。レバー上部の球を掌《てのひら》で上から包むように握る。それに対して〝摑み〟とは、いくつもの亜流はあるもののレバー全体を横から摑む方法だ。それぞれやりやすい方法をとるのだが、その効果は一長一短で絶対的に有利な握り方など存在しない。

「なんでだよ。そんなことしたら次の動きがやりづらいだろ」

「ガリューの大技・不動砲は最後にレバーを左右に二回振るでしょ？　そのとき〝被せ〟だと一フレーム遅れる。それでも技は出るけど一瞬の間が生まれるんです」

指摘され、コントローラーを取り返したもふもふが一輝の言うとおりにやってみる。するとと今までのプレイが嘘のように一発で成功した。

「やったぁ！」

もふもふが巨体を揺すって小学生のように手を上げる。三十過ぎのおっさんとは思えない無邪気さだった。

「何年ゲーマーやってんすか。それくらいご自身で気づいてくださいよ」

あまりに無邪気な喜び方に、一輝はホログラスを外しながら先輩を皮肉る。

ぶっきらぼうな一輝の言い草にもふもふが明らかにムッとしている。一輝はそれを無視してその場を離れた。

一輝は同僚ゲーマーの間をすりぬけて窓際の定位置にくると、椅子に腰掛けホログラスをふたたびかけた。机の上のゲーム機の電源を入れてインターネットにつなぐ。サーチモードを〝レジェンド〟にして世界中からハイレベルな対戦相手を探すと、すぐにアフリカの選手とつながった。

「ハロー、アイム イッキ。マイ キャラクター イズ ソウヤ。ＯＫ？」

「イエス、シュア」

ホログラスに内蔵されたマイクで簡単な会話を交わす。時差を思えばいったい相手は何時にプレイしてるんだ。一瞬浮かんだそんな疑問を流して一輝は練習にのめり込んでいった。

2

一九七〇年代に普及し始めて八〇年代に空前のブームを巻き起こしたコンピューターゲーム機は、その後飛躍的な発展を遂げてきた。

喫茶店に設置されたインベーダーゲーム機の流行が第一次ブーム。そして一九八三年にリリースされた任天堂の家庭用ゲーム機〝ファミコン〟が第二次。毎年多くのゲームがリリースされてプレイヤーは爆発的に増えていった。

ファン人口の増加とレベルの向上によって独自の文化が生まれ、ゲーム業界は活況を呈していく。全盛期、日本国内には二万六千軒のゲーセンが存在した。それまで〝子どものおもちゃ〟だったのが、大人も楽しめる一流のエンターテインメントになっていったのである。

そして二〇〇〇年代に入るとゲームは「eスポーツ」と呼ばれるようになり、遊びではなく競技として認知されていった。

世界各地で大小さまざまなイベントや試合が開催されるようになると、競技に専念して賞金を稼ぐプロが誕生する。トッププロは巨額の富と名声を手に入れて芸能人のような扱いを受けていた。前回の世界チャンピオンは専門誌だけでなくファッション誌の表紙を飾るほどである。

　そんな盛り上がりを受けて組織も巨大化していった。

　まず国際eスポーツ連盟（IEC）が設立されその下部組織として各国に協会ができる。二〇一八年には日本にも日本eスポーツ連盟（JEC）が発足した。この年はのちに日本の「eスポーツ元年」と呼ばれるようになる。

　IECは傘下の試合を、A1からC3までの九段階にランク分けするようになった。一輝たちプロが出場するのは主にAランクの試合である。

　A1は最高峰の国際大会で「グランドスラム」と呼ばれている。A2はその次のレベルの国際大会。A3は国内のチャンピオンシップだ。

　プロゲーマーなら誰もがグランドスラム制覇に憧れるが、それはわずか四つしかない。ファンも多く豊富な資金力で業界全体を支えている中東の〝ドバイカップ〟と、娯楽の聖地〝ラスベガスカップ〟は年に一回開催される。

　そしてグランドスラムの中でも特に権威があるのが、四年に一度開催されるワールドカップとオリンピックだった。

　オリンピックでは前回の大会でデモンストレーション競技として取り入れられ、次回の正式種目となった。

　そしてゲーム業界で最高権威とされているのがワールドカップだ。

各ジャンルに分かれた総合大会は予選も合わせると約一ヶ月の長丁場である。ＩＥＣが主催であること、プロアマ年齢制限のないオープン戦であること、そして歴史の長さとその規模の大きさから、ゲーマー誰もが憧れる夢の舞台。もちろん一輝もその一人だ。しかもこのワールドカップが今年初めて東京で開かれることになっている。国内のゲーム業界は夏に向けて盛り上がりを見せていた。

ＩＥＣはそれぞれの大会の成績によって、トップ二百人の世界ランキングを発表している。ワールドカップを目前にしたＵＥＭ所属の選手たちも発表のたびに一喜一憂していた。

このように発展を遂げてきたゲーム業界だったが数年前に革命が起きた。

まずアメリカの世界的なゲームメーカー・バーチャルソフト社が、家庭用ゲーム機専用の３Ｄホログラムレンズ〝ホログラス〟を開発、発売したのである。

これによって、これまでモニターの中で展開していたゲームを外に飛び出させることができるようになった。

以前からプロトタイプ版は存在し医療現場などで活用され始めていたが、満を持してゲームに採用したのだ。その精度とリアルさは凄《すさ》まじく、目の前に本当に存在しているようである。

その迫力は話題となりゲーム業界を瞬く間に席捲《せっけん》していった。

いままで必須だったモニターはゲームファンの部屋から消え、代わりに三十万円もするホログラスが爆発的に売れたのだ。

さらにバーチャルソフト社はホログラスの発売と同時にゲーム機用3Dホログラム映写機もリリース。

こちらも従来の技術を圧倒するクオリティで世界中の度肝を抜いた。目の前に実際に存在しているかのような鮮明さで立体映像が浮かぶのだ。

これを使えばホログラスをかけなくても、誰もが立体映像をその場で見られるようになったのである。大勢の観客が見守るeスポーツの大会はこれによって盛り上がりが格段に増した。ファンの目の前でゲームのキャラクターが実際に登場し躍動するのだ。モニターに映し出されたゲームを見るのとでは臨場感がまったく違う。

この変化によってゲーム業界は第六次の黄金期を迎えていた。

それほどこの技術とゲーム機の融合は画期的だった。

それにともなって、世界中のゲームソフト開発会社は3Dホログラム用ゲームソフトの開発に躍起になった。伝説の格ゲー・トランス・ファイターも同じである。

数年前に発売されたⅪで初めてホログラム対応機能が付き、格ゲーファンを熱狂させた。しかし初めての機能だけにバグも多くeスポーツの大会では多くの混乱を引き起こした。

複雑なコマンドを打ち続けると誤作動が生じたり、挙句は激しい攻防を繰り広げすぎて膨大なデータ処理が間に合わなくなりフリーズしてしまうのだ。

これでは競技には向いていない。

そして半年前、それらすべての欠陥を改善して鳴り物入りで発表されたのが、今一輝たちが練習に明け暮れているⅫだった。

ⅪからコマンドⅠ方法は一新されたので今まで覚えた動きはまったく役に立たなくなる。プロたちは一からの練習を余儀なくされるが、発売から日が浅いこの時期は混乱と熱狂が渦巻くもっともエキサイティングな時期でもある。

誰もが横一線なのだ。練習量が物を言う世界だけに、後れをとっていたゲーマーたちにも一気に天下を獲れるチャンスが訪れていた。

アフリカの選手との対戦を終えホログラスを外すと窓の外は真っ暗だった。

このメガネの良いところは、目と耳を百パーセントゲームの世界に誘《いざな》うので集中できるところだ。一方あまりに外界からシャットアウトされるため時間の経過も忘れてしまう。

いつものことだが、バーチャルな戦いの世界から急激に引き戻された瞬間身体からどっと力が抜ける。座りっぱなしで手元だけ動かしているだけなのに、心臓は早鐘を打ち身体にはじっとりと汗をかいていた。西部開拓時代の荒野で、新宿歌舞伎町の路地裏で、またあるときは灼熱の砂漠で、一対一の肉弾戦を一輝自身がしていたような疲労感だった。

疲れのためかこの間からたびたび襲われる頭痛がまたやってくる。ペットボトルの水をガブ飲みしてこめかみを指で揉む。ようやく落ち着いてくると一昨日の不思議な記憶が甦ってきた。

あいつら、いったい何モンだ？……

試合の帰り、駅前でいきなり襲ってきた頭痛を堪《こら》えてようやく立ち上がり歩き出した瞬間後ろから声をかけられた。

どこかで聞いたことがある声だと思いながら振り向くとそこに三人の男が立っていた。

一人はポロシャツの上に紺のジャケットを羽織りスラックスに革靴。

一人はベージュ色のブルゾンで、下はジーンズ、足元はスニーカー。

そして最後の一人は、穴の開いたダボダボのジーンズとこれまたかなり大きめのパーカー。足元は人気のバスケットシューズというストリートファッションだった。

三者三様のいでたちなので逆にどういう仲間なのか想像できない。

一方共通点もあった。全員身長は百八十センチ近い。二十代後半で痩せ型、髪はやや長く前髪が目元で揺れていた。

いつも同じ、色の抜けたジーンズに、高校卒業のときに買ったくたびれたマウンテンパーカーを羽織っている一輝だったが、背恰好はかなり近い。

目立っていたのは三人とも口元をマスクで覆っていることだ。季節柄《がら》みんな花粉症なのだろうかとそのときは思った。

『俺？』

振り向いた一輝が自分を指さしてそう言うと、紺ジャケの男が前に出た。

『さっきの試合観てましたよ。惜しかったですね。あと一歩で優勝だったのに』

ここ最近調子が悪かったけどその前には大きな大会で何度も優勝経験がある。雑誌に載ったことだって数えきれないしゲームファンの間ではそこそこ有名だ。

ファンのようにも見えたが彼らの様子は少し違っていた。

後ろからラッパー風の男が口を開く。

『ちょっと俺たちに付き合えよ』

『ちょっと、そんな言い方したら怪しいだろ！』

『じゃあなんて言えばいいんだよ。それしかないだろ』

『お前はちょっと黙ってろ』

紺ジャケの男とラッパー風が言い合う。その後ろで、やや大人しめな男は黙って一輝を見つめていた。

『いや、俺今日疲れてるんで、サインとかは勘弁して』

『なんで俺がお前のサインなんか欲しがるんだよ』

ラッパー風がさらに捲《まく》し立てる。

次の瞬間、紺ジャケの男が口元のマスクに手をかけた。

『おいおい、大丈夫か？』

さっきまで威勢の良かったラッパー風が狼狽《うろた》える。後ろの大人しめくんも驚いた様子だった。

『仕方ないだろ。これが一番話が早いよ』

そう言ってマスクを完全に取り去る。

その様子を見ていた残りの二人も同じようにマスクを外した。

その顔を見て一輝は驚いた。

まるで三つ子のようにまったく同じ顔なのだ。

一卵性の双子はたまに見かけるが、一卵性の三つ子なんて会ったことがない。そもそも生物学的にありうるのか……

とはいえそんなことはどうでもいい。

ありえないレベルの頭痛を抱え、〝家へ直行〟以外の選択肢はない。

『ごめんね、また今度……』

そう言って駅に向かおうとしたときだった。

そっくりな三人の顔にどこか見覚えがある。

頭の重さで思考能力が低下しているがそれは間違いない。

なぜなら、いつも鏡の中で見慣れている顔なのだ。

三つ子どころか一輝も入れれば四つ子だ。

頭痛の最中、大観覧車が歪んで見えたことを思い出す。

これも何かの間違いだ。四人も同じ顔の奴がいるはずがない。

いよいよ俺の頭もヤバいと思った。

長年のゲーマー人生で、リアルとバーチャルの世界がゴチャゴチャになっている。

一輝は急に怖くなって下りのエスカレーターに飛び乗った。

『おいっ！　ちょっと待って』

後ろから男の声がする。もう三人のうち誰が言ったのかも分からない。

逃げるように地下へ向かいながら、あの声も自分と同じだということに気がついた。

気持ち悪くなって逃げ出したけど、あの三人の正体がなんだったのか今さらながら気になる。

どう考えても四つ子の可能性はない。一番ありうるのはやっぱり一輝の幻覚だ。

ゲームのやりすぎであの一瞬だけバーチャルな世界に放り込まれたのだろう。ホログラスを使い始めてからこれまでにも似たような経験をしたことがある。それが少し強烈だったのだ。

強引にそう思い定めるとホログラスとコントローラーをロッカーにしまった。

壁の時計を見ると夜の八時を過ぎている。普段は夜通し練習する奴らもいるのだが、大会直後のこの日の格ゲー部にはもう誰もいなかった。

3

ＵＥＭの事務所を出た一輝は横浜駅とは反対方向に歩いていった。河を渡ってＪＲ線をまたぎ幹線道路沿いを南下する。

ゲームに熱中しすぎて腹が減ったことにも気づかなかった。家で自炊する選択肢は一輝にはない。最近お気に入りのラーメンでも食べて帰ろうと思ったのだ。

博多の有名店で修業した店主が、去年暖簾《のれん》分けで開いた本場博多とんこつラーメンの店である。とんこつを贅沢に使ったスープは濃厚でパンチがあり、定番ラーメンの普通盛りでも極厚チャーシューが三枚も載っている。ここ最近連日のように通っている店だった。夜中の一時ごろまでやっているのもありがたい。

幹線道路とはいえ工場が広がるこのあたりを歩いている人はまばらだ。車道には大型ダンプが地響きを立てて疾走しており歩道には一輝の姿しか見えない。

街路灯に照らされてひたすら歩く。ラーメン屋までは二十分ほどかかるが自宅アパートも同じ方向だ。食べたらそのまま歩いて帰れる。本業のゲーマーとして契約条件を下げられたいま初乗り電車賃も節約したい。

歩道脇に植えられた桜が街路灯に照らされている。ピークを過ぎて八割がた散ってい
た。ダンプカーが脇を通るたびに盛大に花びらを散らしていく。一輝が進む歩道は散っ
た桜の花びらでピンク色に染まっていた。

夜風に当たったおかげかさっきまでの頭痛は治まっている。

明日は朝からバイトの初出勤だ。普段、家に帰ったら自宅のゲーム機で練習を続ける
のが日課だったが今日は早めに寝よう。人とのコミュニケーションが苦手な一輝は人生
初の接客業に緊張していた。二十九にもなってバイト、しかもそわそわしている自分が
情けない。出費は痛いけど今日は瓶ビールでも一本頼もうか。一輝はさほど酒に強くない。アルコールの力を借りて早く寝てしまおうと思ったときだった。

後ろから盛大なクラクションが響いてくる。

治まりかけた頭痛がぶり返しそうなほどやかましい。

慌てて後ろを振り返るとハイビームにした車のライトが目に突き刺さった。手をかざ
して目を凝らすと路肩に白のライトバンが停まっていた。

「一輝、久しぶり」

運転席のガラス窓が開いて中から女が顔を出す。

その顔を見たとたん一輝は懐かしさより逃げ出したい衝動にかられた。

無視することも頭をよぎったがよけい話がこじれそうだ。

「結衣《ゆい》、久しぶり……。どうしたんだよ、こんなところで」

「横浜に配達があってね。いま地元のお弁当屋さんでパートしてるの。帰ろうとしてたら偶然見かけたのよ」

見るとバンの横には『仕出し弁当・配達　かねむら』と書かれている。彼女はいまも一輝たちが生まれ育った川崎に住んでいるはずだった。

「一輝はお仕事帰り？」

「ああ、そうだけど」

「夜遅くまで大変ね。ちゃんとご飯食べてるの？　少し痩せたんじゃない？」

言葉の端々にトゲを感じるのは自分の引け目のせいだろうか。

彼女は昔からこういうところがある。一言で言えばお節介なのだ。ずけずけと口を出して、一輝の行動を縛るのだ。

「ちゃんと食べてるよ。今から晩メシに行くから、じゃあな」

そう手を振って歩き始める。すると車が後ろをついてきた。

「ちょっと、せっかく会えたんだからもう少し話そうよ」

「仕事中だろ。早く帰らないと叱られるぞ」

「大丈夫、この営業車でそのまま家に帰っていいって、店長から言われてるの」

無視して歩き出そうとすると彼女にふたたび呼び止められた。

「何度も電話してるのになんで出ないのよ」

「忙しくて出そびれちゃったんだよ」

嘘だ。面倒くさくて折り返してもいない。

「もう一年も振り込まれてないんだよ。どういうつもり？」

「うるせえな。ちょっといま手持ちが少ないんだよ。来月の大会の優勝賞金でまとめて払うからいいだろ」

「そんなこと言って。優勝なんてできないくせに」

「なんだと！」

　怒鳴ったとたん力が抜けた。もうずいぶん前にさんざんやりとりしたことなのだ。いまさら分かり合えるはずがない。

「金が入ったら連絡するよ。明日は早いんだ。もうついてくんな」

「ちょっと……」

　彼女の声を聞き流して一輝は車の通れない路地裏に入った。足早に歩を進めて反対側の道に出る。バンがさっきの幹線道路からこちらに回り込むには、一方通行を避けてずいぶん回り込まなければならない。さすがに追ってこられないだろう。

　おかしな三人組の男といい彼女といい、ついていない。そもそもこの間の準優勝に終わった大会だって本当は一輝が優勝するはずだったのだ。偶然相手が身体を引いたせいで取りこぼしただけである。ことごとくツキがなかった。

　小橋《こはし》結衣は八年前に別れた元妻だ。

　お互い二十歳になったばかりで結婚したものの一輝はすぐに後悔した。彼女はやけに口うるさくいちいち一輝に指図してくる。一輝は人に命令されるのがなによりも嫌だった。

　さんざん喧嘩した挙句、最後は一輝が家を飛び出したのだった。

4

　ようやくラーメン屋に着いた一輝は食券を買って席に着いた。

「〝粉落とし〟で」

「毎度！」

　馴染みの店長の威勢の良い声が響く。

　結衣のせいでいまいち食欲がなくなってしまったが、気分を直そうとビールを頼みラーメンが出てくるまで呷《あお》る。しかしいつにも増して苦く感じた。

　普段は行列ができるほど混雑しているが今日は驚くことに客は一輝一人である。珍しいこともあるものだ。注文したラーメンも十秒ほどで出てきた。〝粉落とし〟とは言ったがほぼ茹でていない。

　お気に入りのとんこつスープをレンゲですくって一口飲む。いつもより脂がきつく感じたのは気のせいだろう。

結衣と初めて会ったのは高校一年のときだ。

お互い実家は川崎で、二人とも自転車で通学していた。公立の共学校でクラスメイトになったのである。

しかし一輝は、小学生時代からハマっていたゲーム熱が高校入学のころからさらに燃え上がりほとんど登校しなくなっていた。家からは出るものの駅前のゲーセンに直行して一日中入り浸っていたのである。学生のアマチュアだったが、行きつけのゲーセンに行っては〝マネーマッチ〟と呼ばれる賭け試合をしたり、ふらりと隣町のゲーセンに行って〝野試合〟つまりフリーでの飛び込み試合をしたりしていた。

はじめはただのクラスメイトだったが、リーダー気質というか仕切り屋というか、ゲーセンにいる一輝を見かけた結衣が、その後学校で注意してきたのがすべての始まりだった。

もうなんと言われたかはっきり覚えていないがえらい剣幕で叱られたような気がする。

しかし単なるクラスメイトが騒いだところで一輝はまったく無視していた。

そのころ一輝のゲームの腕は地元では相当に有名で大会でも良い成績を収めていた。本気でプロになろうと思い始めていたころである。プロゲーマーに学力はいらない。高校なんてどうでもよかった。むしろゲーセンが一輝のホームだ。

ところが優等生の結衣はなぜか一輝が通うゲーセンに毎日のようにやってきてはあれこれ世話を焼き始めた。いまだにそのころの彼女の考えは謎だ。ただ単に落ちこぼれの自分を憐れんでいたのだろうか。

結衣の強引な命令もあって一輝は最低限の授業や試験には参加した。好きな音楽が一緒だったこともあっていつの間にか一緒にいることが多くなり、いつしか一輝は結衣と付き合っていた。

在学中から大きな大会で結果を残し始めていたので、いま所属する事務所UEMに誘われた。UEMが遠征費を出してくれて参加した初めての大会でいきなり優勝した一輝は、〝高校生の新鋭〟として一躍注目を浴びるようになった。二〇一八年の世界大会ではベスト8に入っている。

好きなことを仕事にできるならそれが一番だ。当初はゲームに、正確にはゲームでトラブルばかり起こす一輝に冷ややかだった結衣もそのころには一輝のゲーム熱を認めていた。順調に世界ランクも上昇して最高位は二十四位にまでなった。

一輝は留年も退学もすることなく無事に高校を卒業して本格的にプロゲーマーの道へ。結衣は「命を守る仕事がしたい」と看護師専門学校へ通い始めた。

「いらっしゃい！」

店長の威勢の良い声を聞いて一輝はふと我に返った。

無心で食べていたラーメンは半分以上なくなっている。いつもは感激しながら食べているのに今日は特別美味《おい》しく感じない。

カウンターに置いてあるプラスチックボトルを手に取り琥珀《こはく》色の液体を丼に注ぐ。替え玉文化の博多ラーメンではスープが薄くなったら自分好みに調節できるようになっている。多めに回しかけてから、瓶の中の高菜とうがらしペーストもぶち込んだ。赤黒く変色したスープを飲んでみたが、それでもあまり旨さを感じない。

あとから来た数名の客にもすぐにラーメンが出される。

チラッと横目で見ると一輝と同じメニューを注文していた。

男たちはつけていたマスクを外し勢いよく麺をすすっている。豪快な食べっぷりは見るからに旨そうだった。

一輝も残りの麺をすする。粉落としの麺も時間が経ってすっかり柔らかくなっていた。いつもなら替え玉を一回はする一輝も、今日はもうお腹いっぱいだ。

あとから入ってきたにもかかわらず他の客たちもほぼ食べ終えている。

入口が混雑する前に店を出ようと思った。

「ごちそうさま」

店を出ると他の客も一輝の後ろをついてくる。

足早に店から離れようとすると一人の客が声をかけてきた。

一輝の名前を呼ぶ声にどこかデジャブを感じる。

不審げに振り返ると、そこにカウンターに並んでいた男三人が立っていた。

やはり顔にはマスクをしているが間違いない。なぜ食べているときに気づかなかったのだろう。

「一輝さん、こんばんは」

マスクを取った三人の顔が並ぶ。

一輝はその場で立ち止まり目を見張った。

「この間は酷いじゃないですか。いきなり逃げるなんて」

やはり幻覚じゃなかったのか。

事務所で覚えた頭の鈍痛はいまはもう感じない。

みなとみらいの駅で会ったときと同じように、そこには一輝そっくりの、いや、同じ顔が三つ並んでいた。

「いや、だって……あんたたち誰？」

喉の奥から一輝は疑問を吐き出す。

三人は顔を見合わせると紺ジャケの男が口を開いた。

そういえば全員この間とまったく同じ恰好だ。

「やっぱりそういう反応になっちゃいますよね。想像はしてたけど予想どおりです。僕たちの顔がそっくりなんで驚いてるんでしょ？　あらかじめ言っときますけど僕らは四つ子じゃないですよ」

そう言われて昭和の名作漫画のキャラクターがちらつく。十年以上前にリメイクされ再ブレイクしていた六つ子のキャラだ。可愛いと評判になっていたがあれはあくまでも漫画だ。実際に同じ顔がこれだけ並ぶとホラーである。

「まどろっこしい説明してんじゃねえよ。はっきり言えよ」

「これ以上混乱させたくないし、一から説明しないと……」

「まず結論を言え。また逃げられるだろ」

ラッパー風と真面目風、同じ顔の男が勝手に言い争っている。

「俺たち、お前の〝残機〟なんだよ」

ラッパー風の男がいきなり言った。

一輝の頭に『?』が浮かび目を閉じる。

どうやら思ってた以上にヤバい。こんなに疲れてるとは。もはや入院レベルだ。

〝残機〟とはゲームに出てくる操作キャラの残り数のことだ。ゲームによってその数は異なるが、「残機3」といえば操作キャラが三回死ぬとゲームオーバーということである。

その残機が現実に出てくるはずがない。3Dホログラムゲームのやりすぎに違いなかった。

明日のバイトも大丈夫だろうか。

フリーズしているとラッパー風がさらに続けた。

「俺はリュウスケ。この優等生がシンヤ。んで影の薄いこいつがダイゴだ」

一輝は頭を振り事態を呑み込もうと頭をフル回転させる。

しかし出てくるのは疑問ばかりだ。

こんなときはかかわらないに限る。

「あんたたち何言ってるのかさっぱり分かんないんだよ。くだらない妄想に付き合ってる暇ないんで……」

そう言って早足で立ち去ろうとする。

しかしこの間と違って今日は人気《ひとけ》もまばらな幹線道路沿いだ。この先脇道のない一本道は逃げ場がない。

振り返るとあとから追ってきた。

「詐欺だと思ってんだろ」

リュウスケと名乗った男が一輝の右横に追いついて言う。

一輝はジロリと睨んだ。

「図星か」

「当たり前だろ。そんなこと信じられるかよ」

「お前、ファーストキスは高一のホワイトデーだよな」

「てめえ、なんでそんなこと……」

「やっぱりそうか」

「やっぱり?」

笑いながら言うリュウスケに一輝は目をつりあげて迫った。

「どういうことだよ」

「残機っても記憶が共有されるわけじゃねえ。ただ潜在意識はつながってる。お前もやけにリアルな夢を見たことないか? あれだよ。重要な記憶は寝ている間に共有される。ファーストキス、よかったな。彼女の名前なんて言ったっけ?」

「うるせーやめろ!」

恥ずかしさのあまり顔が真っ赤になる。もちろんその相手は結衣だ。二人だけしか知らないことを彼らが知っていることに驚いた。

「少しは信じたか。だから俺たちはお前の残機なんだって。顔形は一緒だし、基本能力だってそうだ。全部が全部一緒ってわけじゃないけどな。残機にだって個性がある」

そこにシンヤと呼ばれた紺ジャケの男が割って入った。

「そのとおり。僕たちはあなたの残機です。残機は一人に三人いて、本体の命にかかわることが起きると僕たちの誰かが消えてしまうんです。昔から『ドッペルゲンガーに会うと死ぬ』って言われてるじゃないですか? それって残機のことなんですよね。ちょっとねじ曲がって認識されてますけど。実は一人じゃないんです」

荒唐無稽に思える説明を捲し立てられる。一輝は頭がボーッとしてきた。反論できる雰囲気ではない。

ふたたびリュウスケが言った。

「俺たちもバラバラの場所にいたんだけど、まず俺がシンヤとばったり会って気づいたわけ。そんで、これまで本体が一機も失ってなければもう一人いるはずだってことになって探してたんだよ。それでこの間ようやくこいつを見つけたんだ」

リュウスケにこいつと指さされたのは常に二人の後ろにいるダイゴだ。

個性があるというのは確かなようで二人に比べてダイゴはずいぶん大人しい。ざっくり言えば良い子と悪い子と普通の子である。もちろんダイゴが普通だ。

「んで最後に本体はどこだって話になったら、ダイゴがすでに見つけてたんだよな」

「いや見つけたっていうか、もうずいぶん前から見守ってきたというか……」

ようやく口を開いたかと思うとダイゴが小さな声でぼそぼそと言う。

意味深なすべてが不気味だった。

「それってストーカーじゃねえかよ。気持ち悪《わり》い」

「ご迷惑をかけないように遠くから見ていただけですよ」

「いつからだよ?」

「けっこう前から……」

恐怖を覚える反面、一輝は徐々に彼らの話に聞き入っていた。

そう言われればマスク姿の同じ男と時折出会っていたような気がする。偶然か昔のファンの一人かとそれほど気にも留めていなかった。

昔はずいぶんファンにちやほやされたがここ最近はサインや写真をねだられることもあまりない。昔からファンサービスを積極的にやるほうではないし、成績が落ちてくると自分のことで精一杯だった。

「残機はこいつだけじゃないぜ。世界中の人間は三人の残機と一緒に生まれる。ドッペルゲンガーとか世界中に似た人が三人はいるとか昔から言うだろ。あれだよ」

「待って待って」

シンヤがリュウスケを遮った。

「ドッペルゲンガーのことは僕がさっき言った。真似しないでよ」

「うるせえなぁ。とにかくただ世界中に散らばってるから気づかないだけ。俺たちはたまたま近くにいたからこうして出会えたってわけだ」

なんとなく腑に落ちてくる反面まだ信じきれない。

ゲームとホログラスのやりすぎで頭がゴチャゴチャになっているのだ。

でも彼らがそんな嘘をつく意味があるだろうか。

そこで一輝はやけになって突っ込んだ。

「分かったよ。お前ら俺の残機なんだな。でもひとつ聞かせてくれ。どうして俺を探すんだ。それぞれ別々に楽しく暮らせばいいじゃん。世界中の人がそうしてるんだろ?」

その問いにシンヤが応えた。

「もちろんこれまではずっとそう思ってました。お互い同じ顔が近くにいたらやりづらいですからね。

　でも三人が集まって話していたら〝本体〟に興味が出てきたんです。いったいどんな人だろうって。ある意味僕らの命は本体に握られてるわけですから。

　僕たちはあなたが命の危険に晒《さら》されると消えちゃうんです。そうならないように注意しにきたんです」

　シンヤはそう言って深刻な表情で見つめてきた。

「僕らにもやりたいことがあるんですよ」

　リュウスケが盛大にうなずく。

「そういうこと。俺たち、残機であっても生まれたからには生きてるうちにやりたいことがあるんだよ。志半ばでいきなり消えたくはないからよ」

　シンヤが続ける。

「今までそんな仲間をたくさん見てきたんです。急に消えた残機たちは悔しかったと思うんですよね」

　残機三人に言われっぱなしだ。

「お前らなぁ、わざわざそんなこと言いにきたのか？　俺何歳だと思ってんの？　この若さで死ぬわけないっしょ」

「危なっかしくて見てられないんですよ」

　とそこにダイゴが真顔で突っ込んだ。

大人しいくせに言うときは言うキャラらしい。

「この間の準優勝した大会でもトラブル起こしてたじゃないですか」

一輝ははっとしてダイゴを見た。

「決勝トーナメントの一回戦で背が低くて若い金髪の相手と喧嘩になってましたよね。原因は一輝さんが相手をバカにしたからですよ。ゲーセンでも相手に対する敬意がないんです。〝勝てば神〟と相手を見下してるからしょっちゅう喧嘩してますよね。たまま今まで大丈夫でしたけど相当逆恨みされてますよ」

喧嘩の件は事実だ。しかもたいていの場合は一輝の暴言が原因である。

そのことを指摘されたことに驚くと同時に、そんな前から観察されていたのかと怖くなる。それとも夢の中での〝同期〟だろうか。

「俺が言うのもなんだけど危なっかしいんだよ。ダイゴから教えてもらったときは冷や汗が出たぜ。ゲーム三昧《ざんまい》でしょっちゅう徹夜する。暴飲暴食も酷い。運動もしていない。頼る仲間もいないし、ぶっちゃけ貯金もない。そのうえ負けん気ばっかり強いからトラブルは起こす。弱いくせに酒癖も悪い。俺たちが思うに、事件、事故、病気、お前ほど危なっかしい奴もそういないぜ」

口の悪いリュウスケは言いたい放題だ。

確かにいちいち当たっている。一見頑丈そうだが一輝は昔からすぐ体調を崩すタイプだった。

しかし残機だか何だか知らないが、ほとんど初めて会ったような奴らにここまで言われて一輝は腹が立った。

「黙って聞いてりゃあ言いたい放題だな。子ども扱いすんな」

「でっかい子どもだろ」

「てめえ！」

一輝がリュウスケの胸倉を摑んだ。

大して強くもないくせに誰かれかまわずつっかかるのも一輝の悪い癖だった。確かに今まで痛い目にも遭ってきている。

リュウスケはリュウスケで、その見た目どおり相当なやんちゃキャラだ。

他の残機二人から見れば「お前が偉そうに言うな」という感じだが、彼が死んでも他の残機に影響はないからスルーである。

一輝がリュウスケの顔を殴った。

その勢いでリュウスケがよろける。

今度はリュウスケが一輝の胸倉を摑み返し手を振り上げた。

しかしそこで、シンヤが一輝を、ダイゴがリュウスケを羽交い締めにした。

「仲間割れはやめようよ！」

「お前らなんか仲間じゃねえよ」

一輝が吼《ほ》える。

それをシンヤが静かに諭した。

「いや、仲間ですよ。少なくとも運命共同体です。だから少しは話を聞いてください」

「嫌だね。俺は他人に指図されるのが大っ嫌いなんだよ。だからプロゲーマーをしてる。腕一本でのし上がれるからな。必ず天下獲ってやる。ゲーム界のヒーローになるんだ」

現状に目をつぶって一輝が啖呵《たんか》を切る。

「そのゲーマーとしてもうまくいかずに明日からバイトするんですよね。でもこれは良い兆しです。ゲームをやめろとは言いませんからこれを機にまっとうな仕事も覚えてくださいよ」

残機はすべてお見通しのようだった。

「ゲーマーもまっとうだよ」

「世間はそうは思ってないでしょ」

シンヤの冷静な指摘に沸騰していた頭がクールダウンする。シンヤも羽交い締めしていた手をほどいた。

確かにeスポーツはオリンピック種目にもなるほど認知が進んだ。だが日本国内ではまだまだ遊びと蔑《さげす》む奴らも多くいる。トッププロならまだしも、成績が残せなければ認められないのはどの職業も同じだ。

ふと見ると、かなり力を込めて殴ったはずなのにリュウスケはまったく痛がっている様子がない。殴った顔も綺麗なものだし鼻血ひとつ出ていなかった。

不気味に感じると同時に一輝はふと思いついた。

「分かったよ。そこまで言うなら信じてやるよ」

一輝の言葉に残機三人が顔を見合わせた。

ようやく理解してくれたかと安堵《あんど》しているようだ。

しかし一輝はそれほど素直ではない。

「ただ条件がある。明日のバイト、お前らのうち誰かが行ってくれ」

「はあ？　お前シンヤの話聞いてたのかよ。ちゃんと仕事しろって言っただろ」

「分かってるよ。もちろんそのうち俺がバイトには出る。ただお前らも身体を大切にしろって言っただろ？　練習のし過ぎで頭痛が酷いんだ。治るまで身代わりになってくれ」

一輝の身勝手な言い分に三人は訝《いぶか》しげな表情を見せた。

「幸い見た目はそっくりだ。あのハゲ店長が気づくはずない。呑んでくれればもう無茶はしないって約束する。お前らの存在も信じるよ」

一輝はそう言って顔の前で手をこすり合わせた。

一輝の卑屈な態度に残機たちは鼻白む。

もちろん一輝はいまだ本心で彼らを信じたわけではない。この場を適当にまとめてバイトを手伝わせれば一石二鳥だと、悪知恵を働かせただけだった。

頭痛などはとってつけた言い訳だ。残機に働かせれば一輝はゲームの練習に集中できる。

「本当だな？」

リュウスケが不審げな表情を見せながらも一輝の譲歩に興味を示した。

「でも俺、明日は用事あるぜ」

すると後ろからそっとダイゴが手を挙げた。

「僕が、行きますよ――」

5

翌日、一輝は横浜駅前のゲームセンターに来ていた。ＵＥＭの事務所にも近い県内最大級の施設である。

プロゲーマーの活動は大きく分けると試合とイベントと練習の三つだ。

試合は海外遠征も含めて大小さまざま。賞金額も異なるが、好成績を収めて賞金を稼ぐ、いわば本番だ。

大会の賞金額はゲーム業界の拡大にともなってどんどん大きくなっている。オリンピックはグランドスラムのひとつだが、アマチュア精神を謳《うた》っているため賞金はなくいわば名誉賞だ。それはもうひとつのグランドスラム、ワールドカップも同じ。賞金の額という意味では、残り二つのグランドスラムのうちラスベガスカップがずば抜けていた。世界中の大企業の協賛を得てテレビ放映権なども高額になる。昨年の賞金総額は過去最高の三十億円、格ゲーの個人優勝者だけにでも三億円が支払われている。

活動のひとつであるイベントとは、スポンサー企業が主催する催しにプロゲーマーとして参加したり、テレビやWEBを通して自分たちの活動をアピールするもの。そうすることでファンを増やしスポンサー企業の広告効果を上げるのだ。

UEMもいくつもの企業からスポンサードを受けている。ゲームソフトの会社、コントローラーのメーカー、エナジードリンクの世界的企業などだ。新商品開発のイベントでその商品の宣伝に一役買うわけである。素人ゲーマーとの対戦やサイン会などのファンサービスが企画されることもある。トッププロはCMにも出演していた。

実は事務所の運営に関しては、このスポンサー料が圧倒的な割合を占めていた。

もちろん賞金額は高騰している。しかし世界中のトッププロが集《つど》う大会で確実に優勝するのは難しい。たくさんの選手を抱えて固定給を支払うには毎月の決まった収入が不可欠だ。それを支えているのがスポンサー料だった。

他にはグッズの販売もバカにならない。

しかしそんな華やかな世界はほんのわずかである。

　プロゲーマーが日常のほとんどの時間を費やすのは、一にも二にも練習だった。特に新作の格ゲー・トランス・ファイターⅫが発売されたあとの今は誰もが新しい技を習得しようと躍起になっている。それは一輝も例外ではない。

　一日八時間から十二時間の練習は当たり前。寝食以外は基本ゲーム漬けの生活だ。

　そしてその練習方法にはいくつかの手段があった。

　ひとつは昨日も行ったＵＥＭ事務所内での練習である。

　これには大きなメリットがある。もふもふ先輩のように高いレベルで活躍しているプロゲーマーの技を盗めるのだ。技の繰り出し方はもちろん、ゲームの癖、世界の勢力図、ライバルゲーマーについてなど、あらゆる情報を入手するのは試合で勝つために必須のものだ。

　本来は情報を入手するだけでなく一輝も情報を与えなければならない。同僚同士の情報交換だ。しかし一輝は勝つために自分が与えることは考えていない。

　そして二つ目の練習方法は自宅での基礎練だ。これは素人ゲーマーでもできることで地味である。しかしここを疎《おろそ》かにする者に栄光はない。

　大技のコマンド入力は複雑極まりない。それを連続で繰り出す〝コンボ〟となると〝技相性〟、つまり大技のコマンド入力を連続でできるようになる練習は絶対に欠かせないことだった。

　しかも緊張を強《し》いられる試合中に頭で考えていては必ず失敗する。成功させるには身体が勝手に動くくらいタイミングとリズムを染みこませるしかない。それには自宅での気の遠くなるような繰り返しの練習が不可欠なのだ。

一輝は他のことは飽きやすくすぐ投げ出してしまう性分だったが、なぜかゲームだけには驚異的な集中力を見せた。好きというのが一番の理由だろうが負けん気の強さも原因だろう。勝者に見下されたとき激しい憎悪を感じる。逆に勝ったときは相手を小バカにする癖があった。

そして最後の練習方法——自宅での練習がスタートで、習得したあとでの情報戦がUEMだとしたら、その中間にあるのがゲーセンだった。

家庭用ゲーム機が普及して誰もが自宅で楽しめるようになると、街からゲーセンはどんどん減っていった。一輝が生まれたころがどん底でほとんど壊滅状態だったらしい。

しかしその危機を救ったのは3Dホログラム対応のゲームの登場だった。

プロジェクターを使って3Dホログラムで映し出す機能は、大きな施設でなければ不可能だ。機材は数千万円から億にのぼりとても個人が買える代物ではない。

ホログラスを着ければ自宅でも楽しめるが、3Dホログラム映写の魅力はなんといっても迫力だ。ホログラスでは目の前に小さな立体映像が浮かぶだけだが、映写すれば等身大のキャラクターが、まさに目の前にいるような躍動感で迫ってくる。人間型のキャラクターならまだしも、モンスターキャラの場合は何十メートルという巨体が目の前に現れるのだ。その迫力は半端ない。

ゆえに最新のゲーセンの人気施設は3Dホログラムのゲームでいつも大混雑していた。テニスコートほどの広さがあり、なにより天井が高い。それは室内のスポーツ施設を思わせる広さだ。ゲームが始まる前はただの殺風景な空間だが、3Dホログラムが映写されたとたんに空気が一変する。舞台が現れキャラクターが登場する。何十個も設置されたスピーカーからは大迫力のサウンドが響く。モンスターキャラの歩く地響きまで感じられる臨場感だ。

最近の格ゲー国際大会では決勝ラウンドでこの3D映写機が使われることが多い。観客にも楽しんでもらえるからだ。

となれば試合に備えて慣れておく必要があった。観客が見守る緊張の中で目の前でリアルに再現されたキャラクターを自在に操れないようでは試合に勝てない。雰囲気に呑まれない度胸も養う必要がある。その練習はゲーセンでしかできない。いわば練習の仕上げだ。

一輝は朝一でやってくると、いち早く3Dホログラム用のトランス・ファイターⅫに陣取った。

ここはUEMのプロゲーマーたち御用達《ごようたし》のゲーセンで、施設も最新鋭で人気がある。当然腕に覚えのあるゲーマーたちがプロアマ問わずやってくる〝聖地〟だった。

ここでは一人でも多くの人が楽しめるようにオンライン対戦は禁止されている。一輝はプレイヤー席のひとつに座って次々やってくる挑戦者を相手にしていた。

観客の目にプレイが晒されるため、よほど自信のある者でないと挑戦してこない。それでも一輝は朝から連勝を重ねていた。

『ソウヤ、ＷＩＮ！』

「ざまぁみろ！　俺と対戦しようなんて百年早《は》ええよ」

今の対戦相手はここで何度も戦ったことがある男だった。四十過ぎのおっさんでくたびれたスーツを着ている。見るからにサラリーマンぽいが、平日の昼間からゲーセンに来てて大丈夫かよ。おっさんのくせに美女キャラ〝チュンライ〟使いで、アマチュアながらさまざまな大技を繰り出してくる。チュンライは主に脚技が多く、同じく脚技を多用するソウヤはやりづらかった。すばしっこくジャンプ力も凄い。空中から飛んでくる蹴りをまともに喰らえばライフを15は持っていかれる。

しかし一輝はこの間かわされた伝説の大技・烈風投掌拳で、見事にチュンライを一発ＫＯに追い込んだ。

やっぱりこの間の失敗は偶然だ。完璧にマスターしたこの技をよけられる奴がいるはずがない。

対戦相手の男に一輝の暴言が聞こえたかは不明だが、苦い顔をしてプレイヤー席をあとにした。

〝負けたら交代〟というのがゲーセンのルールだ。二つしかないプレイヤー席のうちひとつは一輝が座りっぱなしである。残り一席に長い列ができていた。

決勝で負けたとはいえこの間の大会も準優勝だ。トランス・ファイターⅫへの順応には手ごたえを感じている。しばらく成績が悪かったのはⅪから搭載されたホログラムに対応しきれなかっただけだ。画面を見ながらの戦いに比べて3D映像は角度によって見え方が変わる。死角が生まれるなどこれまでにない注意点が生まれた。一輝はその独特さへの対応に遅れたのだ。

しかしもう順応した。この調子なら今年こそ復活できる——

6

さて次はどんな対戦相手かなとほくそ笑みながら、凝った肩を回し指を鳴らしたときだった。

キャップを目深に被りマスクをした挑戦者がプレイヤー席に着いた。

大きめのジャンパーを着ているためどんな奴かはっきりしない。小柄な体格から学生のように見えた。

相手は一輝と同じソウヤを選択したがそこからは意外な展開だった。

やたらめったら小技を繰り出したかと思うと意味もなくジャンプする。

空中にいるとき、そこには隙が生まれる。身体の制御が利《き》かないからだ。

一輝は躊躇《ちゅうちょ》することなく落下点に滑りこんで練習している大技を繰り出した。

罠かとも思える相手の動きだったが、一輝の操作するソウヤの技がクリーンヒットする。ライフは一気に50を割った。相手のソウヤが起き上がろうとするところへ一輝が一気に畳みかける。飛び技や衝撃波を連発して被弾とダウンの〝起き攻め〟を繰り返す。

瞬く間にステージ1が終了すると続くステージ2も同様だった。

「素人がしゃしゃり出てくるんじゃねえよ。時間の無駄だろ」

一輝がいつも以上に毒づく。

確かにこのゲーマーの聖地でここまでの素人と対戦することは珍しかった。

しかも誰もが憧れる3Dホログラム対戦機である。

瞬殺されたことで周りから失笑が起こっていた。

ところがそこで一輝の携帯が鳴った。

見ると結衣からである。

舌打ちしつついつものように無視しようとしたが、目を上げると目の前に今の対戦者が立っていた。

さっきの悪口が聞こえたのか。喧嘩を売る気だろうか。

一輝が気色ばんで睨み返すと相手がキャップとマスクを取った。

「電話出てよね」

「結衣」

そこには昨日久しぶりに再会した結衣が立っていた。

「どうしてここに？　仕事は？」

「今日は久しぶりの休み。たぶんここかなと思って来てみたら、当たったね」

「何しに来たんだよ。素人が来るところじゃないだろ」

「だって一輝、電話もメールも返してくれないじゃん。別に会いたいわけじゃないけど、やることやってくれないと困るんです」

結衣と話していると対戦者の列からヒソヒソと声が聞こえてきた。

早くゲームがしたい彼らからしたら、もたもたしている一輝たちは邪魔で仕方がない。

朝からの百連覇が目前に迫っていたが、一輝は仕方なくプレイヤー席から立ち上がった。

すると少し離れたところからぬいぐるみを抱えた男の子が走ってきた。

結衣のもとに駆け寄って足元に抱きつく。

「ママ、見て見て！　獲れたよ」

手にしたぬいぐるみを結衣に見せて誇らしそうに言った。

「わぁ、晴輝《はるき》凄い。よく獲れたね」

「うん、ママが言ったところにクレーンを持っていったらうまくいった」

それは、日曜午前にテレビ放送している子ども向けアニメのキャラクターだった。二頭身の愛くるしい姿が子どもの手の中で揺れている。クレーンゲームで獲ったようだ。

結衣は子どもをひとしきり褒めてから言った。

「晴輝と一緒に遊びにきたの。パートで忙しくてなかなか二人で外出できないのよ。ここに来れば晴輝も喜ぶし一輝とも話せると思ってね」

子どもは今年小学二年生になったばかりだ。

大きな目とプニプニとしたほっぺは子どもらしく母親似だろう。しかし手脚は細く同級生に比べて身体は小さい。外見はまだ幼稚園児にしか見えなかった。

一輝は小さな子をどう扱っていいか分からない。

「こんなところに子ども連れてくるなよ。俺の職場だぞ」

「だったらちゃんと連絡ください。私だってせっかくの休みにわざわざ横浜まで来たくないんです。遅れてる養育費、どうするつもりですか？」

痛いところを突かれて一輝は黙るしかなかった。

結衣が連れてきた子ども・晴輝は結衣と一輝の子である。

別居し離婚を考えているときに妊娠していることが判明した。

結衣は一輝のゲームを応援してはいたが成績によって収入は激変する。スランプが続いて生活が安定しない中で、ある敗戦がきっかけで大喧嘩になった。お互いに積もったものが爆発したのだろう。『負けたって何度でもやり直せばいいじゃない』と諭す結衣に、一輝は『お前に関係ねえ！』と吐き捨てた。そして一輝はそのままラスベガスで開かれる世界大会へ出発していったのだった。

その後帰国しても一輝は家に帰らず、いま住んでいる桜木町のアパートを借りた。しばらくしてから、自分の名前とハンコを捺《お》した離婚届を結衣の家に送ったのだった。その後の話し合いの結果、月々の養育費を一輝が結衣に振り込むことになった。さらに結衣は父親がいなくなることを不憫《ふびん》に思ったのか、定期的に晴輝の相手をするように一輝に頼んだのだ。

別れた相手に子どもを会わせたくないと思うのが普通だと思ったが結衣は違った。正直変わった女だと思う。まだギリギリ二十代なのに再婚する様子もない。

一輝は初めのうちは律儀《りちぎ》に養育費を払い晴輝にも会っていたが、次第に子どもには会わなくなりついに一年前から養育費も滞っていた。

ゲーマーとしての成績が振るわなくなりそれどころではなくなったのだ。世界ランキングのランク外に落ちたのもそのころである。以来、一度も〝内〟に上がったことはない。

しかも一輝は何年経っても父親としての自覚が湧いてこなかった。むしろ晴輝の存在などどんどん薄れていくばかりだ。

昔から子どもは苦手でどう扱っていいのかまったく分からない。

そんな一輝の様子を察したのだろう。晴輝も一輝に懐こうとしなかった。

どちらからともなく次に会う約束をしなくなり今に至っている。

正直プロゲーマーとしての活動に子どもは邪魔以外の何物でもなかった。

小さな晴輝は昔の記憶もあいまいで、一輝の記憶はほとんどないのだろう。一輝を見てもまったく反応を見せなかった。


3Dホログラムゲーム機の部屋を出た一輝は建物の出口へ向かって急いだ。

「ちょっと待ってよ」

結衣が追いかけてくる。結衣に手を引かれた晴輝はまるで引きずられるような恰好だ。

「まだ何も話し合えてない」

「うるせえな。ゲーマー仲間に見られたら恥ずかしいだろ」

「なんで元妻と子どもが恥ずかしいのよ。しっかりしてくれればもう来ません」

「分かってるよ。養育費だろ。来月まとまった金が入るからそこでまとめて払うよ」

「まとまったお金って?」

結衣が不審そうな顔をする。

一輝は奥歯に物が挟まったような言い方で返した。

「……賞金だよ」

それを聞いて結衣が大きなため息をついた。

「まだそんなこと言ってるの？　いい加減現実見たら?」

「どういう意味だ」

「分かってるでしょ？　最近の大きな大会の成績くらい私だって知ってます。優勝どころか予選敗退ばかりじゃない」

「この間は準優勝だ！」

「たまたまね。準々決勝と準決勝、不戦勝だったでしょ」

鋭い指摘に一輝はとっさに反論できなかった。

そうなのだ。この間の大会は準優勝だが、実際はベスト16止まりだったかもしれないのだ。たまたま準々決勝と準決勝の相手が怪我と体調不良で棄権してくれたおかげで決勝に進めただけなのである。威張れる結果ではない。梅本にもそれを指摘されていた。

「このままじゃ引退するしかなくなる。ねえ、あなたのためにも言ってるんだよ」

あえて考えないようにしてきたことを告げられて一輝のイライラが頂点に達した。

確かにゲームは反射神経が命だ。二十五歳がピークだと言われている。三十過ぎれば引退する選手も多かった。

一輝も自分ではそのことをヒシヒシと感じていた。だからこそ余計腹が立つ。

「お金が払えないならたまには晴輝の相手でもしてあげたら？　私たちが別れてもこの子にとって父親はあなた一人なんだから」

結衣の言葉に一輝は残機三人のことが一瞬頭をよぎる。

「お前にそんなこと言われる筋合いねえんだよ！」

怒鳴るようにそう言うとゲーセン内にいた客が一斉に振り向いた。

結衣に手を引かれていた晴輝はびっくりして身体を硬直させている。身を縮ませて結衣の後ろに隠れていた。

「俺にはゲームしかない。ゲーム以外のことに時間を使いたくないんだ。天下獲るんだよ！」

一輝が語気を強める。

その剣幕に晴輝が結衣の脚にしがみついた。

「一輝、変わったね――」

ところが、結衣の言葉に被せるようにどこからか声が聞こえてきた。

「一輝さん」

ここはUEMの同僚もよく練習に来るゲーセンだ。どこで誰が見ていても不思議ではない。

仲間には一番見られたくない姿だった。

一輝は恐る恐る声のしたほうを振り向く。

するとそこにマスクをした男が立っていた。

「ダイゴ……」

そこにいたのは一輝の代わりにバイトへ行かせた残機のダイゴだった。

「ここだと思いましたよ。バイトの報告に来ました」

その様子に結衣が不審がっている。

ダイゴは結衣に気づき目を丸くした。

「報告なんて携帯でいいよ」

「でも携帯持ってないんで」

「一輝、どなた？」

コソコソ話す二人の怪しさに痺れを切らした結衣が訊いてくる。

「ああ、ちょっとした知り合いだ。ゲーム仲間だよ」

そう言うと一輝はふたたび結衣に背を向けた。

「今日は初出勤の研修です。午後四時に終わりました。とりあえず怪しまれることはなかったと思います。明日以降のスケジュールを訊かれましたけどどうしようかなと思って……」

今後のバイトとゲームとの両立は考えなければならない。

金は必要だがバイトばかりしていては練習できなくなるからだ。

しかしダイゴが代理をしている間は悩む必要はなかった。

「そんなの毎日だよ。午前十時から午後四時まで毎日入れとけ。なんならたまには夜シフトも入れていいぞ」

「それ僕がやるんですよね」

「当たり前だろ。一ヶ月やるって約束じゃねえか」

「分かりました……」

ダイゴがうなずいた瞬間、後ろの結衣の視線に気がついた。

そうだ、こいつを使えば一石二鳥である。

一輝は結衣のほうを振り向いた。

「金が延滞してるのは悪いと思ってる。代わりに晴輝の面倒を定期的に見るよ」

「本当?」

急な態度の変化に驚きつつも結衣の表情が明るくなった。

「そうしてもらえると助かる。正直学童保育の料金もバカにならないし」

晴輝に聞こえないようにつぶやく。

「分かった。とりあえず月一で行くよ。余裕があればもう少し行く。いいだろ」

「うん」

「それってもしかして……」

その会話を聞いていたダイゴが目を細めながら言った。

一輝は「黙ってろ!」と囁《ささや》いて結衣たちから離れて言った。

「とりあえず今週は週七でバイトだ。でも来週からは減らしていい。休みの日はたまに晴輝の面倒を見てくれ。バイト入る代わりに子どもの面倒見るだけだよ。むしろバイトより楽だろ」

「でも、僕がやっても意味ないんじゃあ……」

残機のくせに結衣の考えを的確に把握している。

一輝を見るダイゴの目には少しばかり軽蔑の色がこもっていた。

「うるせえ、命令だ！」

一輝は遠目に見守る結衣に向かって「任せとけ」と手を上げた。

STAGE.2

1

桜の花びらが風で舞う中をシンヤは一人歩いていた。

太陽は真上から少しだけ傾いた場所にある。空は蒼一色に澄みわたり、流れる風が気持ちいい。隅田川《すみだがわ》が海に注ぎ込む先を塞ぐように、東京の下町・月島《つきしま》は浮かんでいる。シンヤはその島の北端にある公園に来ていた。

平日ど真ん中の水曜日ということもあり人影はまばらである。公園に入り木々の間を抜けていくと急に視界が開ける。目の前に隅田川が広がっていた。そんな開放感溢れる場所にお年寄りたちが集まっている。

近所のお年寄りたちは平日の午後は毎日のように集まりここでゲートボールなどに興じている。赤と白のゼッケンを着けてチーム分けされた人たちは、おしゃべりに花を咲かせながらスティックを振っていた。

ひとしきり彼らを見回したあとシンヤは近くのベンチに腰を下ろす。

その場に若い人はいない。ほとんどが七十歳を超えている。そんな中にシンヤがいると嫌でも目立った。

「シンヤくん、今日も来たね！」

「こんにちは、ソメ子《こ》さん。今日もいい天気ですね」

「桜は散り始めたけど次はツツジが見ごろになるよ。今度お弁当持ってくるからシンヤくんも来てね」

「いつもありがとうございます！」

ソメ子さんはこのゲートボールチームの世話役のような存在で歳も一番若い。まだ六十代半ばだ。そのため事務的なことはすべて彼女がこなしていた。お年寄りたちの家族もソメ子さんが見ていてくれるならと安心して年老いた父や母を任せている。

いつもにこやかで人あたりの良いシンヤもチームのみんなから孫のように可愛がられている。平日の昼間にも顔を出していたが、〝夜シフトのフリーター〟という説明を誰もが信じている。

「そういえばまだ源次郎《げんじろう》さん来てないよ。もうすぐ来ると思うけど」

「みたいですね。待たせてもらいます」

シンヤはそう言ってソメ子さんに手を振った。

中里《なかざと》源次郎は今年八十四歳になるチーム最高齢プレイヤーである。定年を迎えてから始めたゲートボールが大好きで毎日のようにここにやってくるのだ。

シンヤは源次郎と本当の孫と祖父のように親しくしているのだった。

シンヤが源次郎に出会ったのは約一年前のことである。

もんじゃ焼き屋が軒を連ねる駅前商店街を歩いているとき路地裏にうずくまる源次郎を見つけたのだ。まだ六月で真夏の暑さほどではなかったものの、ずいぶんと気温も高くなっていた。お年寄りが熱中症か脱水症でも起こしたのではとシンヤが声をかけたのである。

フラフラしていた源次郎はしきりに大丈夫だと言っていたが、家の場所を訊いても埒《らち》が明かない。失礼を承知で財布を確認し、住所をつきとめて自宅に送り届けたのだ。

家には源次郎の息子の妻がいてシンヤはとても感謝された。

源次郎は一晩休むとすぐに元気になり、以来シンヤは話し相手になったりゲートボールに付き添ったりしているのだった。

今日も午後からゲートボールに参加すると聞いてシンヤもやってきたのである。

しばらくチームのプレイを眺めていると公園の入口に人影が現れた。

「シンヤ、待たせたな！」

手を振りながら現れたのは八十代にしては大柄な源次郎だった。

身長は百七十センチ台後半だろうか。髪は九割がた白いが頭頂部にもまだしっかり残っている。背中が曲がることもなく手脚にも重量感があった。一年前の憔悴《しょうすい》していた姿は想像もできない。

「源次郎さん、今日も参加ですよね」

「当たり前だ。今月は皆勤賞狙ってるからな」

そう言って肩に背負ってきたスティックを下ろすとさっそくゼッケンを着ける。

「佐藤《さとう》のじいさんと賭けてんだ。五連勝で三千円」

「賭けなんてダメですよ」

「堅いこと言うな。それが楽しみで生きてんだよ。賞金ゲットしたら孫に何かプレゼントしてやるんだ。王手がかかってる。じいさん、分かってんだろうな！」

「今日は絶対負けられねえ」

名指しされた佐藤のじいさんは源次郎を指さして言った。

佐藤肇《はじめ》は古くからの源次郎の知り合いだ。二人とも生まれも育ちも月島で商店街に店を構えている。

源次郎の家は月島名物のもんじゃ焼き屋で地域でもっとも古い老舗《しにせ》だ。源次郎の父が戦後すぐに駄菓子屋を始め、源次郎の代になってもんじゃ焼き屋にリニューアルした。そのとき妻の名前から『あゆみ』と名付けた。今は息子夫婦が切り盛りしている。

一方の佐藤のじいさんは乾物屋だった。シイタケ、昆布、海苔、ナッツ類に、代替わりした最近ではオシャレにパッケージした中国茶も扱っている。源次郎の店で使うかつお節は昔から佐藤乾物店で仕入れていた。

赤と白のゼッケンを着けた十人が試合場に集まった。もちろん源次郎と佐藤のじいさんは敵同士である。じゃんけんによって先攻後攻を決めると、赤チームの一番ゼッケンを着けたお年寄りがボールをスティックで打った。

カツーンという乾いた音が響き一番ゲートを見事に通過する。

その後ゼッケンの順番どおりに赤白交代でプレイが進んだ。最年長の源次郎と佐藤のじいさんはトリの五番だ。二人とも慣れた手つきでスティックを振り難なくゲートをクリアする。コート外に出てしまうとやり直しになるが、二人ともピタッと範囲内に止めていた。力加減が絶妙である。

三つのゲートを順番に通過させてゴールポールにボールをぶつけられれば〝上がり〟だ。チームの五人全員が相手チームよりも先に上がれば勝ちである。

はじめ源次郎のチームの二番手と三番手がミスを連発して出遅れていた。

その隙に相手チームの一番手が早々にゴールポールにたどり着く。

横のベンチから眺めていたシンヤは源次郎の五連勝はなくなるかなと思っていたが、そう単純でないのがゲートボールの面白さだった。

五人全員がゴールして初めて勝ちである。佐藤のじいさんチームの四番手が三番ゲートでつまずきやり直しとなった。その間に源次郎たちのチームのショットが成功して差が縮まる。

ゲートボールでは先に上がった人の打順は飛ばされるので相手の選手に連続でプレイされることになる。要はいかに全員一斉に上がれるかが勝利のキモだった。

源次郎は長年の経験からチームみんなの実力を熟知している。後れをとっても焦ることはない。その読みは的中し見事に逆転すると、そのまま佐藤チームより先に上がることに成功した。

「よっしゃ！」

源次郎が歳に似合わぬガッツポーズをする。

佐藤のじいさんはスティックで地面を叩き豪快に悔しがっていた。

五連勝によって佐藤のじいさんから三千円をせしめた源次郎は、試合のあとも公園でお茶会を続ける仲間と別れた。

「シンヤも一緒に来てくれるか？」

「そのつもりですよ」

シンヤは源次郎のスティックを持ってやり代わりに杖を渡す。

二人は南北に長く延びる公園を海沿いに進み相生橋《あいおいばし》のたもとまで来ると、清澄通り《きよすみどおり》を通って地下鉄駅がある町の中心地にやってきた。目指していたのは駅前にあるディスカウントストアである。

月島は明治中ごろに始まった埋め立てでできた人工島だ。都心部へのアクセスが良いことから若い世代を中心に移住が進んだ。当然子どもが多く源次郎が小さいころは路地に子どもたちが溢れていたという。

やがて彼らを相手にした駄菓子屋がたくさん開業し、そこで売られていたのがもんじゃ焼きだった。月島のもんじゃが始まったのにはこういう経緯がある。

ところがそんな子どもの町・月島も徐々に高齢化が進んだ。町から若い世代が流出して一時期は子どもの姿がなくなったのである。

そんな町を活気づけようと商店街は〝もんじゃの町〟としてアピールを始めた。二〇〇〇年代になると高層ビルが林立するようになり新しく入居してくる人も増えた。

結果もんじゃ通りは活況を取り戻し町に子どもたちの姿も帰ってきた。

源次郎とシンヤがやってきたディスカウントストアも、そんな若い世代をターゲットにして去年オープンしたのである。

「こんな所に来るの珍しいですね」

源次郎が店の入口の階段を上ろうとする。シンヤは手を添えながら言った。

「まあな。こんな近所なのに実は入るの初めてだ」

「何を買うつもりです？」

「決まってんだろ――」

源次郎はそう言ってポケットに手を突っ込む。抜いた手にはさっき獲得した三千円が握られていた。

「さっそく孫へのプレゼント探しだよ。ここならなんでも売ってるだろ？」

「おもちゃもありそうですね」

やってきたディスカウントストアは五階建てのビル一棟がすべて店舗である。食料品から衣料、宝飾品、薬、家電など、なんでも揃うことで有名だ。全国の主要都市には必ず出店している大規模チェーンである。

「お孫さんおいくつでしたっけ？」

「明海《あけみ》は年長さんだ。五歳だよ」

「五歳の女の子には何がいいですかね……」

店員に訊くとおもちゃ売り場は三階だという。エレベーターで三階に来るとランダムに設置された棚に所狭しと商品が並んでいた。天井からはコスプレ衣装がぶら下がりスタッフ手書きのチラシが壁一面に貼られている。

品揃えの多さに圧倒されながらシンヤは目についたおもちゃを棚から取り出した。

「これなんてどうです？」

選んだのはプラスチック製の電車の模型だ。昔からおもちゃの定番である。しかし源次郎は渋い顔だ。

「女の子に乗り物のおもちゃはないだろ。そんなんだから彼女もいねえで独りなんだよ」

下町生まれの源次郎は口が悪い。思ったことをずけずけと口にする江戸っ子気質《かたぎ》だ。

「余計なお世話ですよ」

シンヤはできることなら家族を築いてみたい。でも残機にはそれは許されないだろう。

「なら、これなんかどうです」

それは女の子に人気のアニメ映画のキャラクターの衣裳だった。全身ピンク色のドレスには白いレースがふんだんに付けられている。よく見ればラインストーンまで埋め込まれた凝った作りだ。

しかし源次郎の機嫌はかんばしくない。

「ありきたりだよなぁ……」

「ありきたりのどこがいけないんです？　じゃあ自分で見つけてくださいよ」

シンヤはわざと怒った口調で反論したが、本音では源次郎とのやりとりを楽しんでいる。源次郎もきっと同じだ。

「俺か？　俺ならそうだな――あ、あれなんかどうだ？　可愛いぞ」

そう言って指さしたのは天井から垂れ下がった人形だった。等身大で女の子のアイドルの姿をしている。しかし通路の先に『十八歳未満お断り』の貼り紙がされていた。

「あれはダメですよ。大人用じゃないですか？」

「ダメか？　可愛いと思うけど」

冗談か本気かはっきりしない。

源次郎はケラケラと笑いながら物色を続けた。

迷路のような店内をひとしきり見て回ったあと、小一時間悩んで決めたのは携帯用ゲーム機のソフトだった。子ども用ゲーム機なのでホログラム機能はないが、電子地図と連動させることで自分の住んでいる町で大冒険を繰り広げられるようになっている。

「確か明海は本体持ってた。これならギリギリ三千円で買えるし、いいだろ」

「明海ちゃんゲーム好きなんですね」

「好きも何も、止めなけりゃ一日中やってるよ。俺たちのときにはゲームなんてなかったから外を走り回ってたもんだけどな」

「仕方ないですよ。子どもは面白いものに目がないですからね」

「そうだよなぁ」

ようやくプレゼントを決めると、源次郎はレジで会計を済ませてプレゼント用に包装してもらう。

「これで〝じいじ株〟が上がるよ」

プレゼントを手にして源次郎はホクホクだ。

「いつ渡すんですか？」

「今週末が明海の誕生日なんだよ。うちの店でパーティやるんだ。そのときに渡す」

「喜んでくれるといいですね」

言いながら二人は店をあとにする。

外に出るとすでにあたりには夕闇が迫っていた。車通りの激しい清澄通りを渡って商店街の入口まで付き添う。源次郎の店はもうそこに見えている。

「ありがとう。もうここでいいよ」

「じゃあ気をつけてくださいね。僕もそろそろバイトなんで」

源次郎はそう言うと杖を突きながらゆっくりと歩いていった。

左手にはさっき買った孫へのプレゼントを抱えている。

源次郎が家の中に入っていくのを見届けてからシンヤはもと来た道に踵《きびす》を返す。さっきまでの会話を思い出し、少し進んだところで壁にもたれかかった。

この週末、源次郎の孫が店に来ることはない。

源次郎はパーティをすることもプレゼントを渡すこともできないだろう。

なぜなら、源次郎にはもともと孫など一人もいないのだ——

2

源次郎の様子がおかしいことに気づいたのは約一年前、出会ってすぐのことだった。

路地裏でうずくまっているのを助けた翌日、気になってふたたび店の前まで来ると開店前の軒先で掃除をしている源次郎がいた。

おはようございますと言って近づくと源次郎はにこやかに返してくれた。

よかった、もう体調も良くなったらしい、そう思った。

しかし源次郎はそのあと、どなたでしょう？　と言ったのだ。

昨日は意識が朦朧《もうろう》としていたからシンヤのこともしっかり記憶していないのかもしれないと思った。

ところがよくよく聞くと、源次郎は昨日体調を崩していたことも覚えていなかった。暖簾こそかかっていなかったものの店の入口は開いていた。シンヤが中に入ると仕込みをしている息子夫婦がいた。話を聞くと、少し前からいわゆる〝まだらボケ〟というやつらしい。

源次郎の両親はもうとっくのとうに他界している。源次郎にはもともと兄と姉がいたが、東京大空襲で命を落としていた。終戦直後に生まれたのが源次郎で、この世代には珍しく一人っ子として育ったそうだ。

その後源次郎は歩美《あゆみ》と結婚して店を切り盛りしていたがなかなか子宝に恵まれなかったという。その後昭典《あきのり》が生まれたが、昭典と妻の芳江《よしえ》の間に子どもはいない。

つまり源次郎に孫はいないのだ。

実は昭典の上に長女が生まれていたが彼女が五歳のときに事故で亡くしていた。シンヤはそれを以前昭典から聞いていた。昭典にとっては姉であるその子の名前が『明海』

だった。

源次郎と歩美は悲嘆に暮れたが仕事に没頭することで少しずつ立ち直ってきた。

そして十年前、東京で開かれた二回目の夏季オリンピックは終わった。

源次郎はすでに七十半ばになっていたが、そこまでは店に立ち続けると言って頑張っていた。月島は選手村や各種競技会場にも近く店は連日外国人客で賑わった。

そのお祭りを最後に源次郎は引退したのだ。

ようやくのんびりとした隠居生活が送れると思っていたのだが、その矢先に源次郎の妻・歩美が亡くなった。長女の死を一緒に乗り越えて店を切り盛りしてきた妻を亡くし、源次郎の憔悴ぶりは凄まじかったらしい。このとき一気に体重が十キロも減ったという。それから十年、親戚の少ない源次郎は近所のお年寄り仲間と楽しく過ごしてきたが、息子夫婦は店が忙しくて構うこともできない。

夜は一人で食事をし一人で床に就《つ》く。そんな暮らしの中で徐々に会話をする機会は減り、気づけば老人性痴呆が始まっていた。

そうするうちに仏前に飾られていた明海と歩美の遺影が伏せられていることが多くなったという。

昭典ははじめ不思議に思ったがそれは源次郎の仕業だったのだ。二人の死が受け入れられず生きている幻想を見ていたのだろう。源次郎の痴呆が深刻になっていた。それが今になって〝孫〟という妄想になって表れたのだ。

シンヤは孫についての細かい話を聞くたびに胸が張り裂けそうになるのだった。

シンヤはこれまで都心では珍しくなった公団住宅の片隅で過ごしてきた。

平日昼下がり、団地の中にある公園に佇みのんびりと過ごす近所のお年寄りを眺めていたのが最初の記憶である。

当初は夕方になるとやってくる子どもたちに交じって遊んでいたのだが、そこで大きな孤独を味わった。

残機である自分には当然親や兄弟といった家族はいない。

一緒に遊ぶ子どもたちは夕方になると家族が待つ家に帰っていく。

一人取り残されたシンヤはそこで、自分の運命を嫌というほど痛感させられたのだ。

ところがそんなシンヤを救ってくれる人たちがいた。

朝から公園にやってきて日がな一日おしゃべりをしているお年寄りたちだ。

彼らは子どもたちの少なさに比べて圧倒的に人数が多かった。

シンヤが過ごしていた団地はそのときすでに築半世紀以上が過ぎていた。新築時に抽選で当たって入居したのは新婚夫婦ばかりだったが、彼らに子どもが生まれ、そして団地の中で子育てをし、そして子どもたちは巣立っていった。

残された入居一世たちは半生を過ごしてきた団地でゆっくり老後を楽しもうとしていた。そんな団地だったのでお年寄りが多かったのだ。

ところがそう思っている矢先に団地の建て替えの話が浮上したのである。

建て替えとなれば当然立ち退かなければならない。自治会の反対運動がなんとか成功して建て替えは二十年後と決まった。つまり、二十年経てば建て替え反対のお年寄りたちは皆亡くなっていると計算されたのだ。

毎日お年寄りたちの輪に入っていろいろな話を聞いていくうちに、シンヤは彼らの力になってあげたいと思うようになっていった。

最初はほとんどの人からお手伝いを拒まれたが、だんだん真剣な想いが伝わっていろいろな雑務を任せてもらえるようになった。次第に仲が深まり名前を訊かれるようになって、即答したのが〝シンヤ〟という名前だった。

シンヤという名前にしたのは、このころテレビで話題になっていた〝中村信哉《なかむらしんや》〟に影響されていたからである。

彼は自身が七十歳を超えているにもかかわらず、災害があれば自分で費用を負担して全国どこへでも困っている人の救《たす》けに向かう〝スーパーボランティア〟おじいちゃんであった。

団地の公園で寝泊まりしていたシンヤは夜の公園が寂しくて、毎日三キロほど離れたところにあるディスカウントストアの家電売り場でテレビを見る生活をしていた。中村信哉を知ったのもその店でである。以来シンヤは彼の精神にずっと憧れを抱いていた。いつか自分も誰かのサポートをして生きていきたいと。

やがてシンヤは日々の買い物、炊事、洗濯はもちろん、立ち退きの問題に悩むお年寄りの引っ越し先を一緒に見に行ったり、老人ホームを探してあげたりするようになっていった。

彼らと接していくうちにシンヤはあることに気づいた。それは、お年寄りたちは決して枯れた存在ではないということだった。

旅行もしたいし美味しいものも食べたい。オシャレをして出かけたい。

人生にはまだまだ楽しいことがいっぱいある。

仕事も子育ても一段落したからこそ、めいっぱい楽しもうとしているお年寄りが多かった。

ところが社会は彼らをそう見ていなかった。

表面上は『お年寄りに優しいバリアフリーの社会に』とか『ハツラツシニアに向けた旅行プラン』とか、お年寄りに寄り添った言い回しが目立つ。

しかし本音は『不労世代増加の危機』や『保険制度の崩壊』など、負の部分を感じさせることのほうが多かった。

社会的な弱者となったお年寄りたちは社会の厄介者扱いをされているようにシンヤは感じた。

シンヤは長くお年寄りたちのサポートをしてきたが、そのたびに参加したお年寄りたちから『シンヤくん、ありがとう』『とっても楽しかった』と言ってもらえる。

シンヤにとって介護は生きがいだった。

頼り頼られることの充実感は本当に嬉しい。

お年寄りたちの笑顔がシンヤにとっては最高の報酬だ。

この先もずっとこのお年寄りたちに寄り添っていきたい……

シンヤは心底人間が羨《うらや》ましかった。

そんな想いを抱いていた矢先にたまたまやってきた月島で出会ったのが源次郎だった。

はじめはサポートする多くのお年寄りの中の一人にすぎなかったが、その半生を聞けば聞くほど放っておくことができなくなった。最近では源次郎にほぼ付きっきりである。

そんなときにリュウスケとダイゴに会い、本体に会いに行こうという話になった。

これまでは本体にかかわらないほうがいいと思っていた。しかし介護という使命感を抱いていたシンヤにはとっても興味があった。

残機である自分の命を握っている本体。

それがどんな人なのか知っておきたい。

いまシンヤは絶対に消えるわけにはいかなかった。


翌朝、昨日の源次郎の妄想が心配になったシンヤは、朝からあゆみに来ていた。

あれこれと面倒を見ているシンヤは昭典・芳江夫婦とも親しくなっている。

二人ともいかにも下町育ちの善良な人たちだが店が忙しくて父親の面倒まで手が回ら

ない。痴呆が進んでいる源次郎もほぼ放置の状態だった。

「おはようございます。源次郎さんいますか？」

「あ、シンヤくんおはよう。いつも悪いわねぇ」

芳江は店の床を箒《ほうき》で掃きながら「お義父《とう》さん！」と大きな声を上げる。

「おう」

店の奥、引き戸を隔てた中里家の居間から源次郎の元気な声が響いてきた。

「シンヤ、よく来た。団子食うか？」

源次郎は居間のちゃぶ台から半身をひねりシンヤの前に団子をかざす。

「いや、今はいいです」

「なら茶でも飲め」

そう言って今度は湯呑を渡す。

シンヤは「どうも」と言って受け取り軽くすすった。

すでに桜は散りすっかり暖かくなっていたが、渡されたお茶はアツアツだ。しかし皮膚に痛みは感じない。

あえて昨日のプレゼントのことは訊かない。これまでの経験から蒸し返しても良いことはないと分かっている。覚えていないだろう源次郎を不安にさせるだけなのだ。

以前は区別がつかなかったが最近はシンヤには分かる。

今日は痴呆の症状は出ておらず調子が良いみたいだ。

「実は今日、頼みたいことがあるんだよ」

「なんですか？　夕方までなら時間あるから大丈夫ですよ。ゲートボール？　それともデイサービスですか？」

「いや違う。ゲートボールは水と土。デイサービスは月火金だ。今日はフリーだよ」

デイサービスはもんじゃ通りの中ほどにあるシルバー施設で行われる。

月島に子どもが戻ってきたとはいえ日本全体では急速に高齢化が進んでいる。それは月島も同じだった。主に木造一戸建てに住む古くからの住人にはお年寄りが多い。

そのため月島には病院、デイケア、デイサービスの施設があちこちにあった。

デイケアは主にお年寄り向けのリハビリサービスである。足腰の弱ったお年寄りが寝たきりにならないように、ストレッチや軽い筋トレ、歩行訓練などをする。

対してデイサービスはもっと娯楽度が高い。時間を持て余しがちなお年寄りたちがとにかく集まっておしゃべりなどに花を咲かせるところだ。

身体が元気な源次郎はデイケアを利用することは少ない。一方でデイサービスが行われるシルバー施設にはシンヤもしょっちゅう付き添っていた。

しかしそこに行きたいわけではないと言う。

「じゃあ何ですか？」

「海に行きたいんだよ」

源次郎はそう言うとシンヤに向かって笑顔を見せた。

月島を出たシンヤと源次郎は観光バスに乗って首都高速を走っていた。

自宅の車庫に店の営業車もあるがシンヤは免許を持っていない。源次郎は免許を持っているが、歳をとり引退した今は自らハンドルを握ることはない。

電車かバス、どっちにするか迷ったが、源次郎が『車のほうが雰囲気が出る』と言うのでバスで行くことに決めたのだった。

幸い月島からすぐ近くの東京駅は関東近郊へ行く観光バスが充実している。地下鉄で東京駅まで来てからチケットを買い目的地行きのバスに乗り込んだ。

バスは湾岸道路に出ると東に向かってひた走った。

ふと見ると運転席に誰も乗っていない車がやけに多く走っていた。

「源次郎さん、あれ完全自動運転車ですよ。最近けっこう見かけますね」

シンヤが窓側に座る源次郎に話しかける。

ずっと窓の外の景色を眺めていた源次郎がシンヤの指さす先に視線を送った。

「ああ、あんなもんに乗せられて何が楽しいんだかな。車は自分で運転するから楽しいんだ」

「そんなもんですかね」

免許を持っていないシンヤにはピンとこない。

「当たり前だろ。なんでもかんでも機械にやってもらったら人間は何を楽しみにすりゃいいんだ。便利になればいいってもんじゃねえ」

「昔はよく乗ったんですか？」

「ああ、毎日な。築地《つきじ》市場に毎朝仕入れに行ってた。たまには休みの日に家族で行楽にも行ったよ。やっぱり車は良い。好きなときに好きな場所に行ける。昭典が営業車使うっていうから今日は仕方なくバスにしたけど、本当は俺が運転したかったね」

「ダメですよ。昭典さんに禁じられてるんでしょ。いい歳なんだから危ないって」

車の運転をさせたくない理由を息子夫婦はただ単に歳のせいにしていた。

「けっ、知ったようなこと言ってくれるよ」

自らの健康を疑わない源次郎は運転禁止が面白くない。しかし「あ、そうだ」と言ってバッグをガサガサと漁ったあと、中から取り出したものを掲げて言った。

「でも、運転しないおかげで楽しみもある。さすがに飲んだら運転できないからな」

そう言って目の前にかざしたのは日本酒の小瓶だった。

「完全自動運転車の時代に飲酒運転で捕まりたくねえだろ？」

ケタケタと笑いながら大事そうに瓶を撫でる。

「確かに。それはカッコ悪いですね」

シンヤも真顔でうなずいた。

平日昼間の湾岸道路はずいぶんと空いていた。

完全自動運転車の普及で事故渋滞などめったにないし、そもそも人口が減少している中で自動車の数も減っていた。一般車より、房総の湾岸沿いにある工場へ物資を運ぶ大型輸送車の数が目立つ。

午後一時を過ぎたころ目的地にたどり着いた。

バスを降りるとすぐ目の前に松林が広がっている。

シンヤと源次郎は荷物を担ぐと松林の間に続く小道に分け入った。

足元は舗装されておらず白く細かい砂がシンヤのローファーに侵入してきた。

足元が悪いため源次郎を気にしながら進む。五分ほど進むと松林が終わり一気に視界が開けた。

「久しぶりに来たなあ。やっぱり良いわ」

目の前には白い砂浜と東京湾が広がっていた。

林を抜けたとたん二人の顔に強い風が吹きつける。春の海風には潮の香りに加えてどこか華やかな丸みがあった。

「気持ちいいですね」

シンヤも思わずつぶやく。

やって来たのは千葉の幕張《まくはり》海浜公園だった。

「でも海なんて見慣れてるじゃないですか？　海に行きたいだなんてどうしたんです？」

「バカだなお前は。月島から見える海とここじゃ全然違うだろ」

源次郎はそう言うと眼前で右腕を左から右に振った。

「月島の海は作りもんだ。もともと埋立地だからな。護岸もコンクリだし味気ねえ。片やここはどうだ。広々として気持ちいいだろ？」

そう言われると確かに同じ海でもずいぶん違う気がする。すぐそばを幹線道路が走っており近くには大きな街もある。しかし房総の海は東京と違って自然の雄大さを残していた。

源次郎とシンヤは海へ向かって進み突堤の縁に座った。

「へへ、これがなけりゃ始まらん」

そう言って源次郎は車中で見せた日本酒を取り出す。シンヤも芳江に渡されたビニール袋の中からパック詰めされた弁当を取り出した。

弁当と言っても使い捨てのプラスチックケースに入れられたもので、店で出す料理から見つくろったものだろう。店ではもんじゃの他に海鮮の鉄板焼き、焼きそば、お好み焼きなどを出している。

ケースの中には案の定、焼きそばとホタテの貝柱のソテー、イカの丸焼き、鉄板で焼いた卵焼きなどが詰められていた。

源次郎は日本酒の栓を抜き持ってきたプラスチックのカップに注いだ。

「俺だけ悪いな」

「僕は弱い質《たち》なんで大丈夫です」

嘘だ。もともと酔う身体ではない。

そう言ってシンヤはお茶のペットボトルを取り出した。

調子が悪いとき源次郎は手先の細かいことができなくなる。

なので様子を見ていたが、一滴もこぼすことなく日本酒をカップに注いでいた。

今日はやはり痴呆の症状は出ていない。話す内容もしっかりしている。

シンヤも、〝しっかりした源次郎モード〟で話しかけることにした。

「ここには昔、ばあさんと子どもたちを連れてよく来たんだよ」

そう言って源次郎は酒を注いだカップをかざした。

よく見ると、目の前には日本酒の入ったカップとオレンジジュースの入ったカップ二つが並んでいる。

「ここでみんなでピクニックをしたんだ」

言ったあと源次郎はグイッとカップを傾けた。

「まさか二人も先に逝くなんて思わなかったがよ」

いつになく源次郎が感傷的になっている。

二人とは歩美さんと明海ちゃんのことだろう。

しかし源次郎の顔はどこか楽しげだった。

バッグの中から新聞紙で包《くる》んだ一束の花を取り出した。

「芳江さんがうちの庭で育ててた花だ」

そう言ってジュースの横にたむけた。

「うちのと娘、二人とも花が好きだったからよ」

おしゃべり、特に昔話をすることは認知症患者には最高のリハビリだ。使われなくなった脳を刺激して記憶を呼び覚ませば、楽しかった感情まで想起させる。

「お二人のこと、もっと聞かせてくださいよ」

シンヤが促すと照れながらもまんざらでもない様子だった。

奥さんとはお見合い結婚だったこと。プロポーズは奥さんからだったこと。ようやく生まれた明海と昭典を甘やかしすぎて昭典の思春期は大変だったこと。店をやっているときは長期の休みが取れず、一度も泊まりがけの旅行に行ったことがなかったらしい。引退したらいろんなところに旅行に行こうと話していたそうだ。遠くでなくてもいい。この房総の海の近くの民宿に一泊したいねと家族で話していた。

そして明海ちゃんの事故のこと……

「昭典と違って明海は女の子ながらに活発だった。あの日も店の定休日にここにピクニックに来た。暑い日でね。絶好の海水浴日和《びより》だったよ。子ども二人を連れて海に入った。まだ赤ん坊だった昭典を初めて海に浸けたら喜んでた。でも……」

源次郎はそこで一拍置いた。

「でも、まさか急にあんな高波が来るなんて……あっという間に明海は沖に流されてた」

海水浴中の事故だった。明海はこの海で命を落としたのだ。

それ以来源次郎は自分を責め続けている。なぜあのとき目を離したのだろうと。

そしてたびたびここに来ては好きだったという花をたむけて亡き愛娘《まなむすめ》の冥福《めいふく》を祈っていたのだ。

歩美が生きていたときは二人で。亡くなってからは一人で、ずっと。

「来週明海の誕生日だ。生きてたら何歳になるのかな……」

いつもは気っ風《きぷ》の良い源次郎が今日はいつになく悲しげだ。

口元にこそ笑みを浮かべていたがその目にはうっすら涙が溜まっている。

シンヤはその様子を見て言葉に詰まる。

そして密かに誓った。

源次郎さんはずっと僕が見守ろう。

3

この日一輝は横浜駅西口にあるゲーセンに来ていた。

いつもは設備の整ったUEM所属選手御用達の店に行くのだが、毎回同じでは飽きるし対戦相手も自ずと固定される。違った環境で練習してみようと思ったのである。

午前遅くに起きた一輝は朝と昼を兼ねて駅前のファストフードをかき込み、その足で店に着いたのは昼を過ぎたころだった。それから六機あるトランス・ファイターⅫの筐《きょう》体《たい》のうち、一番奥の窓際にある一席に陣取る。

いくら落ち目とはいえプロはプロだ。ゲーセンに通う常連たちはさすがに一輝の顔を知っている。しかも地元である。一輝がいきなり現れたことで現場は盛り上がり、対戦したい選手が一輝の筐体の対面機に並んでいた。

一輝は次々にやってくるアマチュア選手を得意の型で撃破していく。SNSで一輝の来店が知らされてい見ればまだまだ対戦希望のファンが並んでいる。やはり大型店の聖地以外は集まるファンの没頭するあまり気づけば四時間以上が経っていた。

るのだろう。とはいえ腹は減るし手も痛い。やはり大型店の聖地以外は集まるファンのレベルが低い。久々に来てみたがあまり練習にならなかった。一輝はここでも勝利するたびに相手に一言悪態をつく癖が出ていた。

そのせいか、当初は純粋に盛り上がっていた店内の雰囲気も徐々に『イッキを痛い目に遭わせてやる』という空気に変わっていく。

それでも勝ち続けた一輝は夕日が差し込む窓の外を見て席を立った。

「じゃ、皆さんお疲れっす」

対戦しようと並んでいたファンをけむに巻くようなセリフを残して一輝は店の外に出た。

やはり勝つのは気持ちいい。

試合でなかなか勝てないうっぷんを晴らし一輝の気分もどこか上がる。

やはり自分は天才だ。まだまだできる。次の大会では絶対爪痕を残してやる。

アマチュア選手相手に連勝してもあまり意味がないことは頭の片隅で分かっていたが、一輝は自分にそう言い聞かせていた。

店を出て駅に向かう。

駅に最短距離で着くように細い裏路地を選んで歩く。

今日はまっすぐ家に帰って自主練しよう。

そう考えた直後だった。

いきなり後頭部に鈍く重い衝撃が走った。

一輝は衝撃で地面に倒れる。

自分に何が起きたのか分からぬまま歪んだ顔で振り返った。

そこには、夕日を背景にして一人の男が立っていた。

逆光になっていて顔がよく見えない。

後頭部を手で押さえるとヌルッと生温かい。べっとりと血がついていた。

「イッキだな？」

男がそう言って一歩踏み出す。夕日が遮られたことで男の姿を把握できた。背は低く痩せている。金に染めた髪は長めで前髪が目元を隠すほどだ。太い迷彩柄のパンツをはいて上は黒のナイロンジャケットを着ていた。こけた頰の上にギラついた目が浮いている。

一輝は痛みを堪えて言った。

「てめえ、何すんだ！　誰だよ」

「この間の試合は遊んでくれてありがとよ。対戦した〝カイザー〟だよ」

男は言いながらさらに間を詰めてくる。

カイザーという名前に聞き覚えがあった。この間のみなとみらいの大会で対戦し一輝が圧勝した相手だった。試合のあと一輝の悪態がきっかけでもめたのでよく覚えている。弱いくせに鼻っ柱だけは強かった。

大会関係者から制止されたのでその場は何事もなく収まった。しかしカイザーはスタッフに羽交い締めにされながら会場をあとにするとき、激昂《げっこう》してなにやら言葉にならない奇声を発していた。あのときの狂気じみた顔が甦る。

「観客の前でさんざん恥かかせてくれたよな。今日はお礼に来たぜ」

そう言うなり、地面に座り込む一輝に向かってふたたび棍棒《こんぼう》を振り下ろした。

確かカイザーはガリュー使いだった。棍棒を使っているのはもちろん、そのセリフも気になる。『お礼に来たぜ』はガリューのキメ台詞《ぜりふ》なのだ。

この野郎、ガリューになりきってやがる。

カイザーは棍棒で連打してきた。

一輝は頭を抱えて懸命に身体を守る。

そしてカイザーの動きが一瞬鈍ったのを見逃さず棍棒を握り取った。

一輝も十代からゲーセンに通い続けている。その間たくさんの喧嘩もしてきた。こんなことには慣れている。やられたらやり返せばいいだけだ。

一輝が棍棒をいったん摑むとカイザーは攻撃の術《すべ》を失ってたじろいだ。

すかさず一輝が蹴りを喰らわす。身体の小さなカイザーはそれだけでよろけた。

「クソ弱《よえ》えくせに調子乗ってんじゃねえぞ！」

一輝が吼えるとカイザーが後ずさる。

しかし棍棒で殴打された一輝のダメージもハンパない。これは格ゲーではなくリアルなのだ。シャレにならない。

たくさんの血が流れ目がかすんでくる。思わず膝を突き、棍棒が手から離れた。

それを見たカイザーが地面に転がる棍棒を拾い上げながら叫んだ。

「オレ様にナメた口叩くんじゃねえぞ。今度はこれくらいじゃ済まねえからな！」

言いながらカイザーが走り去っていく。

一輝は朦朧とする意識の中でポケットからスマホを取り出すと１１９番をタップした。

4

ダイゴに呼び出されたシンヤは桜木町駅前で午後六時に待ち合わせていた。

ダイゴはもともと携帯電話を持っていなかったが、バイトや子守りの身代わりをさせるうえで便利だからと一輝から持たされていた。

リュウスケはどこでどうやって手に入れたのか以前から携帯を持っている。シンヤは二人から携帯の番号を知らされていた。

シンヤは特に携帯の必要性は感じず持っていなかったが、何かあったときの緊急連絡先として源次郎の店の番号を一輝とリュウスケ、ダイゴに教えてある。

昨日あゆみにダイゴから電話が入ったのだ。

駅前広場でシンヤが待っていると三分前にダイゴが、そして十五分遅れでリュウスケが現れた。

「なんでこんなとこで待ち合わせなんだよ」

遅れてきたくせにリュウスケが開口一番不平を言う。

まず『遅れてゴメンだろ』というセリフをシンヤは呑み込んだ。

「どうして？　一番分かりやすいでしょ」

「あそこ見ろよ。交番の真横じゃねえかよ」

リュウスケの指さす先にコンクリート二階建ての小さな建物が見える。入口では制服警官が警棒を持って立番をしていた。

バーチャル技術もさることながら最近はロボットの発展も目覚ましい。

介護、工事などの現場で作業ロボットを見かけることも多くなった。日本はこの分野でも世界をリードしているらしい。この間も天野《あまの》なんとかという若いＡＩ研究者が画期的な技術の開発をしたとニュースで話題になっていた。

最近では警備用の人型ロボットもちらほら見かける。とはいえまだまだ人間の補助的な役割で見た目もぎこちない。

目の前の警官は本物の人間のようだった。

「交番の近くで何か都合悪いんですか？」

ダイゴが怪しむような目を向けた。

リュウスケは「別に」と言うが明らかに警官を嫌がり背を向けている。

「何ってわけじゃないけどよ。職質とかされたら面倒じゃねえかよ」

「やましいことがなければ大丈夫でしょ」

「うるせえな」

気の短いリュウスケがダイゴに食ってかかる。シンヤはそんなやりとりを無視して言った。

「じゃあ行きましょう。病院こっちですよね」

「はい。区立桜木町病院です」

「ホントあいつ何やってんだろうな。この間無茶するなって言ったばっかりなのに」

三人が連れ立って駅前を離れる。

シンヤたちはなるべく怪しまれないように距離を開けて歩いていった。


区立桜木町病院に着いたシンヤたちは、ナースセンターで簡単な手続きを済ませ一輝が入院する外科病棟の三階に向かった。

三人ともマスクをしているものの目から上はそっくりだ。すれ違った看護師に二度見三度見されたのでシンヤはハラハラする。

シンヤを先頭に入口まで来ると、開け放たれたドアから部屋に入った。

左右三つずつ六床のベッドが並んでいる。カーテンで目隠しされたところもあるが目当ての人物はすぐに見つかった。向かって右手の窓際に不貞腐《ふてくさ》れた顔で横になっていた。

「一輝さんこんばんは。大丈夫でした？」

シンヤが声をかけると一輝が嫌そうな顔をする。

「誰が全員で来いって言ったんだよ。お前だけでいいよ」

指さされたのはダイゴだ。バイトの身代わりをしているし生活圏が近い。

「コンビニで替えの下着を買ってついでに金を下ろしてくりゃいいんだよ」

ぺこりと頭を下げてダイゴが謝る。

「すいません……」

「お前が謝る必要ねえよ。せっかく代わりにバイトしてやってんのに約束破ったのはこいつだろ。無茶するならこいつをバイトで使わせねえぞ」

この間の喧嘩から一輝に対するリュウスケの態度は手厳しい。まあまあとシンヤが制しながら言った。

「大丈夫なんですか？」

見ると一輝の頭には包帯が巻かれネットで固定されている。

「まあな。ぱっくり割れて三針縫った」

「縫った⁉」

リュウスケが呆れたように叫んだ。

「どうしてそんなことになったんですか？」

シンヤが訊いても一輝は黙っている。

代わりにダイゴがカイザーに襲われた顚末《てんまつ》を説明した。

怒りが再燃した一輝がダイゴの説明のあとで吐き捨てた。

「何が〝カイザー〟だ！　〝皇帝〟って意味だろ？　あんな実力でふざけた野郎だ。いきなり棍棒で殴ってきたんだよ。ガリューの真似して棍棒使ってキメ台詞吐いてった。なりきりやがって。今度会ったらメタメタにしてやる」

「入院させられといてイキがってんじゃねえよ」

「なんだと？」

言った瞬間一輝が左肩を抱えた。

負傷したのは頭だけではなかったのだ。一方的にやられただけにカッコ悪い。被害届は出さなかったし結衣にも黙っていた。

「まったく。試合も近いのにいい迷惑だぜ。まあ明日には退院できる。ダイゴ、コンビニ頼めるか。駅前にあるから行ってきてくれ。お前らはもう帰れよ」

「見舞いに来てやったのにその言い方はなんだよ」

「呼んだのはダイゴだ。俺は来てくれなんて言ってねえ」

一輝とリュウスケは今にも殴り合いを始めそうな勢いだった。

「分かりました。すぐ帰りますよ。でも一言言わせてください」

シンヤは二人を遮るように言ってベッドサイドにあった丸椅子を引き寄せ座った。視線が上半身を起こした一輝と同じ高さになる。シンヤは一輝の目を見つめた。

「実は今お世話してるお年寄りがいるんです」

神妙な言い草に一輝が押し黙る。わざと視線を外し窓の外を見た。

「そのお年寄り、源次郎さんっていうんですが、認知症が進んでるんです。亡くした奥さんと娘さんのことを想い続けてるんですが、最近記憶も混濁してて自分でもそのことに気づいているみたいなんですよ。忘れないように暇を見つけては昔の写真やアルバムを見たり家族みんなで出かけた所に行ったりしてるんです」

一輝は眉間にしわを寄せたまま冷たい視線をシンヤに向けた。

「このまま症状が進行すれば自宅介護はできなくなるでしょう。介護付きの老人ホームに入るしかありません。でも僕はギリギリまで彼のお世話をしたいんです。家族との楽しい記憶を持ち続けてほしい。家族との思い出の場所に連れていってあげたいんです。

だからいま一輝さんの命知らずな行動で僕は消えるわけにはいかないんですよ。どうか無茶しないでください」

シンヤの真剣な言葉に室内が一瞬静まり返る。相部屋の他の患者たちも何事かと注目していた。

「分かってるよ。今日の喧嘩はお前らに会う前のトラブルが発端だろ。これからは気をつける。もういいだろ。さっさと帰れ」

「お願いしますよ」

「シンヤだけじゃねえぞ。三人のうち誰が消えるか分かんねえんだ。とばっちりはごめんだからな」

リュウスケの念押しに一輝は舌打ちした。

「分かったって。しつけえな。もうすぐ試合なんだよ。集中が途切れるようなことはやめてくれよ！」

一輝はそう言って布団を頭から被ってしまった。

5

十日後の金曜日、一輝は久々に横浜のＵＥＭ事務所にいた。

喧嘩をして入院した翌日、無事に退院した一輝はその日から東京や神奈川の主だったゲーセンをハシゴして回った。

ＵＥＭのプロゲーマーがこぞって通っている横浜のゲーセンの他にも、全国には聖地と呼ばれるゲーセンがある。神奈川なら川崎の駅前にもある。東京は全国の中でも聖地がたくさんある場所だ。渋谷、池袋、錦糸町、中野、町田、そして日本国内で最大の聖地と呼ばれているのが、新宿歌舞伎町にある巨大ゲームセンターだった。

ここはホログラスを開発したバーチャルソフト社直営のゲーセンで、最新鋭の機種が複数揃っている。３Ｄホログラム機が五台も設置されている施設はここだけだった。

一輝はこの八日、さまざまな環境にある３Ｄホログラム機でゲームをしまくり場慣れしようとした。いわば武者修行である。そして昨日、最後の修行地であるその歌舞伎町のバーチャルソフトセンターで最後の仕上げをしてきたのだ。

格ゲーの練習場に入るとそこには先輩ゲーマー・もふもふがいた。

「イッキ、久しぶり」

もふもふは同僚ゲーマーのオンライン対戦を見ながら手に持ったカップラーメンをすすっている。一輝に気づいてホログラスを外すと口に麺を入れたまま言った。

「明日はリベンジだな。どうだ調子？　もう怪我は大丈夫なのか？」

一輝は強がって頭の包帯をもう外していたが、もふもふには一輝が襲われたことは知られている。

しかし一輝は人差し指で天を差しながら言った。

「完璧。明日のヒーローは俺ですね」

もふもふがスープを飲みながらニヤッと笑う。

「去年みたいなことは勘弁してくれよ」

もふもふの言葉に一輝はフンと鼻を鳴らした。

〝去年みたいなこと〟

思い出したくもない出来事だった。

毎年ゴールデンウィークに開催される国内のeスポーツ大会で、IEC（国際eスポーツ連盟）ではA3にランク付けされている。つまり日本一を決定する大会ではないが、その歴史と規模の大きさで世界ランキングにも影響する公式戦と位置付けられている大会である。

去年この大会に参加した一輝は、初参戦した中学生相手に予選トーナメントの一回戦で敗退したのだ。

苦手だったトランス・ファイターⅪだったから、などという言い訳は通用しない。

一輝はすべてをゲームに捧げるプロゲーマーなのに対して、相手はまだ義務教育の学生なのだ。

結局その後の決勝はもふもふとその中学生の対戦になり、見事もふもふが一輝の敵《かたき》を討ってくれた。

しかし翌日のスポーツ新聞は屈辱だった。

『奇跡の中学生、元日本チャンピオンを子ども扱い！』

『十五歳の神童が準優勝！　予選で元日本チャンピオンを手玉に取る』

しかも当の中学生がインタビューの中で、一番楽な試合相手が一輝だったとコメントしていたのだ。

もちろん記事の中の『元日本チャンピオン』というのは一輝である。

一輝はこの一年、この大会でのリベンジを心に誓っていた。

プロゲーマーとして前に進むには優勝して汚名を濯《そそ》ぐしかない。

「そういえば去年の坊主も出るそうだぞ」

「知ってます。対策もばっちりしてきたんで大丈夫」

「自信満々だな。じゃあ決勝で待ってるよ」

「当然。優勝は貰いますよ」

先輩といえども個人戦である格ゲーで試合となればライバルだ。

この日は試合前日のため、当日の細かいスケジュールを確認しにきただけだ。さんざん練習してきたんだ。もうやれることはない。極度に集中力を要するeスポーツにおいて体調管理は重要である。いつもは自堕落な一輝もこの日は武者修行をやめて自宅で休息を取るつもりだ。

監督室で梅本からプレイヤー証を受け取るとUEMの事務所をあとにした。

事務所を出たとたんポケットのスマホが着信を告げた。

見るとそこには『結衣』の文字が浮かんでいる。一輝は瞬時に頭を巡らせた。

今日残機のダイゴはプレイングワンのバイトに行っているが、確か昨日が晴輝と会う日だった。

最近は自宅アパートにも帰らずゲーセン巡りを続けていた。ダイゴから何度か電話があったが、プレイ中で出られなかったり気づいても無視したりして一度も話していない。バイトも晴輝の相手も完全にダイゴ任せだった。

そんな状況で話したら嚙み合わないことになるかもしれない。しかし出ないなら出ないであとが面倒だ。

一輝は仕方なく『通話』の文字をタッチした。

『もしもし一輝――』

「ああ、なんだよ。金ならまだ用意できてないぞ」

早く切りたい一心であえて威圧的な声を出す。しかし結衣はそんなことには動じない。妙に明るい声で続けた。

『そんなこと分かってるよ。晴輝が話したいって言うから電話したの』

「晴輝が?」

一輝は耳を疑った。

実の子どもとはいえ、生まれたときから一緒に住んだこともなく話したこともほとんどない。この間久々にゲーセンで会ったときだってまったく懐いていなかった。

生まれたあとに結衣から聞いた話だが、晴輝は身体が弱く頻繁に医者の世話になっている。そんなところも一輝が敬遠する理由だった。ゲームに集中できない。

その晴輝が自ら、父親である一輝と話したいなんていままでの雰囲気からは考えられない。

ひとつだけ思い当たるのはダイゴである。

昨日初めて川崎に行き結衣がパートに出ている数時間、晴輝の面倒を見ていたはずだ。

そこで何かあったのだろうか。

しかし当の一輝には関係ない。子ども嫌いなことも相変わらずだ。

『もしもし……』

幼い声がスマホから響いてくる。

慌ててスマホを耳につけた。

「晴輝か……どうした？」

電話口からガサガサとくぐもった音が聞こえてくる。スマホを耳元から離してしまったのだろう。まだ電話での話し方もよく分かっていないのだ。

『明日、大切なお仕事なんでしょ？』

どうやら試合のことをダイゴが話したらしい。

「そうだ。だから今日は早く帰って明日に備えるんだ」

『頑張ってね。晴輝も応援してるよ』

思いもかけないセリフに返す言葉が見つからない。

「ん、あぁ……そうだな……」

なぜか単純な〝ありがとう〟が出てこなかった。

結衣は晴輝の横で喜んでいるようだが一輝はそれでもピンとこない。

晴輝の面倒を見てくれとダイゴに頼んだがそれはあくまで結衣対策だ。

養育費が払えない代わりに一時的に面倒を見させたにすぎない。

しかし結衣はダイゴを一輝だと思い込み、ようやく父親らしいことをしてくれたと喜んでいるのだ。もうとっくに別れているのに変な女だと思う。

『晴輝から聞いたよ。明日試合なんでしょ。養育費のためにも頑張ってね』

試合直前にモチベーションを下げられる。早く電話を切りたかった。

「ああ、もういいだろ。切るぞ」

『ちなみに明日は何の大会？』

もともとゲームに興味のない結衣は結婚していたときから業界事情を何も知らなかった。

『明日もパートだし別に応援に行くわけじゃないんだけどさ。大会の規模によって勝てるかどうか予想できるじゃない。賞金額もだいたい分かるし』

結衣の言い草にカチンとくる。

「幕張eスポーツ選手権だ！」

一輝はスマホに向かって吐き捨てるように言うとそのまま通話を終了した。

6

この日の早朝、シンヤは月島の佃《つくだ》公園に来ていた。

月島の北端にあり源次郎の家からもっとも近い公園だ。いつもゲートボールをしている石川島《いしかわじま》公園とも近い。

源次郎の話では、昔は木造の家が地面を這うように連なっていた街並みも、前回の東京オリンピックの前後から超高層マンションが林立するオシャレな街に変わっていた。朝日が昇りビルの影が公園に長く伸びている。

週末の天気が良いときの早朝には必ず源次郎がここへ散歩に来ることをシンヤは知っていたのだ。

河沿いのベンチに腰掛けて源次郎が来るのを待つ。

園内の公衆トイレにかかっている時計の針は六時五分を指していた。空も晴れわたり風も穏やか。護岸に打ち付ける水音に誘われるようにもうすぐ源次郎が来るだろう。

その水音を聞いていると、この間の海への遠足でのことが頭をよぎった。

認知症が進んでいるとはいえいつもは快活な源次郎が寂しそうだった。

よほど奥さんと、特に事故死した娘さんの死が応えているのだろう。もうずっと前の話だが、その傷はまだ源次郎の中で乾ききらないかさぶたのように痛んでいる。

日帰りのピクニックばかりで一度も家族を旅行に連れていけなかった。そのことを源次郎はずっと悔やんでいる。

いつか時間ができたら――

そう言い続け先延ばしにしてきたが人生はいつ何が起こるか分からない。

したいと思ったとき、それがするべきときなのだ。

悔やんでも二人はもう帰ってこない。

ふと気づくと、繰り返す水の音に麻痺していつの間にか時間が過ぎている。

身体をひねって時計を見てみるとすでに六時半を過ぎていた。

林間から源次郎の家の方角を覗いてもそれらしい姿が見られない。

とそこへ「シンヤ」という声が逆方向から聞こえてきた。

いつの間にそっちに回り込んだのだ。

ところが振り向くと、そこには源次郎のゲートボール仲間である佐藤乾物店の主人・佐藤肇が立っていた。

「佐藤さん、おはようございます。源次郎さん見かけませんでした?」

源次郎と同級生の佐藤のじいさんは頭も身体もまだまだしっかりしている。

「いや、今朝は見かけてないね——。あそこのツツジがもうすぐ咲くって楽しみにしてたのになぁ。今朝一気に咲いてたよ」

そして「ほら」と言った佐藤のじいさんの指が示す先にはピンク色がかったツツジの花が咲き乱れていた。

近づくと朝露に濡れて光っている。

「明海ちゃんは特にツツジが好きだったなぁ」

佐藤のじいさんは亡くなった明海のこともよく知っているようだった。

ところがシンヤが近くでよく見てみるとふと異変に気がついた。

ツツジの枝の一部が無残に折られそこだけぽっかり穴が開いたようになっている。

よく見れば折れた枝は生々しい。ついさっき折られたように樹液が滴っていた。

「ああ……ひでえ奴がいるんだよな。公園の花を盗んでいくんだ。源次郎と二人で何度叱ったか分かりゃあしねえ。全然悪気がねえんだから困ったもんだよ」

それを聞いたシンヤは嫌な予感が頭をよぎり足早に公園をあとにした。


走るように公園を出たシンヤはそのまま源次郎の店あゆみに来ていた。

月島のもんじゃ焼き屋はランチも提供する店が多い。比較的早くから仕込みを始めているがさすがにまだ朝早い。あゆみの店先は閉まっていた。

シンヤは裏に回り勝手口の呼び鈴を押す。

しばらくして源次郎の息子の昭典が眠そうな顔で現れた。

「シンヤくん、こんな朝からどうした?」

昭典はまだパジャマ姿だ。目を半分だけ開けて頭には盛大な寝癖がついている。

シンヤにはいつも源次郎の面倒を見てもらっているが、さすがに迷惑そうな顔を見せる。

しかしシンヤは構わず言った。

「源次郎さんいますか?」

「そういえば今日は遅いな。いつもはまだ暗いうちから起きてるのに」

そう言って昭典は勝手口から顔を引っ込めた。そのまま一階の居間の横にある、源次郎が寝起きする和室の襖《ふすま》を開ける。

ところが「あれ?」という昭典の声がした。

「おやじいないな。どこ行ったんだろう」

そこへ、二階から昭典の妻の芳江が降りてきた。

「お義父さんなら明け方に出かけたみたいよ」

「どこへ?」

「知らないわよ。トイレに起きたらちょうど玄関にいて、ちょっと出かけてくるって」

「なんか言ってませんでしたか?」

シンヤに問われ芳江は少し考えてから言った。

「そういえばとっても上機嫌だったわね。みんなと出かけてくるって言ってたわ。ゲートボールのお仲間だと思ったんだけど」

ちょっと待てよとシンヤは思って慌てて外に出た。

裏口には小さな車庫がありいつもはあゆみの営業用ミニバンが停まっている。

シンヤは車庫の前で立ち尽くした。

シャッターは開け放たれ本来停まっているはずのミニバンがそこにはなかったのだ。

源次郎に違いない。

だとしたらいますぐ運転をやめさせなければならないが、行き先を告げずに出かけている。

シンヤはふと気がついた。

「奥さん、源次郎さんは『みんなと』って言ってたんですよね」

「ええ……」

そのセリフを聞き先日の遠足を思い出した。

『みんな』とはゲートボール仲間ではありえない。今日、ゲートボール仲間と出かける予定はないことをシンヤは知っている。

では誰なのか。最近の源次郎にみんなと呼べる仲間は他にいなかった。

だとしたら考えられるのはひとつしかない。

みんなとは家族のことだ。

その時点で捜索先は絞られた。

7

朝目覚めると頭の中がすっきり晴れていた。

スプリングが軋むベッドから起き上がると身体も軽い。両手を上げて身体を伸ばすと、ゲーマー特有の慢性の肩こりも消えている。

調子がいい――

一輝はベッドの縁に座りながら頭の中でつぶやいた。

今日は一年に一度の幕張での試合だ。

もふもふに言われるまでもなく去年の雪辱は必ず果たす。

最善の準備、最高のコンディション。目覚めた瞬間、一輝はここ最近感じることのなかった自信を覚えた。

離婚する前から借りていたワンルームの安アパートで、一輝は身支度を整えるとバナナをかじった。いつもは朝食など食べない一輝だったが試合の日は別だ。

極度の集中力を要するeスポーツでは脳のエネルギー消費が凄まじい。小分けにして食事、しかも甘いものを摂取しないとすぐにガス欠になる。集中力の低下は即負けにつながるのだ。長丁場の試合を見越して昨夜準備したリュックには飴やチョコレートも詰め込んである。

壁掛けの時計の針は六時半を指している。開会式は午前八時半。余裕を見てそろそろ出かければちょうどいいだろう。

ところがベッドサイドに転がしておいたスマホを手に取り頭が沸騰した。

液晶画面は『7:52』となっている。

スマホを振るがデジタル機器にはなんの意味もない。間違っているのは壁掛け時計のほうだ。電波により自動調節されるスマホの時計が狂っているはずはない。

いま、八時少し前なのだ。

バナナを口に押し込んでリュックを摑むとスニーカーを履いて慌てて外に出る。

アパート前の路地を猛ダッシュして車通りの激しい道まで出ると、なんとかタクシーを摑まえた。

「幕張メッセまで。猛スピードで！」

桜木町を出たタクシーは黄色に点灯する交差点を躊躇なく抜け、ものの十五分でアクアラインにたどり着いた。

年々渋滞は緩和され首都圏の車移動はスムーズになっていたが、休日の午前中となれば話が違う。行楽に行く人たちの車が繰り出し首都高速湾岸線は混んでいるだろう。

桜木町から幕張まで、東京湾沿いに走るか、アクアラインで千葉に渡り逆方向から目指すか迷った。

橋のたもとに着くまでの十五分間、悩み抜いた末にアクアラインを選択する。千葉を北上するほうが人口の多い東京を通るより空いているだろうと踏んだのだ。東京湾沿いにはいまだ人気の衰えない〝ネズミの国〟もある。

幸いそれほどの混雑もなくタクシーはアクアラインを高速で渡り切った。

運賃の表示はすでに一万円を超えている。ダイゴにバイトをしてもらっているとはいえ、カップラーメンで節約していたのがバカらしくなった。カップ麵何十食分がこの三十分で消えたことだろう。しかも腹は膨れない。ただ焦りが募るばかりだ。

木更津《きさらづ》に入るとタクシーはハンドルを左に切り、一路幕張メッセを目指す。順調にひた走りこのぶんなら試合開始には間に合うかと安堵感が広がってきていたが、千葉市に入るとやや混み始め、幕張直前でついに渋滞に摑まってしまった。

年に一度の幕張eスポーツ選手権はテレビ中継もされる人気イベントだ。国内タイトルとはいえ海外からトップゲーマーも招待される。賞金総額は三億円のビッグタイトルである。当然観客も多い。この混雑も会場となる幕張メッセを目指してのものだ。

だとしたらここから渋滞が緩和することはない。

なんとか抜け道を探して走ってもらいあと数百メートルのところまでたどり着いたのだが、方向だけを頼りに突き進んだ先が長い階段になってしまった。高台の上からはすぐそこにメッセ会場が見えている。

「ああ、もうここでいいっす」

一輝はそう言ってポケットからスマホを取り出した。

運賃は二万三千四百円。

スマホを読み取り機にかざすと、ピッという認識音が鳴り支払いを済ませた。

思わぬ出費は痛いがそんなことを言っている暇はない。

こうなったら意地でも優勝して賞金を稼ごう。

一輝はリュックを背負うと目の前の階段を降り始めた。

スマホの時計を見ると八時四十七分を表示している。

開会式には間に合わなかったが一回戦はなんとかなりそうだった。

普段大して運動をしない一輝に朝っぱらからのダッシュはきつかった。

すでに道は開け会場は目の前に迫っている。

道路を行く車を警備員が臨時駐車場に案内している。

その脇を一輝はひたすら走った。

比較的新しい幕張新都心の街並みは碁盤の目のように区画整理されている。

車道も片側二車線。歩道も広い。駅から歩いてくるゲームファンも多かったが、それでもその脇を走るスペースがあるのはありがたかった。

ところが最後の交差点にさしかかったところで長い赤信号に摑まった。

見ると大勢の人たちが歩道に溜まり青に変わるのを待っている。すぐそばには歩道橋もあったが一刻を争う一輝にその選択肢はない。

一輝はガードレールをまたぎ車道に出る。横断歩道に立っていた警官が笛を鳴らして注意してきたがそれどころではなかった。幸い車道も混雑しておりスピードを出している車もない。一輝は車の間を縫って反対側に渡ろうとした。

ところが逆車線に出た次の瞬間、車が何かにぶつかるような衝撃音が響いてくる。

そして悲鳴が上がった。

えっと振り返ったときにはもう、一輝の身体は宙を舞っていた。

あたりの喧騒が耳から消える。

景色の流れがゆっくりに感じられたあと、一輝は意識を失った。


一輝をはねた車は反動でガードレールにぶつかり、数十メートル先の標識に突っ込んで停まっている。

車のフロント部分が大破し大きく歪んでいる。

白い車体。古い車種。黄色のナンバープレートから軽のミニバンと分かる。

運転していた男は意識を失いハンドルにつっぷしている。

騒然とするあたりは時が止まっているようだった。

居合わせた警官二人がそれぞれ、倒れた一輝と同時に運転手のもとへも駆け寄った。

「大丈夫か！」

ひしゃげたドアをこじ開けて警官が顔を覗き込む。男は高齢で頭から血を流している。

助手席には新聞紙で包まれたツツジの花が置かれていた。

8

目を開けると見慣れぬ天井が広がっていた。

ついこの間も似たようなことがあった。

確かあのときは試合のあとの医務室だった。

今度もそうだろうか。

だとしたら今回も優勝を逃したのかもしれない。

ぼうっとする頭でそんなことを考えていると横から聞きなれぬ音が聞こえてきた。

静かに規則的な電子音が鳴っている。

少しずつ周りの状況が見えてくるにつれ、とてもイベント会場の医務室とは思えなくなっていた。

頭を動かさず目だけで周りを確認する。

薄暗い部屋はグレーに沈み至るところに無機質な機械が置かれている。

それは慣れ親しんだゲーム機ではない。彩《いろど》りの少ない簡素なデザインはとてもエンターテインメントの機械とは思えなかった。思い浮かぶのは医療機器である。

そこでようやく幕張の試合に向かっていたことを思い出す。

勝敗はどうだっただろうか。

会場までの風景は浮かぶのにその後の試合が思い出せない。

少なくとも優勝していないことは間違いないようだ。

すると一輝の視界の中に白衣の男が入ってきた。

「意識戻りましたか。上山一輝さん」

名前を呼ばれ返事をしようとする。しかししゃがれた呼吸音が漏れるばかりでまともな声が出なかった。

「無理しないでください。上山さん、今日何日か分かりますか？」

ゆっくりと首を横に振る。日付どころか、ここがどこかも、どうしてこうしているのかも分からない。

「あなた交通事故に遭ったんですよ。救急車で運ばれてきたのはもう三日も前のことです」

医師から信じられない事実を告げられ一輝はポカンとなった。

「ちょうどご家族が来てますから呼んできますね」

そう言って医師はいったん部屋を出ていき、しばらくして二つの人影を連れて戻ってきた。

「まったく、いつまで他人に迷惑かけるつもり？」

そこには結衣が立っていた。足元には晴輝がしがみついている。

「結衣、どうして？」

ようやく意識がはっきりしてくると一輝はつぶやいた。

『ご家族』と言われたが正確には家族ではない。それでも結衣は一輝の反応を無視して続けた。

「これ、着替えと保険証。あと手術費と入院費の明細ね」

言いながら何枚かの書類を机に並べていく。

「梅本さんが届けてくれたんだよ。ちゃんとお礼言っときなさい」

タメなのに結衣はいつも上から目線だ。

夫婦だったとき結衣は梅本監督に何度か会っている。監督から一輝が入院していることを知らされたそうだ。

結衣の説明で事故直後のことがようやく理解できた。

どうやら幕張の試合会場に向かう途中に路上で車にはねられたらしい。

すぐに救急車でこの千葉県立幕張総合病院に運ばれたのだ。

「運転してたのは認知症の男性で、アクセルとブレーキを間違えて突っ込んできたみたい」

そこに運悪く自分が居合わせたというわけか……

さらに結衣は続けた。

「その人も軽傷で済んだらしいけどマスコミが大騒ぎしてね。加害者ではあるけど可哀想なくらい叩かれてるよ。認知症なのになんで運転してるんだって」

確かに、高齢化にともなって老人の運転ミスによる事故は多発している。

問題の高まりに世間は敏感に反応しているのだろう。

「まったくうぜえじじいだな」

「それにしても無事でよかったね」

結衣がポツリとつぶやく。傍《かたわ》らで見ていた医師が口を開いた。

「あれだけの事故なのに信じられませんよ。頭を強く打ってましたしそのまま即死してもおかしくありませんでした。なのにCTでもMRI検査でも異常はないしこれといった外傷もありません。あとは簡単な検査をして、そこでも問題なければすぐに退院してもいいでしょう」

医師はそう言ったあと改めて一輝を見つめた。

「奇跡だな……ご家族に感謝ですね」

それを聞いた結衣が苦笑いをする。

結衣の後ろに隠れていた晴輝がベッドサイドに近づいた。

「死んじゃうの？」

思わぬセリフに一輝が驚く。

「俺が？　これくらいで死ぬはずないだろ」

しかし晴輝は続けた。

「死んじゃったらゲーム教えてもらえなくなる。今度ゲームセンターに一緒に行こうって約束したでしょ」

一輝にそんな約束をした記憶はない。

間違いなくダイゴだ。

思わず舌打ちしたが晴輝にも結衣にもその意味は分からなかった。

結衣が何か思い出したように突然どこかに電話をかけ始めた。自分には関係ないことと外を眺めていると、「梅本さん」と言ってスマホを渡してきた。

一輝は慌てて受け取る。スマホを耳に当てながら思わず頭を下げた。

「梅本さん、いま事情聞きました。いろいろ迷惑かけたみたいで……」

『いや、なにはともあれ無事でよかったよ』

「俺、試合は……」

『幕張は当然棄権だ。そんなことより早く身体治せ』

「ありがとうございます」

梅本は身体を心配してくれているもののその声はどこか呆れている。

高校卒業からずっと面倒を見てくれている梅本は一輝の親代わりだ。

その彼の期待を裏切ってしまったことが一輝には何よりも悔しい。

またヒーローになりそこねた――

通話を切り結衣にスマホを返すと結衣と晴輝も帰り支度《じたく》をした。

「それじゃあ私たちもこれで帰るよ。当分晴輝の相手はいいから早く治してください」

それじゃあと手を上げて部屋をあとにする。

あとを追いかける晴輝は去り際に哀しそうな顔を見せた。

まったく俺は何をしてるんだ。別れた女の世話になるなんて情けない。

一人になった集中治療室に夕日が差し込んでくる。

身体を起こすとあちこち痛んだが動けないというほどではなかった。

今日はここに世話になり、医師の許可が下りれば明日にも退院しよう。

結衣が置いていったバッグを漁ると退院手続きに必要なものは揃っている。

するとそこに部屋のドアを開ける音が響いた。

もう訪ねてくる者などいない。そう思っていた一輝が驚いて顔を向けると、そこには自分とそっくりの男が立っていた。その表情や服装からダイゴだと分かる。

「いたのか……」

「大丈夫ですか？」

「ああ、なんとかな。先生が言うには奇跡だってさ。俺は不死身だよ」

医師の言ったことを鵜呑みにした一輝が精一杯の強がりを見せる。

「そんなはずないですよ」

「……」

「間違いなく死亡事故だったはずです」

一輝もなんとなく分かっている。

「でも、俺生きてんぜ」

悪い予感を振り払うように言った。

しかしダイゴは首を振りながら否定した。

「今は証明できないです。けど、少ししたら分かりますよ」

ダイゴは意味深なセリフを言い項垂《うなだ》れた。

彼らが言っていることが正しければダイゴたちは自分の残機だ。自分の命にかかわる事態になれば残機が身代わりになるらしい。

はっとして顔を上げるとダイゴがコクリとうなずく。

「僕は今ここにいます。消えたのはシンヤくんかリュウスケくん、どっちかでしょう――」

ダイゴの言葉に一輝は息を呑み込んだ。

STAGE.3

1

目の前に暗く沈んだ海が広がっていた。

岸壁に打ち付けた波が砕け低い唸り声を上げる。遠くに見える巨大タンカーからくぐもった汽笛が響いていた。

コンクリートで固められた岸壁の上に鬱蒼《うっそう》と茂った木々が続いている。街灯に照らされた広場にはベンチが点在しているが、今そこに座っている人影はない。ポールのてっぺんに設置された時計では午前一時三十五分。大《おお》さん橋《ばし》と山下埠頭《やましたふとう》に挟まれた横浜山下公園は穏やかな夜を迎えていた。

ところがそんな公園の公衆トイレから黒ずくめの男三人が突如姿を現した。三人ともリュックを担ぎ足元にはスニーカーを履いている。深夜の闇の中にもかかわらず全員キャップを被っていた。

彼らのうちの一人はリュウスケだ。腕にはめたデジタル時計を確認する。

「時間だ。行くぞ」

リュウスケの合図で三人は山下公園を出ていった。

リュウスケたちがやってきたのは山下公園からほど近い場所だった。区画整理された道路は幅広でまるでヨーロッパの街並みのようだ。時間が時間だけにあたりにはほとんど人影はない。

リュウスケが歩みを止めて顔を上げる。

そこには時代がかった建物が聳《そび》えていた。

地上五階の土台は横長でどっしりとした安定感がある。そのうえに展望台を兼ねた塔がすっと延びお城のように優雅なシルエットだ。外壁全面にスクラッチタイルが貼られていることもありその重厚さを増している。

リュウスケはこの日に備えてしっかりリサーチしてきていた。

建物は建築界のスター、フランク・ロイド・ライトの作品を意識したアールデコ風の佇まいで昭和三年竣工。完成から百年以上が経過し国の有形文化財に登録されている。「クイーンの塔」と呼ばれる横浜税関、「ジャックの塔」と呼ばれる横浜市開港記念会館と並んで、「キングの塔」と呼ばれる旧神奈川県庁本庁舎だった。

建物は老朽化が進み手狭になったため庁舎としての機能は隣のビルに移っている。それでもその外観の優雅さから観光客に人気のスポットとなっていた。

リュウスケたちは正面から建物を見上げたあと周りに人影がないことを確認した。キャップを取り用意してきた目出し帽を被る。

リュウスケの合図で小走りに移動するがスニーカーのおかげで靴音はまったく響かない。建物の裏手に回るとそこは表側とはまったく違う風景だった。

半年前、首都圏で起きた比較的大きめの地震によって死者こそ出なかったものの多くの古い建物に被害が出た。

それは築百年を超えるキングの塔も同様で、背面のタイルがかなりの規模で剝落《はくらく》したのだった。建物の破損はニュースになりリュウスケもそのテレビニュースを見ていた。その修復工事が一ヶ月前から始まっていたのである。

リュウスケはそこに目を付けていた。

県庁としての機能はなくなったが文化財であり観光資源だ。当然警備も厳しくセキュリティシステムも万全。普段なら侵入することはなかなか難しい。

ところが先日観光客を装って下見に行ったところ、背面の外壁を直すために外に足場が組まれていたのだ。

もちろん足場の入口には扉があり鍵がかかっている。だがこのご時世にもかかわらず使われていたのは古めかしい南京錠だった。これなら中学生でも開けられる。

敷地外の道路から覗き込み警備員の姿がないことを確認する。素早く足場の入口に近づくと小柄な男が南京錠を摑む。手にしたピッキング器を差し込むとものの数秒でカチッと音がした。

リュウスケが腕時計のストップウォッチをスタートさせる。

人差し指を立てて中を差し、『スタート』とばかりにその手を二回振った。

次の瞬間、まずはリュウスケが、そして残りの二人が足場の中に侵入していった。

扉を開けて中に入ると、金属製のポールが複雑に組み上げられて頭上高く続いていた。

通路は狭く足場も金属の板が並べられているだけだ。男三人の体重で接続部分がミシミシと音を立てる。特に一人は背が高くお腹も出ていたため今にも外れそうな音である。

しかしリュウスケたちは慣れた様子で駆け上がり一気に最上段までやってきた。

ひょいっと身体をひるがえし建物に飛び移る。

そこはキングの塔の屋上展望台だった。

建造当初の貴重な調度品が数多く置かれている建物内部は監視カメラもたくさん設置されている。しかしこの屋上は四方を垂直な壁に囲まれているため侵入は不可能で、ゆえに監視カメラがないことも確認済みだった。

「始めるぞ!」

リュウスケの合図で三人が一斉にリュックを下ろす。中からロープ、ハーネス、そしてポケットのたくさん付いたベストを取り出した。

リュウスケは黒ずくめの服の上からまずハーネスを装着し、身体にぴったりフィットさせる。次にベストを着るとたくさんのポケットにアルミ缶を突っ込み始めた。身体中がアルミ缶だらけになるとハーネスにロープをつなぐ。そして展望台の柵にロープをくくった。

「用意完了。お前らは?」

「終わりました!」

「大丈夫です!」

三人の声が響いた直後、彼らの身体が一斉に柵の外に飛び出した。

それはまるで特殊部隊を思わせる。華麗な身のこなしでロープを緩めて一気に目的の場所まで降下した。ロープ一本でキングの塔の展望台正面にぶら下がった恰好である。

リュウスケたちの目の前には『神』の文字をデザイン化した神奈川県の大きな県章が掲げられていた。

小太りの男がウエストポーチからスパナを取り出す。県章と壁をつないでいたボルトを緩めるとおもむろに県章をはぎ取った。

「けっこう軽いですね。いったん展望台に上げます?」

「いや、時間がもったいない。ここでいいよ」

小太りの男は指示どおり両手で摑んだ県章をひっくり返した。

裏面には何も描かれていない。そのまま裏側を外に向けると、持参したボルトとワイヤーでふたたび壁に固定した。

リュウスケがデジタル時計を確認するとまだ侵入から十五分しか経っていない。作戦完了予定時間は侵入から六十分以内だ。

残り四十五分。

大丈夫、全然余裕だ。

三人はあらかじめ用意していた型紙を県章に当てると、ベストの中のアルミ缶を取り出し吹き付ける。それは色とりどりのスプレー塗料缶だ。

県章の裏側は瞬く間に鮮やかな色で塗られていった。

すべてを終えて足場入口の南京錠をかけ直すと、音もなく敷地の外に出る。

道路に出れば逆に目出し帽は目立ち過ぎだ。すぐにキャップに替えて何食わぬ顔で歩き出した。

いつもなら一刻も早く現場を立ち去るところだが、今回の成果は遠目からでも確認しやすい。リュウスケは興味を抑えられなくなった。

「ちょっと正面から見てみようぜ」

残り二人も賛同し、着替えを隠した山下公園とは反対側に回り込む。

キングの塔の正面に来ると三人から思わず声が漏れた。

「おおっ、めっちゃいいじゃん！」

「これ、今までで最高の出来じゃないっすか？」

「かもな」

視線の先にキングの塔の正面に掲げられた県章がある。そこには三人が描いた〝アート〟がしっかりと確認できる。ご丁寧にスポットライトで照らし出されていた。

彼らが描いたのはサルの絵だ。

スーツを着た雄のサルが人間の女性にキスを迫っている。女性は心底嫌そうな表情を見せていた。

この図案はリーダーであるリュウスケが描いたもので、現場ですぐに再現できるように型紙を用意してあった。型紙にスプレーを吹き付けることでシルエットになって再現できるというわけだ。

ここ一年県庁ではセクハラ報道が続いている。つい最近も県知事が女性スキャンダルで失脚していた。あろうことか選挙カーの中でうぐいす嬢に関係を迫ったらしい。

事件はニュースになり県民はおろか日本中からバッシングの嵐が吹いている。

リュウスケたちの絵はそれを風刺したものだった。

違法に描くために〝落書き〟と非難されるが、リュウスケたちは大真面目である。落書きと呼ぶにはもったいないクオリティだ。自分たちでは〝風刺画〟〝ストリート・アート〟〝ゲリラ・アート〟などと呼んでいる。世界中で盛んに行われている活動で、彼らは「業界」でそこそこ名の通ったグループだった。

「天下獲ったんじゃね？」

「いやいや、それは言い過ぎですよ。最後は国会議事堂でやりましょ」

「だな」

三人の高笑いが道に響く。

ところがそこへ自転車に乗った警官が近づいてきた。

「君たち、何してんの？」

「やっべ！」

三人が一斉に走り出す。

「ちょっと待ちなさい‼」

リュウスケたちは一瞬で夜の街に姿を消した。

2

深夜、一輝は一人ネオンの中を歩いていた。

怪我のために体力が落ち遠征に行く余裕がない。かといって雪辱を誓っていた大会が不戦敗で終わってしまいＵＥＭの事務所に顔を出すのも気まずい。比較的近場で同僚たちが顔を出さない関内《かんない》のゲーセンで日がな一日練習をしていたのだった。

深夜になってゲーセンが閉まると、近くのラーメン屋で空腹を満たし歩いて自宅アパートに帰ろうとしている。

しかし歩く一輝の顔は冴えない。足取りは重く頭《こうべ》を垂れていた。

入院先の幕張の病院でダイゴに言われたことがこだまする。

シンヤかリュウスケどっちかが消えた——

自分の残機などと戯言《ざれごと》を言われ半信半疑で付き合ってきた。

自分の命が危険に晒されれば代わりに残機が死ぬことになるという。

そんなことを言われてもすぐに信じることはできなかった。

ところが一輝は幕張で大きな事故に遭い九死に一生を得たのだ。

病院の先生も『奇跡』と言っていた。

てっきり悪運が強いだけだと思ったがどうもそうではないらしい。

自分の身代わりに残機の一人が消えた？

ついこの間まで普通に話していた相手が突如として消える不思議さについていけない。

親族でもなければ友達でもない。付き合いも浅いし喧嘩ばかりしていた。

それでも〝自分のせいかも〟ということが一輝に重くのしかかる。

しかし一輝は頭を軽く振ると強引にその考えを撥《は》ねのけた。

なにを感傷的になってるんだ。

残機なんてバカらしい。そもそもそんなことがあるわけないし、自分のせいで消えるなんてことがあるわけない。

全部あいつらの妄想だ。

たまたま容姿が激似なだけだ。

そう思うことにしよう。

一輝は頭を上げて夜気を吸い込む。気がつくと家とは反対の山下公園のほうへ来ていた。公園内のツツジが満開で街灯に照らされて赤く輝いている。

とにかく今やるべきことは戦績を上げることだ。

幕張eスポーツ選手権が無残な不戦敗で終わったことで事務所内の評価はさらに落ちていることだろう。実力だけが物を言う世界。落ちたものは上げればいい。ただそれだけだ。

幸い怪我は大したことなく後遺症もない。

気分が沈みがちなだけでほぼ完治と言ってよかった。

いつまでもウジウジしていられない。大会は次々訪れるし夏にはいよいよ四年に一度のワールドカップも控えているのだ。

山下公園は海沿いに長く延びている。園内を歩いて西へ向かえば自宅アパートのほうだ。

海風に当たって気分を上げよう。

そう思って歩みを進めたときだった。

暗い木々の間から二人の男が走ってくる。黒ずくめの姿は怪しい雰囲気に満ちていた。

関内は市内でも有数の歓楽街で治安は悪い。

酔っぱらいの喧嘩からカップルの揉め事、ひったくり、ヤクザの抗争など、日々争いが絶えない場所だ。

一輝は男たちの様子に身構えた。

この一ヶ月で二回も入院している。みなとみらいのゲーム会場の医務室を入れれば医者の世話になったのは三回だ。

これ以上トラブルに巻き込まれたくない。

ところが男たちが一輝に声をかけてきた。

「さすが、余裕っすね！」

「優雅な夜のお散歩にしか見えないですよ」

こいつらは何を言ってるのだろう。

一輝には状況が見えてこない。

「しかももう着替えてる！」

「ホントだ。いつの間に」

ますます分からない。着替え？　一輝は朝からずっとこの恰好だ。

「それじゃあ、今回はここで解散にしましょう」

「また次回のミッションで。連絡待ってますよ」

男たちは一輝にそう言うと公園の闇に消えていった。

公園の脇を通る車道をパトカーが走り抜けていく。

何か事件でもあったのだろうか？

あいつらが犯人か？

ともかく変なことに巻き込まれる前に退散だ。

一輝は夜の散歩を切り上げ家路を急ぐ。

ところが公衆トイレの陰からふたたび黒ずくめの男が一人飛び出してきた。

「うおっ、危ねえ！」

後ろを振り返りながら走っていた男は直前まで一輝に気づかず激突する。

その勢いで二人とも尻もちをついた。

「痛《い》てえな。何すんだよ！」

「うるせえ、それどころじゃねえんだよ」

ぶつかってきた男はそう言うと慌てて立ち上がり逃げようとする。

ちょっと待てと言おうとすると逃げかけた男が振り返った。

「一輝？」

男がそう言って近づいてくる。

背後の街灯が逆光になり顔が見えない。

しかし男がキャップをとって近づくとようやく一輝も気がついた。そこには自分と同じ顔がある。そのしゃべり方から三人のうち誰かは明白だ。

「リュウスケか？　お前何やってんだよ」

「いや、あんまりゆっくり話してる暇ないんだわ。追われてる」

「誰に？」

「警察に決まってんだろ！」

「何やらかしてんだよ」

走り去ろうとするリュウスケの腕を摑み一輝は説明を求めた。

リュウスケが慌てて捲し立てる。

「仕事だよ。ゲリラ・アート。いろんな所に侵入して壁にアートを描くんだ」

「落書きか」

「落書きって言うな！　アートだよ」

リュウスケが摑まれた腕を振りほどき逃げようとする。

「そういえばさっき似たような奴らに話しかけられたぞ。仲間か？」

「あいつらが？　何て言ったんだよ」

「別に――。そうか、あいつら俺のことをお前と勘違いしてたんだな。次回のミッションの連絡待ってるって言って走っていったよ」

「なんか余計なこと言ってねえだろうな」

「言わねえよ。てか意味分かんなかったから聞いてただけだし」

それを聞いてリュウスケがフンと鼻を鳴らした。

「俺はこの世界じゃあそこそこのカリスマなんだよ。俺の仲間にかかわって評判落としてくれるなよ。ただでさえ顔が同じなんだから」

「それは俺のセリフだ。警察の厄介になったら困るのは俺なんだよ」

そう言いながら残機の存在を受け入れている自分に気づく。

そこでふと気がついた。

リュウスケがここにいる。ってことはこの間の事故で消えたのは——

ところが一輝が頭を整理する前に、背後からけたたましい笛の音が聞こえてきた。

振り向くと数人の警官が手の警棒を振りかざして走ってくる。

「逃げるぞ！」

リュウスケの合図で思わず一輝もダッシュする。

「なんで俺まで？」

「仕方ねえだろ。どっちかが捕まったら身元がバレる」

確かにと思いつつ腑に落ちない。

後ろからは「待ちなさい！」という怒声が聞こえてくる。一輝もリュウスケも走るスピードを一気に上げた。

短距離走には自信がある。もちろんリュウスケも同じようだ。

「てめえ、あとで説明してもらうからな」

「うるせえ、まずは逃げるぞ！」

二人は公園を抜けて繁華街の雑踏に紛れ込んだ。

3

関内の繁華街に入ると、夜遅くにもかかわらず道には大勢の人が歩いていた。

リュウスケと一輝は人々の間を縫うように全力疾走していく。

もうどれくらい走っただろう。かなりの距離を移動したと思うが時間にしたらそれほど大した長さではないかもしれない。

息を切らしながら振り返るともう警察は追ってきていないようだった。

なんとか撒《ま》けたらしい。

肩で大きく息をしながら一輝が訊いた。

「……でも、なんで……落書きなんか……してんだよ」

「落書きって言うな！　ストリート・アートだ」

リュウスケはやっぱり人間ではないらしい。まったく息を切らしていないのだ。

「ストリート・アートっていうのはアメリカ西海岸生まれのアートだ。もともとはギャングたちの縄張りを表す〝しるし〟だったらしい。けどそれがどんどん発展してきたわけ」

二人とも走る速度を落とした。少しだけしゃべる余裕が出てくる。

「当初は〝しるし〟から〝タギング〟って呼ばれてた。でも俺たちがやってるのは決して〝タギング〟じゃない」

「……そもそもタギングってなんだよ？」

ゼーゼー言いながらも一輝は疑問をぶつけた。

「だからしるしだよ。マーク。よく寂れた商店街のシャッターとかに訳分かんねえ文字が描いてあるだろ。あれだよ」

言われてみれば見たことがある。どうやら社会問題化しているらしくニュースでも取り上げられていた。

「若い奴らの自己主張、見栄、ファッション的な意味合いが強《つ》ええんだ」

リュウスケはいつになく活《い》き活きとした口調で説明する。ストリート・アートをよほど愛しているらしい。

一方の一輝は冷めた目をして聞いていた。いくらカッコいいといっても違法な落書きに変わりはない。

「まったくもって理解できないね。落書きのどこがカッコいいんだよ」

「俺だって、落書き呼ばわりされるようなタギングなんかやりたくねえよ。タギングを現代アートに引き上げる男が現れたんだよ」

「あ、なんか聞いたことあるかも」

「だろ？　『ギャラクシー』っていうんだ。二〇〇〇年代に入ってから活躍し始める最高のストリート・アーティストだ。世界のどこにでも現れて、高層ビルの壁や高速道路、警備厳重な公共施設などに作品を残す。その風刺スタイルは最高にクールなんだよな！　奴の作品にはオークションでとんでもない値段がつくんだぜ。正体不明、神出鬼没。もちろん名前も通称。スプレー画をアートにまで高めた先駆者。俺のカリスマなんだよ」

今夜の活動が成功したリュウスケはひどく饒舌《じょうぜつ》だった。

リュウスケは物心ついたとき児童養護施設にいた。記憶にはないがどこかで保護されたらしい。『リュウスケ』とはそのときに付けられた名前だ。理由は特に聞いていない。施設長と他の職員、そして同世代の子どもたちとの共同生活だったがリュウスケは常に孤独を感じていた。

中学になると施設に帰らない日が多くなり、夜な夜な街の繁華街を徘徊《はいかい》するようになった。

当時は相当荒れていて日ごろのストレスをぶつけるように喧嘩に明け暮れた。怪我をしないからある意味最強だ。残機だから未成年もなにもないが、早々に酒や煙草も覚えた。

ストリート・アートもそのころ街の不良仲間に教えてもらった。

初めはどの絵も何を表現しているのか理解不能だったが、ギャラクシーの存在を知って俄然《がぜん》興味を持った。

彼も孤児で、世の中の不条理をアートを通して訴えていると知ったからである。世界で活躍する彼と自分が重なり、リュウスケはストリート・アートにますますのめり込んでいった。

そんなある日、施設でずっと一緒に暮らしてきた同学年の女の子が急に消えた。朝は元気よく登校していったのにそれ以来帰ってこなくなったのである。

彼女とは同じ歳ということもあって他の人間よりはよく話し合う仲だった。

そんな彼女から失踪の直前、リュウスケは〝変な夢〟の話をされていた。

『最近よく、世の中にいるもう一人の自分が事故に遭う夢を見る』と。

そのときは適当に受け流していたが彼女の失踪で急に怖くなった。消えた彼女もきっと誰かの残機だったのだ。本体が事故で死ぬ目に遭ったので代わりに彼女が消えたのだ。自分もそうだ。どこかに本体がいてあくまでも自分は残機である。女の子と同じように、自分そっくりの男の夢を見るのがその証拠だ。リュウスケはそれがどうしても許せなかった。

アートにとってオリジナルであることがもっとも重要だからだ。

そんな自分が誰かの残機で本体に運命を握られているなんて耐えられなかった。

しかもまだ自分のアートは世の中にまったく認められていない。

この世に生まれて何も残せず消えたくなかった。

その想いはますます強くなってリュウスケは児童養護施設を飛び出したのだった。


「俺はストリート・アートの頂点を目指してる」

説明を終えたあとリュウスケが力強く言い放った。

どこかで聞いたセリフだ。考えることも似ているらしいと一輝は思った。

「そんなこと言って評価されるのは世界の一握りだろ。やめとけよ」

「うるせえな。今夜の作品も最高だ。朝のニュースが楽しみだぜ」

旧神奈川県庁本庁舎に描いた作品のことを聞き一輝は冷や汗が出た。

てっきり商店街のシャッターか駐車場の壁にでも落書きしただけだと思っていた。

まさかそんな大掛かりなことをしていたとは思いもしない。

「俺らは分身なんだから分かるだろ。生まれたからには何事もてっぺんを目指さなきゃダメだ」

そう言われれば納得する。一輝もゲーマーの頂点を目指している。むしろそれしかない。小さいころに描いた絵を褒められたことを思い出した。確かに一輝も絵は得意なほうだ。残機のリュウスケが落書きにのめり込むのもうなずける。

桜木町の駅前までたどり着き乱れた息もようやく落ち着いてくる。

するとそこへ二人を待ち構えていたかのようにダイゴが現れた。

時刻は深夜の三時を回っている。

一輝と一緒にいるリュウスケを見てダイゴが言った。

「どうやら消えたのはシンヤくんだったみたいですね」

「そんな……」

事情を知ったリュウスケが絶句する。

「あんなに消えたくないって言ってたのに」

ひとつうなずきダイゴが続けた。

「あのあと事故のこと調べました。一輝さんをはねた車を運転していた中里源次郎さんは――」

「そんなことは知ってんだよ。保険会社の人間からうぜえくらい聞かされてるからな」

「いや、そうじゃなくて」

「なんだよ……」

「シンヤくん言ってましたよね。お世話してるお年寄りがいるって。彼が幸せに過ごせるように見守っていきたいって。それが運転していた方なんですよ」

一輝は言葉を失った。

そのお年寄りにはねられシンヤが消えた。

「お前のせいでなんでシンヤが死ななきゃなんねえんだよ！」

いつもは威勢の良いリュウスケがシンヤの死に驚くほど狼狽《ろうばい》している。

「シンヤくんは間違いなく消えたと思います。シンヤくんに教えてもらった連絡先は中里さんの家の電話番号でした。昨日電話したら事故のあとシンヤくんは一度も姿を現さないって……」

リュウスケが地面を蹴り付けた。

「なんで俺たちの本体がお前なんだよ！」

怒りの中に恐怖が入り混じっているように一輝には見える。

「一輝さん、もう信じてくれますよね。僕たちは残機であなたの危機は僕たちの危機なんです。どうか命を大切にしてください」

一輝は返す言葉がなかった。

シンヤが消えたことは真実らしい。

「今日は夜までバイトでした。もう約束の一ヶ月です。そろそろ一輝さんがバイトに出てください」

出会ってそれほど経っていないのに不思議な喪失感に襲われる。

ぼうっとした頭でダイゴの話を聞いていた。

そういえば、彼らと出会って身代わりバイトの約束をしてから一ヶ月になろうとしている。

「それから、明日は晴輝くんの面倒を見る日です。明日、明後日のバイトは休みですから、一輝さんが行ったらどうですか？」

急な展開に一輝は慌てた。

入院で落ちた体力とゲームの勘をここ数日の練習でようやく取り戻し始めていた。一日練習をサボったら取り戻すのに三日かかると言われる世界だ。練習以外のことはしたくない。

しかし生活していかなくてはならない。

ゲーマーとしての収入が乏しい今、バイトをすることに決めたのは自分なのだ。

最悪バイトは仕方がない。

しかし晴輝の相手となると話は別だ。

正直子どもの相手をどうしたらいいのかさっぱり分からないのだ。

晴輝は、結衣が自分と別れてから産んだ子どもである。出産に立ち会ってもいないしその後まともに話したこともない。父親として一緒に住んだことさえない。

そんな相手にどう接しろというんだ。

外だった。

「大丈夫。まずは一緒にいることが大切です」

ダイゴが知ったようなことを言う。

こいつだってこの間一度だけ晴輝の相手をしただけのはずなのに。

とはいえいつまでもダイゴに頼ってばかりもいられない。そんなふうに思う自分が意外だった。

バイトの給料日もまだ先だしこの間の大会でも賞金を取り損ねた。

養育費を滞納しまくっているため、結衣を黙らせるにはやるしかない。

「言っとくけど俺は明日用事があるからな」

いまだ呆然としているがリュウスケが先手を打ってきた。

「最初からお前に頼む気ねえよ。ダイゴ、お前は明日からどうすんだ」

リュウスケがストリート・アートをやっていることは聞いた。

シンヤは消えるまでお年寄りの世話をしていた。

同じ残機とは思えないほどまったく違う活動だ。

ダイゴがどんなことを考えているのか気になる。

「僕は、特に何もありません。なんならバイトを続けてもかまわない。ただ晴輝くんに寂しい想いをさせたくないだけです」

「晴輝に……」

すぐ横でリュウスケも一輝の様子を見守っている。

「晴輝くんには父親が必要なんです」

4

翌日、一輝は横浜の隣町・神奈川県川崎市に来ていた。

昨夜遅くにリュウスケとダイゴに会い、子どもの面倒を見ることになってしまった。そこで家に帰ってから結衣にメールを打っていた。すると明け方、メールに気づいた結衣から待ち合わせ場所を伝えるメールの返信が届いたのである。

スマホで地図アプリを立ち上げてルート案内に沿って歩いていく。徒歩での所要時間は二十分となっていた。生まれ育った街だから距離感はすぐに摑める。タクシーを摑まえるほどではないが普段運動不足の一輝にとってはけっこうきつい。

駅前には高層マンションや巨大なショッピングモールが聳えている。この中にあるゲームセンターには以前はたまに来ていたので一輝もよく知っていた。

ところがショッピングモール沿いに幹線道路を十分も歩くと徐々に風景が変わってきた。このあたりにはあまり来たことがない。駅前の賑わいが影を潜めて小さな一戸建てがひしめき合っている。多摩川《たまがわ》にぶつかり川沿いを北上するように進むと、スマホが「目的地周辺です」とナビを終えた。

一輝はそこで足を止めて目の前の雑居ビルを見上げる。ビル一階の庇《ひさし》に『弁当・かねむら』と記されていた。

店の前の歩道は狭く立ち止まっていると行き交う人たちの邪魔になる。とはいえ客でもないので店にも入りづらい。

モタモタしていると、「いらっしゃいませ！」という威勢の良い声が聞こえてきた。見ると、小太りのおばちゃんが頭に黄色の三角巾を被り愛想の良い顔を向けている。

「いや、俺客じゃないんで――」

そう言うやいなや、おばちゃんはすべてを察したのか店の中に声をかけた。すぐにドタドタと騒がしい足音が近づいてくる。

「一輝、待ってたよ」

店から出てきたのは結衣だった。おばちゃんと同じ黄色の三角巾を被っている。まだ午前十時だが店内は慌ただしい。

「やっぱりこの人が結衣ちゃんの元旦那さんだね」

「そうです。上山さん」

「聞いてたとおりだからすぐに分かったよ」

おばちゃんは一輝にも聞こえる声量でそう言うと豪快に笑っている。

なんて説明していたのか一輝は気になったが、おばちゃんの乾いた笑い方からすると良いイメージではなさそうだ。

「晴輝、来たよ！　準備できたの？」

結衣が声をかけるとしばらくして小さな足音が聞こえてきた。そしてカウンター横の扉が開く。そこには笑顔の晴輝が立っていた。

デニムのハーフパンツにパーカーを羽織り、ヒーローのキャラクターがプリントされたリュックを背負っている。

「ありがとう。月一でも助かる」

結衣はそう言うと晴輝の足元に屈《かが》みスニーカーを履かせてやる。

「夕方四時までよろしくね」

一輝にそうつぶやくと、結衣は混みあってきた店の接客に戻っていった。

弁当屋から放り出された一輝は途方に暮れていた。

安請け合いしたものの子どもの相手なんかしたことがない。血はつながっているもののほとんど話したことがないので他人も同然だ。

先週ダイゴが一度預かったことがある。そのときに打ち解けたのだろう、晴輝はいままで見せたことのない笑顔をしていた。どうやら前回と同一人物だと思っているらしい。姿形がまったく同じなのだから無理もない。

しかし一輝はその笑顔を見てうんざりした。

何よりもまとわりつかれるのが面倒だ。子ども相手だけではなく一輝は人間関係全般に同じことを感じる。好きなときに好きな場所へ行き好きなことをしたい。だからこそプロゲーマーをしているし個人戦の格ゲーなのだ。

店の目の前は多摩川だ。とりあえずコンクリートの土手を登り広々とした河川敷に出る。普段窓ひとつないゲーセンや夜の繁華街にしか居ない一輝にとって新鮮だった。キリッと引き締まった空気が二人の身体を包む。土曜日のためかカップルや家族連れの姿が目立った。

チラッと見ると晴輝は笑顔を見せつつも黙って一輝の様子を見守っていた。

雰囲気で早くもこの間とは違うと気づき警戒しているのかもしれない。

「夕方までどうするよ」

ひとしきり河川敷を眺めたあと沈黙が面倒になり一輝が訊く。

すると晴輝が間髪《かんはつ》を容《い》れずにつぶやいた。

「ゲームセンターに連れてって」

晴輝のリクエストに従って二人がやってきたのは川崎駅前のショッピングモールだった。ここにはファミリー向けのゲームセンターが入っている。一輝も以前はたまに来ていたが、3Dホログラム機が主流になったことで来ることはなくなった。高価で操作が大変な3Dホログラム機はここには設置されていないからだ。

だが施設としてはそこそこ広く一通りのジャンルは揃っている。

アーケードゲーム機にリズム系、レーシングマシーン、エアホッケー……

ゲームセンターとリクエストされても晴輝を〝職場〟に連れていくわけにはいかない。同僚から何を言われるか分からない。誰にも子どもの存在を話していなかった。

とはいえ子守りもゲーセンかと内心苦笑する。

「なんでゲーセンなんだよ」

「だってこの間約束したじゃん。今度会ったときはゲーセンに連れていってくれるって」

ダイゴめ。どうしてわざわざ職場を提案したのか分からない。

それでもゲーセンなら近場にいくらでもあるし一輝も勝手知ったる場所だ。遊園地や映画館など行き慣れない場所よりマシである。

「僕、家にゲーム機はあるけど、ママがゲームセンターには絶対行っちゃダメって言うからほとんど来たことなかったんだ」

結衣がゲームを嫌がる理由はなんとなく想像できた。

「でも小学校の友達はみんなやってるんだよ。話についていけないし一度やってみたかったんだ」

「でもお前みたいに小さいとまだ難しいぞ」

「教えてよ。ゲーム巧《うま》いんでしょ？　ママが言ってた」

ゲーム巧いんでしょ、か。

一輝は思わず鼻で笑った。父親がプロゲーマーだということを知らないのだろうか。結衣はおそらく説明していないのだろう。無理もない。ゲームが原因で別れたのだ。ゲームが嫌いに決まっている。

「いいか、この間どんな約束したか忘れたけど手こずらせんなよ。面倒になったら放り出すからな」

一輝は先が思いやられて小さな子ども相手に脅しをかけた。

さっきまで笑顔を見せていた晴輝がオドオドした表情をしている。

「とりあえず俺の見てろ」

一輝はアーケードゲームコーナーに行きひとつの筐体の前に晴輝用のパイプ椅子を置く。

「ここに座ってろ」

そう言うと数年前までメインにしていた2Dゲーム・トランス・ファイターXを立ち上げた。

『ソウヤ、WIN！』

ゲームセンターに詰めかけていたギャラリーから歓声が上がった。

午前中は人もまばらだったが気がつくと三十人を超える人たちで賑わっている。

その輪の中心には一輝と晴輝がいた。

一輝がゲームを始めてからかれこれ三時間は経っている。オンラインで対戦相手を探して戦っているがここまで無敗を続けていた。モードを〝レジェンド〟にしてあるためコンピューターがマッチングしてくるのは世界中の強者《つわもの》ばかりである。

しかし二つ前のモデルである〝X〟を一輝ほどやり込んだ者は少ない。おそらく対戦しているうちの若い世代はⅪ以降の〝3Dホログラム世代〟だ。

ギャラリーは一輝と同世代か小さな子どもを連れたファミリーがほとんどだ。休日のためか小中学生の姿も多い。

「おい、この人ヤバいな！」

「俺もXよくやったけど最後のあのコンボなんだよ。人間業とは思えない」

「いま何十連勝？」

「僕が見始めてからもう二十八回勝ちましたね……」

ギャラリーたちから驚嘆の声が響く。

そんな中でプレイを続ける一輝はまんざらでもなかった。

ここ最近大会で良い成績を残せないでいるが元は世界ランキング上位のトップゲーマーなのだ。慣れ親しんだトランス・ファイターXで負けるはずはない。

しかしその一方、こんな場末のゲーセンでファミリー相手に気持ち良くなっている自分も情けなかった。

いったい俺は何をしてるんだ――

そんな思いがふつふつとこみ上げてくる。

日本一に返り咲きふたたび脚光を浴びたい。

そして世界の頂点に立つんだ。

そのためには一秒も無駄にせず練習しなければ。

ところがこんな所で無駄な時間を過ごしている。

そんな自分が恨めしかった。

コンピューターが次の対戦相手を探している。待っている間、ふと横を見ると晴輝が画面を見つめて静かに座っていた。人の熱気で暑いのか、いつの間にか着ていたパーカーを脱いでいた。

スマホの時計を見るとすでに午後二時を過ぎている。

晴輝に昼メシも食べさせずにゲームに熱中してしまった。結衣に知られたら何を言われるか分からない。

熱中すると周りが見えなくなる。

やっぱり子守りなんて俺の柄じゃない。

「腹減っただろ。何か食いに行くか」

手本を見せるつもりがずっと一輝がプレイしてしまった。晴輝はその間ずっと一輝のプレイを見ていただけである。当然飽きてしまっただろうと思いきや「すげぇ……」と晴輝がポツリと言った。

「すげえすげえ。本当にゲーム巧いんだね。無敵じゃん！」

久々に聞く『無敵』という響き。

子どもの発したものとはいえそのフレーズにゾワゾワする。『無敵』『天才』『天下無双』——一輝はそんな言葉が大好きだった。

「まあな。こんな相手じゃこれくらい普通だよ」

晴輝がキラキラした目で一輝を見ている。

勝ち続けていたがさすがにこれ以上続けるわけにはいかない。

「とりあえずメシ行こう。食ったら今度はお前にやらせてやるから」

「うん」

そう言って一輝が晴輝の腕をとり立ち上がらせる。

ちょっとすいませんと言いながらギャラリーの輪を潜《くぐ》り抜ける。連勝中のゲームはすぐそばで見ていた客に譲った。

ようやく人混みを抜けてゲーセンを出る。ライトダウンしたゲーセンと違ってショッピングモール内の蛍光灯が眩しい。

人の熱気にやられたのか一輝は少し眩暈《めまい》を感じた。事故の影響もあって体力はまだ万全とは言い難い。

ところがそこで晴輝の手を引いていた左腕がずしりと重くなった。

振り向くと晴輝がぐったりとして床に座り込んでいる。

「どうした？　大丈夫か」

「うん、ちょっとクラクラしただけ」

強がっているが顔は蒼白になっている。

そこでようやく思い出した。晴輝は身体が弱い。結衣からくれぐれも無茶させるなと言われていたのだ。

額に掌を当ててみると熱はないようだった。

5

この日リュウスケは一人で作品を描いていた。

駅前商店街の裏路地。寂れたコインパーキングの壁が今日のキャンバスである。

先日の旧県庁での仕事が武道館でのコンサートだとしたら、今日はさながら場末のライブハウスでの弾き語りといったところだろう。

大掛かりな仕事のときはストリート・アート仲間と協力して実行するが、普段は主に一匹狼での活動だった。

どんなところに描いてもアートはアート。分かる人には分かってもらえる。そんな自信がある。

今日も黒ずくめの服を着て顔にはマスクをしていた。いつもの仕事スタイルだ。

大きなリュックの中から型紙を取り出してブロックを積み上げただけの壁に当てる。

黒のスプレー缶を吹き付けるとものの三十秒で花の鉢植えが浮かび上がった。

鉢植えの花はまだ綺麗に咲いているのにそのうちの一輪が萎《しお》れている。それを知った持ち主が鉢植えごとゴミ箱に捨てようとしている構図だった。

駅前開発の煌《きら》びやかさと、半世紀以上この街の人たちの生活を支えてきた寂れた商店街。客足が遠のきいずれ朽ちていくだろう街の風景を皮肉ったつもりだ。

黒のあとは赤と黄色のスプレーで花の鮮やかさを足していく。

「よし、完成」

全体の所要時間はわずか五分。苔むした壁にアートが浮かんでいた。

型紙を使って幾度となく描いてきたモチーフだが今日のはなかなか巧く描けた。このライブ感もアトリエなんかでかしこまって描くアートとは違う。ストリート・アートの醍醐味だった。

腕のデジタル時計を見ると午後二時半を表示している。

あたりを見回しても寂れた駐車場に人気はない。地面に散らばった型紙をリュックに詰め込みスプレー缶もしまう。

ところが後片付けが終わろうとしているところに人の声が迫ってきた。

通報されたら面倒だ。作業をスピードアップしてリュックを背負ったときだった。

リュウスケがいる駐車場に数人の子どもたちが入ってきた。

車の陰に隠れているためリュウスケの存在には気づいていないらしい。

「いつ会わせてくれんだよ！」

どうやら小学生の男の子のようだ。そのうちの一人が声を荒《あら》らげている。

「今度今度っていい加減待ちくたびれた」

「大丈夫。この間一緒に遊んだんだ。そのとき——」

「適当なこと言ってんじゃねえよ」

ボスッとくぐもった音が聞こえてくる。

「いてっ……」

「大袈裟《おおげさ》なんだよ。こんなキックで痛がってんじゃねえ」

車の隙間から見える限り、どうやら三人の男の子が一人の小さな子に対して何かを迫っているようだ。蹴りを入れた男の子はターゲットになっている子より頭ひとつぶんは背が高かった。

「今度約束破ったらこんなんじゃ済まねえからな。分かってんだろうな。慰謝料払わすぞ」

「いや、こいつんちシングルマザーだろ。金なんてないよ」

「そんなこと知るかよ。こいつずっと嘘ばっかでイライラすんだよ。いくら貧乏でも一万くらい何とかなるだろ……」

「おいおい、ガキがいっちょまえにカツアゲなんかしてんなよ」

見かねてリュウスケが車の陰から顔を出す。

子どもたちは意表を突かれたのか一瞬黙り込んだものの、身体の大きいリーダー格の子が食ってかかった。小学生のくせに凄み方が堂に入っている。

「おっさんに関係ねえだろ。あっち行っててくれよ」

「聞いちゃったもんは仕方ねえだろ。犯罪を見て見ぬふりできねえしな」

「おい、もう行こうぜ」

イジメっ子三人のうち一人がリーダーの袖を引っ張る。リーダーはそれを無視してちらっと壁に視線を向けた。

「これおっさんが描いたの？」

そこには出来立てホヤホヤのスプレー・アートがあった。

「ああ、そうだ」

「落書きだって犯罪だぜ。逮捕だ逮捕！」

「落書きじゃねえ。ストリート・アートだ」

しかし男の子たちは顔を見合わせると一斉にプッと噴き出した。

「これがアート？　ギャラクシーの真似じゃん。アーティスト気取るなら物真似はダメだよ、おじさん」

「なんだとてめえ！」

「オリジナルで勝負しないとね。オリジナルで！」

言いながら三人は走り出す。リュウスケが追いかけようとするが子どもたちはあっという間に商店街のほうに姿を消した。

「ったく生意気なガキども――」

リュウスケは自身の犯罪を棚に上げて舌打ちする。

思わず子ども相手にムキになる。

確かにギャラクシーは憧れではあるが自分の作品は断じて真似ではない。

残機のリュウスケにとってのオリジナル――

それでも悪ガキの一言が妙にリュウスケの胸に突き刺さった。

ふと見ると三人組にイジメられていた男の子が一人取り残されている。

じっと壁のスプレー・アートを眺めていた。

「これおじちゃんが描いたんでしょ？　なんか良いね」

子どもにでも褒められれば単純に嬉しい。

「そうか？」

「うん、なんかよく分からないけどとっても楽しいよ」

「なかなか分かってんな」

イジメっ子ばかりに気を取られていたが、よく見れば身体は小さいもののしっかりした顔立ちをしている。

「でもお前、なんであんな奴らにイジメられてんだ。バシッと言い返せよ」

「礼音《れおん》くんたちのこと？　別にイジメられてなんてないよ」

壁の作品を見ながら子どもが言った。

しかし先ほど蹴られた脚は赤く腫れている。よく見れば腕にも小さな痣《あざ》があった。

「ちょっとお前、見せてみろ」

「やめてよ……」

子どもが嫌がるのを無視して着ていたTシャツの裾をまくる。お腹には無数の痣、擦り傷がついていた。

見ず知らずの子どもだったがその重大さに気がついた。

「どこが『イジメじゃない』だよ。ガチじゃねえか」

「大丈夫。僕も悪いんだ。約束守れなかったから」

「約束って？」

そういえば悪ガキどもも言っていた。今度約束を破ったらただじゃおかないと。

「あの子たちを僕のお父さんに会わせてあげるって言ったんだ。でもそれがなかなか守れなくて」

「それだけ？　お前のオヤジになんて会ってどうすんだ？　有名人か？」

子どもは一瞬黙ったあと顔を上げた。リュウスケを見据える目には逡巡《しゅんじゅん》と確信が入り混じっている。その目にどこか見覚えがあった。

「有名だよ。チャンピオンだからね」

「チャンピオン？　日本チャンピオンなのだよ」

「ゲームだよ。お父さんプロゲーマーなんだ」

そのフレーズを聞いてピンときた。

「あの子たちもゲームが好きで将来プロゲーマーになりたいんだって。オリンピックで金メダル獲るのが夢だって言ってた。だからお父さんのこと話したら会いたいって言われたんだけど、お父さんとお母さんはリコンしてるんだ。ついあの子たちとは約束しちゃったけど、僕はお父さんにはあんまり会ったことがないんだよ」

子どもはひとしきり事情を説明したあと嬉しそうに続けた。

「でもこの間、初めて一緒にゲーセン行ったんだよ。やっぱ凄かった。無敵だったよ」

そのときの記憶を思い出しているのか子どもの目がキラキラと輝きだす。

その目を見てリュウスケは確信した。

「オヤジ、なんて名前？」

「上山一輝――」

子どもが得意げに言う。

「二〇一八年の格ゲー世界大会ベスト8なんだぜ」

その名前を聞いてリュウスケは顔のマスクに手を添えた。

まったく同じ顔がここにある。

マスクをしていてよかったとホッと胸を撫で下ろした。

6

「上山さん、これ十二番ルームまで」

「……」

カウンターの上にコーラとカルピスソーダが置かれている。

一輝は返事もせずお盆の上にグラスを置くと、重い身体を引きずるように歩いていった。

お盆を傾けないように気をつける。勤務開始直後、派手にグラスを落として割ってしまったのだ。砕けたガラスを片付けてモップで掃除する姿は実に情けなかった。慣れない作業で一輝の腕の筋肉はひきつり腰がメリメリと悲鳴を上げていた。

部屋の前まで来るとノックをして中に入る。

とたんに大音量が一輝の耳を貫いた。

「お待たせしました……」

部屋には高校生カップルが二組。同じ高校の仲間だろうか。いかにも遊び慣れたチャラい感じの四人である。

男がマイクを握り絶叫している。

スピーカーからはアニメ映画の主題歌になって流行《はや》ったアップテンポの曲が流れていた。

テーブルの上に注文のグラスを置く。

ところが歌っている男がマイクごしに言った。

「ちょっとおじさん、画面見えねえよ」

見ると男と画面の間に一輝が入り込んでいた。

「あ、すいません……」

「すいませんじゃねえ。早くどけよ！」

「大サビんとこで入室って、ないわぁ」

男の彼女だろうか。畳みかけるようにクレームを口にする。

喧嘩っ早い一輝は頭の中が沸騰したがギリギリのところで踏ん張った。

ここは我慢だ。せっかく始めたバイトをクビになるわけにはいかない。

「失礼しました」

このまま部屋にいたらいつ爆発するか分からない。怒りを抑えながら足早に部屋をあとにした。

一ヶ月前、面接に受かってからバイトはすべてダイゴに任せてきた。

ダイゴはどうやら巧くこなしていたようで、今日一輝自身が初出勤すると妙に信頼されていた。

しかし一輝はこの日がすべて初めてで何から何まで覚えなければならない。

ダイゴはだいたい早番シフトだったようだが、今日はバイトの手が足りないらしく遅番シフトを組まれていた。午後四時から勤務を始めたのだが一時間も経たずにダイゴが築き上げた信用は地に落ちたのである。

先ほどからミスを連発し客からのクレームが絶えない。

バックヤードに戻ってくるとまたカウンターの電話が鳴った。

バイトリーダーをしているパートの島崎《しまざき》が電話に出ると先ほどの高校生からのクレームだったようである。電話を終えたあと島崎は一輝をキッと睨んだ。

ついに愛想をつかした彼女が一輝を洗い物係にすることを決めた。

料理屋でもないカラオケスタジオの調理室は狭い。当然洗い場も家庭用のものと大差なく、一輝は身体を折り曲げて作業に入った。

手は冷たくて感覚はなくなってくるし、妙に低い流しに腰が痛くなってくる。時計を確認する間隔が徐々に短くなっていった。

午後十時になるころには一輝の身体は慣れない作業で悲鳴を上げていた。

「そろそろ定時だね。上山さん上がっていいですよ」

「ありがとうございます……」

島崎の言葉に心底ほっとして肩を落とす。

一日中部屋にこもってゲームし続けられる一輝にも、このバイトを続けていく自信はなかった。

「上山さん、大丈夫？」

エプロンをとって更衣室に向かおうとすると島崎が声をかけてきた。

島崎は近所の主婦でパートとしていつも遅番勤務らしい。もう勤務が長いらしく店長から新人教育係に任命されているのだ。

「まあ、なんとか。ちょっと疲れましたけど」

「今日の上山さん変だったよ。いつもはあんなにテキパキしてるのに。どこか体調悪いんじゃない？」

遅番シフトだが、リーダーとして午後三時から出勤する島崎は一時間だけダイゴと被る。ダイゴの働きっぷりもよく知っているようだ。

本気で心配しているのか一輝の額に手を伸ばしてきた。

「いや大丈夫。ちょっと急いでるんで失礼します」

一輝はそう言うと慌てて更衣室に飛び込んだ。

重い身体を引きずるようにして一輝はようやく家の近くまで帰ってきた。バイトをしているプレイングワンは一輝の家の最寄り駅の駅前にあるビルだ。いつもはそれほど苦にもならない道のりが今日はやけに長く感じた。

いつもなら十分ほどの距離にたっぷり三十分以上かける。住宅街の狭い道を進み角を曲がるともう家はすぐそこだ。

帰ったら風呂も飯もいらない。すぐにベッドにダイブしよう。

そう思って顔を上げると自宅アパートの前に怪しい人影があった。

黒ずくめの恰好で路肩に座っている。

街灯に照らされた男は一輝に気づくと立ち上がった。

「リュウスケ？　どうした？」

いつもアパートまで来るのはバイトと子どもの面倒を任せているダイゴだ。ところがそこにいたのはリュウスケだった。

「お前こそどうした？　フラフラじゃねえか」

「まあな。意外にバイトがきつくてさ。ダイゴよくやってるよ。これで時給千百五十円ってやってらんねえ」

「それが働くってことだろ」

「お前に言われたくねえよ」

いつもなら怒鳴ってしまうところだが疲れ果てていて腹から声が出ない。

「それよりどうしたんだよ。お前がここまで来るって珍しいな。厄介事なら今日は勘弁してくれよ」

「そうだ。それを伝えに来たんだよ」

「やっぱ面倒なことか？」

「面倒っていうか、晴輝のことだ」

息子の名前を聞いたとたん一輝は顔を曇らせた。

それは息子を心配する表情というよりも、面倒なことに巻き込まれたくないという渋い顔だった。

「晴輝がどうしたんだよ。この間ちゃんと相手したぞ。あいつが急に体調崩すから結衣にはめちゃくちゃ怒られたけどな。そもそもダイゴならともかく、どうしてお前が晴輝のこと知ってんだよ」

一輝がバイトに行くことになりダイゴは身体が空く。そこで月一の約束だった晴輝の相手を、何を考えているのかもっと頻繁にするとダイゴは勝手に結衣に連絡していた。

余計なことすんなと一輝は怒ったが、約束してきたダイゴに責任持ってやらせればいい。

「今日、偶然見かけたんだよ。学校帰りに」

ストリート・アートをしているところに晴輝が偶然通りかかり話したという。

「マスクをしていたから正体はバレなかった」

一通り状況を伝えたあとリュウスケが言った。

「あいつ、学校でイジメられてるぞ」

「は？」

学生時代から、その負けん気の強さもあって一輝はイジメとは縁遠かった。

クラス内に軽いイジメはあったかもしれないが、一輝は加害者とも被害者ともかかわらなかった。ゲーセンに入り浸って学校にほとんど行かなかったのだから当然と言えば当然だ。

ゆえに晴輝もイジメられるようなタイプではないと思い込んでいた。

「マジかよ。なんで？」

「たぶん同じクラスの奴かな。でも一人は身体も大きかったから、もしかしたら年上かもしれねえ。いかにもって感じの悪ガキだったぜ。俺が止めに入ったら、俺にまで悪態ついて逃げてった」

子どものことなどまったく考えてこなかった一輝はどうしていいか分からない。

「……そうか」

面倒なことに首を突っ込まず結衣に任せたほうがいいだろう。一輝はそれだけ言って部屋に入ろうとする。

するとリュウスケが怒気をはらんだ声で言った。

「お前サイテーだな。それだけかよ。息子がイジメられてんだぞ」

「結衣には伝えとくよ。あとはあいつがなんとかすんだろ」

「原因がお前でもかよ」

「は？　どういうことだよ」

「オヤジがゲーマーだって言ってから嫌がらせを受けてんだよ」

事の顚末をリュウスケが伝える。会わせるという約束を果たせずホラ吹き扱いされているというのだ。

「んなこと言ったって仕方ねえだろ。離婚してんだ。親権はあいつが持ってるんだよ」

「会おうと思えばいつでも会えるじゃねえかよ。会いに行かないのはお前の勝手だろ」

「俺には練習がある。子どもの面倒なんて見てる暇はない。俺には関係ないね」

自分のことしか頭にない一輝にリュウスケは心底呆れたようだった。

「ああそうか。報告するだけ無駄だったな。でも俺は見ちまった以上無視できない。子どもとはいえ俺のアートもバカにされたしな。俺なりのやり方で決着付けさせてもらうぞ」

その目は怒りに燃えている。

素行は悪いがリュウスケは根が純粋だ。仲間のピンチを黙って見ていられない性分らしい。

「何する気だよ。大袈裟なことすんなよ」

「お前は関係ないんだろ」

　リュウスケが切って捨てるように告げる。

「そういうわけにはいかない。お前のやったことは俺がやったことになるだろう。残機なんだから」

「こんなときだけ本体ぶるんじゃねえよ。安心しろ。直接危害を加えるようなことはしないよ」

　そう言ってリュウスケはニヤッと笑った。

「俺には俺のやり方がある——」

7

　二日後の深夜、リュウスケは川崎駅前にいた。

「それじゃあ僕はこれで帰ります」

「おう、ありがとう。帰りは電車使うからいいよ」

　終電時間はとっくに過ぎている。タクシーは足がつきやすい。そこでストリート・アート仲間に頼んでここまで送ってもらったのだ。原付バイクの二人乗りで川崎までやってきた。あえて駅前で降ろしてもらいここからは歩いていく。

腕にはめたデジタル時計の表示は深夜三時に迫っている。あらかじめ決めていた行動開始予定時刻だった。

駅前の幹線道路を歩いてきたリュウスケは閑静な住宅街にやってくるとひときわ神経を研ぎ澄ませた。ここで住人に見られるわけにはいかない。

警戒しながらようやくたどり着いたのは緩やかな坂道の途中にある立派なお屋敷だった。屋敷のあたりは大通りから一本中に入ったところにあるため静かである。この時間ここなら作業をしていても人目に触れることはないだろう。

もちろんリュウスケはすでにリサーチ済みだ。コンクリート製の外壁が城塞のように聳え、車二台はゆうに停められそうなガレージがある。広いシャッターは最高のキャンバスだ。

始めるか——

リュウスケは背負ってきたリュックを地面に下ろして中から作画に使う道具一式を取り出す。

左手に型紙、右手に黒のスプレー缶を持ち、広いシャッターを見据えた。

ガレージ横には『野々村《ののむら》』という表札がかかっている。

ここは晴輝をイジメていたリーダー格の子・野々村礼音の家だった。

家を突き止めるのは簡単だった。小学校から出てくる子どもに風貌と素行の悪さを話したら、誰もが『野々村礼音』と口にしたのだ。

どうやら家が金持ちでそのことを鼻にかけており、やりたい放題の子どもらしい。親もいわゆるモンスターペアレンツで、先生も手に負えず野放しということだった。

下見でやってきたときは昼間だったが家は大きくアートにおあつらえ向きのガレージもある。深夜になれば作業を邪魔する人目はなさそうだし昼間はそこそこ人通りもある。リュウスケには最高の舞台だった。


しばらくじっとシャッターを見ていたリュウスケはおもむろに型紙を見定めた場所に固定した。描く場所が広ければそれだけ構図をとるのが難しい。リュウスケは頭の中に完成形を思い浮かべると勢い良くスプレーを噴射し始めた。

一度描き始めると迷いはない。

あらかじめ用意していた型紙を次々に取り替えスプレーの色も変えていく。一番使う黒のスプレーは今回五本も持ってきた。これだけ大きなキャンバスになると使う塗料も型紙も多くなる。

これほどの大きさなら普段は仲間と一緒に描くところだ。

しかし今回のターゲットには個人的な理由が大きい。川崎駅前まで送ってはもらったが仲間を引き込むことは初めから考えていなかった。この絵は俺様一人で描きあげる。

淀むことなく動き続けリュウスケは作画に没頭する。

集中した結果、用意してきた型紙を使った絵は予定よりも早く完成した。

しかし描いているうちに興が乗ってきたリュウスケは、型紙を地面に積み上げると両手にスプレー缶を持ちシャッター全体を引いて見る。その姿はさながら二丁の拳銃を持つ西部劇のスターのようだ。これから決闘に挑む姿に似ている。

そして次の瞬間リュウスケはフリーハンドでスプレーを吹き付け始めた。

すでに予定していた絵は出来上がりもう十分なクオリティである。

しかしリュウスケのイマジネーションは止まらない。何かに突き動かされるようにリュウスケはスプレーを噴射し続ける。

気づけばあたりはうっすらと明るくなりどこからか鳥のさえずりが聞こえてきていた。

「よっしゃ、完成！」

作画開始からゆうに三時間を超えていた。

普段のストリート・アートでは長くても一時間くらいしかかからない。

『行ける』という予感を感じたリュウスケが満足するまで描いた結果、これほど時間がかかってしまったのだ。

しかしその甲斐はあった。

シャッター前から数歩下がって出来上がった絵を確認する。

「こりゃあ良い！　俺の代表作だな」

出来立てホヤホヤの絵を眺めながらリュウスケは一人ほくそ笑んだ。

目の前に圧巻の絵画が広がっている。

それはまるで生きて動いているようだ。我を忘れて創作に没頭したときこれまでも何度か似たような感覚になったことがある。

リュウスケが生み出した絵画のはずが、いつの間にか自分の手を離れて勝手に動き出すのだ。錯覚ではなくリュウスケには本当に動いて見える。それは命が宿っているとしか思えなかった。

リュウスケはポケットからゴソゴソとスマホを取り出す。最新の機種だ。住所不定のリュウスケはスマホを契約できないから、ストリート・アート仲間に契約してもらい月々金を払っている。

そのスマホで目の前の作品を写真に収めた。

これはいち早く仲間に教えたい。

徐々に朝日が強くなる中でリュウスケはスマホの操作に夢中になっていた。

自らの活動を紹介しているＳＮＳに写真をアップする。

『神作！』とだけコメントした。

ストリート・アート仲間はまだ寝ているだろうが起きたらすぐに気づいてくれるだろう。絵の感想が楽しみだ。

ところが仲間の反応を待つまでもなく、アップしたとたんに知らない人間から〝グッドマーク〟がひとつ押された。あまりの反応の速さにリュウスケは高揚する。

そして次の瞬間である。波が押し寄せるがごとく十、二十、三十とグッドマークが点滅したのである。その勢いはとどまらずものの数分で三百を超えてきた。

これまでにない良い反応にリュウスケは思わず拳を握った。

これは傑作の予感しかしない。

「よっしゃ」と跳びはねたときだった。

「あなた、何やってんの?」

屋敷の門扉を開けて礼音の母親がトイプードルにリードをつけて現れたのだ。

犬の散歩とはまったくの誤算である。

アートに夢中になるあまり時間の経過を忘れていたのはミスだが、リサーチのときにも散歩などはしていなかったはずなのに……

「どうしたんだ?」

しかも後ろの玄関扉から旦那が顔を出す。

外に出てきた夫婦はガレージのスプレー絵画を見て絶句した。

「お前か、これ描いたのは!」

リュウスケは慌てて地面に散らばった道具をリュックに詰め逃げようとする。

しかし状況を把握した旦那が逃げようとするリュウスケの肩を掴んだ。

逃走に関してはリュウスケもプロだ。これまで何度警察を撒いたか分からない。

掴まれた手を振りほどき猛然とダッシュしようとする。

しかし野々村の旦那はそれを許さなかった。

「きさま、待て！」

妻もリュウスケを取り押さえようと乱闘に参加する。旦那はリュウスケの左手をとり背中に回してねじり上げようとした。妻はリュウスケのマスクとキャップを取ろうとする。警備の甘い一軒家での作業だったため今日は目出し帽を装着していなかった。

揉み合いの中でキャップもマスクもはぎ取られ、二人に顔を見られる。顔が認識できるほどあたりは明るくなっていた。

目と目が合った瞬間リュウスケは身体を反転させた。ねじられた腕が元に戻りその勢いで旦那が後ろに飛ばされる。夫婦そろって尻もちをついた。

その隙を逃さずリュウスケが一気に距離を開ける。

「待て、この野郎！」

閑静な住宅街に夫婦の金切り声がこだまする。

リュウスケはピンチを脱すると猛烈な速さで走り去った。

8

リュウスケと別れてから一週間、一輝はバイトとゲームの練習に明け暮れる毎日を過ごしていた。

慣れないバイトはまだ失敗ばかりだが少しずつ身体が順応してきている。初日のように疲れ果てて終わったら寝るだけというようなことはなくなった。現に前の日もバイトだったがその後自宅でアーケードコントローラーを握っている。一輝が得意にしているソウヤのウルトラコンボは、常に練習して身体にリズムを刻み込んでおかなければならない。

ふと気づくと窓の外はとっくに明るくなっていた。

集中し過ぎて夜通し練習していたらしい。

さすがに肩は凝るし目も痛い。

幸い今日はバイトも事務所に行く予定もない。晴輝の相手をする必要もない。久々のフリーだった。

そろそろ寝るかとゲームを終了しテレビを点《つ》けた。喉の渇きを覚えて冷蔵庫の中からペットボトルのお茶を取り出す。コップに注がずそのままラッパ飲みした。

テレビでは朝のニュースバラエティ番組が流れている。ここ最近ではスポーツコーナーでeスポーツが取り上げられることも多くなった。

トップニュースが野球かサッカー。大きな大会が近づけばそのあとeスポーツの選手が特集される。世界ランキング上位の先輩もふもふは、事務所が配信するストリーミングはもちろん地上波のテレビにもよく出ていた。

もうすぐスポーツコーナーだ。自分が活躍できていない今ライバルたちの活躍を見るのは腹が立つ。

しかし偶然流れていたニュースを消すことなく思わず見続けていた、そのときだった。

『――次のニュースです。昨夜川崎市○○町の民家で大規模な火事があり、会社経営の野々村卓《すぐる》さん宅が全焼。強風の影響で飛び火し周辺三棟が半焼しました。この火事で火元となった野々村さん宅の長男八歳が煙を吸い込んで近くの病院に運ばれましたが軽傷とのことです』

川崎市○○町といえば結衣のアパートがあるところだ。

しかしテレビから流れてきたドローンからの空中映像には駅から近い一角が映っていた。同じ町とはいえ結衣には関係なさそうだ。

しかしアナウンサーはさらに続けた。

『周りに火の気はないことから、警察と消防は放火の疑いがあるとみて捜査を開始しています』

結衣の家の近所ということもあり、気になった一輝はスマホのニュースアプリを立ち上げた。そこに火事についての記事も見つける。記事はテレビのニュースとそれほど変わりはなかったが、コメント欄の読者の投稿に〝落書き〟のことが書かれていた。火事現場に大きな落書きが残されているという。

それを読み一輝は瞬時に胸騒ぎを覚えた。

この間別れ際に言ったリュウスケのセリフを思い出す。

徹夜明けだったがさっきまでの眠気が吹き飛ぶ。

一輝はジャケットを摑むと勢いよくアパートをあとにした。

電車に乗りやってきたのは川崎駅だった。桜木町からはJR線一本で三十分もかからない。

車中スマホで火事があった詳しい住所を調べておいた。地図アプリの案内に従って火事の現場に向かう。

しばらくすると閑静な住宅街の一角が騒然となっていた。

火元の家は小高い土地の中腹、坂道の途中に立っている。幹線道路から坂道に上がるところに黄色い規制線が張られて制服警官が一人立っていた。

規制線の手前で目を凝らすと数十メートル先の現場にはまだ煙が立っている。大きな消防放水車二台を中心に、救急車と数台のパトカーが停まっていた。

遠目からでも火事の規模が計り知れる。火元の家の両隣と奥の家に延焼しているようだった。火元の家は門構えも立派でコンクリート製の大きなガレージも見える。よく見るとそのシャッターにどこか見たことのあるような絵が描かれていた。

「来てたのか――」

突然声をかけられて驚いた。

横を見るとマスクをしたリュウスケが立っている。

「お前、あれ……」

「ああ、俺が描いたアートだ」

火元の家のガレージのシャッターにはリュウスケが描いたスプレー・アートが描かれていた。

しかも車二台は入るだろう広いガレージはシャッターもでかい。その広大なキャンバスに壮大な落書きが描かれていたのだ。

モチーフは日本の昔話のようだ。屈強な鬼たちが輪になって小さな童《わらべ》をイジメている。その手には金棒、童の首には鎖がくくりつけられていた。

スプレーで描いたものとは思えない。

「なかなか良い絵だろ。イジメ問題を皮肉ってやったよ」

「まさかあの家」

「晴輝をイジメてた主犯の家だ。俺なりのやり方で決着を付けるって言ったろ？」

「だからってここまですることないだろ！　やりすぎだ。火事もお前がやったのか？」

あまりに大事《おおごと》に発展していることに一輝は声を上げる。

「静かにしろ。警察がいるだろ」

リュウスケはそう言って抑えた声で説明した。

「俺が放火なんかするはずないだろ。あくまでもアートを描いただけだ」

「じゃあ、なんでこんなことになってんだよ」

「まあ、確かに予想外だったな。発端は俺が勢い余って〝神作〟を描きすぎたことだ――」

そう言ってリュウスケはスマホを取り出した。

「描いてるうちに神作の予感がして力が入っちまった。あそこの悪ガキに落書きってバカにされたのも腹立ったしな。

時間かけすぎて家の奴に見つかったのには焦ったよ。でもいい出来だろ。嬉しくて写真に撮ってSNSに上げたんだよ。そしたらこれ――」

そう言ってスマホの画面を一輝に見せてくる。

そこにはリュウスケのSNSが映っていた。

冒頭にリュウスケが描いた絵がアップされている。

驚いたのはそのグッドマークの数だった。

わずかの間に三十万を超えている。

『リュウスケさんステキ。タイトルはなんですか？』

『構図も色使いも計算し尽くされてる。美しい！』

『場所はどこですか？　直接見に行きたいです』

『売ってくれ！　一千万出す』

『Great job!』

『是很酷的絵画』

ざっと見ても称賛のコメントが続く。海外からの書き込みも多かった。

「俺の知らないうちに写真がかなり拡散してよ。実物を見に行く奴らも出てきたわけよ。

そしたらそのあと予想外の方向に転がった」

リュウスケがスマホをかざしながら画面を下にスクロールする。

すると、徐々にそのコメントの雰囲気が変わってきていることに一輝も気がついた。

『この絵、テーマは〝イジメ〟ですね』

『このガレージ、ここじゃないですか？』

そのコメントの下にはご丁寧に詳細な地図と住所まで載っている。

『この家知ってる。野々村って名前。近所でも評判のトラブルメーカーですよね』

『うちの子、この家の息子にイジメられてました』

『わたしの子も！』

『両親、息子の通う小学校の校長室で怒鳴り散らしてたよ』

『同じ学校に子ども通わせてる親です。私も聞いたことあります。先生替えろとか、自分の子だけ特別扱いしろとか、もうメチャクチャ』

『この家の子（礼音）に息子がカツアゲされました』

『エゲツねえ。まだ小学生だろ』

延々とこんな書き込みが続いている。実名まで晒されていた。

どうやら礼音という子にイジメられていたのは晴輝だけではなかったらしい。

被害に遭った子どもの親たちがアートを引き金にSNSで騒ぎ出し炎上していた。

親も親で、学校に圧力をかける、生活音がうるさいと近所に怒鳴り込むなどし、その素行の悪さも手伝って、落書きされた被害者にもかかわらずバッシングが過熱した。

「それでこの火事になるわけよ」

これまでの経緯から放火であることは間違いない。

おそらくここの子どもにイジメられていた子の親かトラブルを抱えていた近隣住民の誰かが犯人だろう。いやまったく関係ない、アートを見にきた野次馬が悪戯《いたずら》で火をつけた可能性だってある。

『放火で全焼だって！　ざまあみろだな』

『自業自得。同情の余地なし』

今朝からの書き込みには被害者の家を叩きまくるコメントが溢れている。

匿名の書き込みは責任がないぶん容赦がない。

みんな思ったことをそのまま吐き出していて一輝は読んでいて気分が悪くなった。

火事の原因が直接リュウスケでないことに安堵する一方、一輝は怒りが湧いてきた。

「言っても発端はお前じゃねえか！　どうすんだよ。こんな騒ぎになっちまって」

「まあ、ここまでにするつもりはなかった。俺はただアートしただけだ。自業自得だしな」

「落書きが動かぬ証拠になる。この世界で有名なんだろ。自分で自慢してたもんな。いいか、俺とお前は同じ顔なんだ。お前のやったことは俺の責任になる。落書きから足がついて俺が放火の犯人に仕立てあげられたらどうすんだよ！」

「心配し過ぎだ。そんなことあるわけねえだろ」

動揺を隠せない一輝はもう一度燃えた家を振り返る。

「じゃあな。あんまここにいると面倒なことになるかもしれない。帰るぞ」

「ちょっと待てよ」

するとリュウスケは振り返りいつになく真剣な顔で言った。

「俺、もう神奈川を出るわ」

急な話に一輝は声も出ない。黙って見つめているとリュウスケが続けた。

「やっぱり残機と本体が近くにいると面倒だ。もう二度とお前と会うこともないかもな」

「逃げんのかよ！」

　これだけの騒動を起こしておきながら姿を消すという。警察から疑いをかけられればすべて一輝が対応しなければならない。身勝手なリュウスケに一輝はますます腹が立った。

「はあ？　誰が逃げるんだよ！　逆だ。もうお前を気にするのはやめるんだよ」

「どういうことだよ」

「お前の残機じゃなく俺は俺として生きていく。ビッグなアーティストになるんだ」

　そう言ったあとリュウスケは振り返って付け加えた。

「もう会わないと思うから言っとくけど、お前マジで命大切にしろよ」

「なんだよ急に。話はぐらかしてんじゃねえ」

「うるせえ聞け！　お前の残機ってことを気にするのはやめる。でもその事実が変わるわけじゃない。

　俺たちには俺たちの人生がある。お前の勝手で消えるなんてまっぴらなんだよ。シンヤだってそうだ。どれだけ悔しかったかお前想像したことあんのか？」

　リュウスケの声は震えていたが目に涙は浮かばない。

らしくないその様子に一輝は気圧《けお》された。

「俺たちが死にたくないだけで言ってんじゃねえぞ。家族のこともっと真剣に考えろ！　息子にとって父親はお前しかいない。元嫁さんだってそうだ。どれだけ心配してるか分かってんのか？　人生一度しかないんだからな！　いい加減真面目に考えろ！」

それだけ言うとリュウスケは背を向けて去っていった。

9

火事の現場をあとにした一輝は駅のホームに来ていた。

今日はバイトもないし晴輝の世話の約束もない。徹夜明けのため家に帰って寝ようと思ったが、頭の芯が興奮していてそれもできそうにない。

久々に横浜のＵＥＭ事務所にでも顔を出すか。

何より一人になりたくなかった。

朝から受けた衝撃でまだ心臓がバクバクいっている。

まさかリュウスケの落書きが原因でこんな大きな事件に発展するとは思いもしなかった。

とりあえず死者が一人も出ていないのはよかったが病院に搬送されたという子どもは大丈夫なのだろうか。とはいえ病院に様子を見に行くこともためらわれる。

確かにイジメをしていたガキは悪いしそれを黙認していた親も親だ。

リュウスケから知らされただけの情報だが相当なトラブルメーカーだったのだろう。

しかしそれとこれとは話が違う。

いくら街で評判の問題家族だったからと言って家を燃やしていいはずはない。まして隣家にまで被害は広がっているのだ。

『まもなく二番線に電車が参ります。白線の内側に――』

ホームにいつものアナウンスがこだまする。

物思いにふけっていた一輝は顔を上げた。

とにかく今は静かにしていよう。

ゲーセンで大暴れして対戦相手と喧嘩するなどもっての外《ほか》だ。

警察の厄介になることは絶対避けなければならない。

火災現場に残った落書きから警察は必ずリュウスケを突き止めるに違いない。

そうなれば一輝のところに来るだろう。落書きの罪は問われるかもしれないが火事には関わりがない。それだけはしっかり説明しなければ。

昨夜はずっと家でゲームをしていた。

もちろんずっと一人だ。

不幸にもアリバイを証明してくれる人はいない。

いや、夜に一度コンビニに行ったじゃないか。

あそこの防犯カメラに自分の姿が映っているはずだ。

あれは何時ごろだっただろう。

ちょうど放火推定時刻と重なればその記録がアリバイになる。

そんなことを考えているときだった。

「あなたね。あそこに落書きしたの――」

突然背後から女の声がした。

びっくりして振り向くと、そこに三十代後半から四十代前半くらいの女が立っていた。白いブラウスにパステルカラーの花柄のマキシ丈スカート。足元はベージュのパンプスだ。一見フェミニンで春らしい姿だったが、顔に浮かんだ表情は服装とは正反対のものだった。

やや面長の顔は頬がこけている。薄い唇は神経質そうな印象だ。

そしてなにより落ちくぼんだ目が見開かれている。そこに感情を読み取ることはできなかった。

「あなたよね、落書きしたの！」

女がもう一度繰り返した。さっきよりも語調が強い。

警察がもう自分にたどり着いたのか。

一瞬そう思ったがどうやらそうではないらしい。

その恰好から女性警官とは思えない。

そこで一輝は気がついた。

頬に一筋の汚れがついている。

その汚れが〝炭〟だと気づいた瞬間戦慄《せんりつ》が走った。

「私、あなたが落書きした野々村の家の者です」

確かに落書きされたガレージの横に『野々村』という表札が掲げられていたようだ。

「奥さん？……」

女は応えずうつむく。顔を上げぬまま話し始めた。

「あのあとあの絵を調べたらすぐにあんただって分かった。ご丁寧にこれまでの活動をネットで紹介してるじゃない」

確かにリュウスケも『見つかった』と言っていた。まさか顔を見られているとは。そして身元も突き止められている。

当然女は一輝を犯人だと思い込んでいる。

「どうしてあんなことしたんです？」

「え？」

「落書きして、SNSで私たちの悪口言い回って、そして最後は放火まで」

そこで女が顔を上げた。

そこにはさっきまでの感情を失った顔ではなく、憎悪に焼かれた女の歪んだ顔が浮かんでいた。

「礼音は……可哀想に。いま病院で治療してます……」

女は一輝のことを落書き犯＝放火犯と決めつけている。
「あんたのせいで！　あんたのせいで私たちはすべてを失った！　絶対に許せない」
「俺は――」
そこに下り快速列車が滑り込む。
次の瞬間、女が一輝の身体を強く押した。
もともとはホームドアが設置されていたがたまたま改修工事で撤去されている。
遮るもののないホームで一輝の身体が宙に舞う。
電車の先頭がすぐそこに迫ったところで一輝の身体がホームから消える。
ホームに上がる悲鳴。
耳をつんざくブレーキ音。
午前中の川崎駅は騒然とした空気に包まれた。

10

「先生、意識が戻ったみたいです」

看護師の呼びかけで白衣の医師が近づき一輝の顔を覗き込んだ。

「上山さん、上山さん、分かりますか?」

「ええ、ここは病院ですか?」

一輝は妙に冷静だった。

「そうです。川崎市救急医療センターです」

そう言うと医師は「信じられん……」と言って看護師に何かを指示していた。

一輝は枕に頭を預けて力の入らない身体を起こそうとする。

しかし身体は思うように言うことを聞いてくれなかった。

ここ最近、立て続けに病院の世話になっている。だから変に冷静なのかもしれない。

今回も気がつくと、物々しい装備の整ったICUに寝かされていた。

看護師が病室の外に出てからしばらくすると部屋にスーツ姿の二人の男が入ってきた。

「川崎警察署の真山《まやま》です」

「同じく葛城《かつらぎ》です。このたびは大変でしたね」

『大変』と言われて一輝はゆっくりと記憶をたどった。

結衣の家のそばで火事がありそれが晴輝の同級生の家だった。その火事は放火で原因を作ったのはリュウスケの落書きだった。

現場でリュウスケと会い細かな説明を聞いたあとで横浜に帰ろうとしていた。

そして駅で……

そこまでたどり着くと一輝の心臓が急に早鐘を打ち始めた。

そうだ。ホームで晴輝をイジメていた子の母親が現れすべてはお前のせいだと責めてきた。そしていきなり線路に突き落とされたのだ。目の前に快速列車のライトが近づいてきたところまで覚えている。

間違いなくはねられたはずだ。

なのに今自分はベッドで横になっている。

身体中傷だらけだが、一応手脚はしっかり動く。深刻な怪我はなさそうだ。

どうして助かったんだ――

あれだけの事故で一命をとりとめられるはずはない。

混乱する頭がようやく焦点を絞りはじめる。たどり着いたのはリュウスケの存在だった。

この間の交通事故もそうだ。

あいつらが言っていたとおり、命にかかわる危険に陥ると一輝の代わりに残機たちが消える。あの交通事故でシンヤが消え、そして今回も……

どっちかが消えた。

「大変な目に遭われた直後で申し訳ないが、体調が戻り次第あんたを逮捕する」

「え?」

急な展開で頭がついていかない。

するともう一人の刑事が説明した。

「昨夜、川崎市○○町で放火事件があったのは知ってるね。その事件の発端はガレージに描かれた落書きだ。その落書きはあんたがやったことだというのは捜査の結果分かってる。放火との関連性も聞かせてもらうよ」

刑事は言いながら逮捕令状を一輝に掲げた。

どうやら事故で意識を失っている間に懸念していたことが現実になったようだ。

一輝は落書き犯とされ放火の嫌疑もかけられているらしい。

「とにかく今は体の回復が先決だ。無理しないように。くれぐれも病院から出ないようにしてくれ。部屋の前には警察官を一人つけさせてもらう」

逃げないための見張り番である。

刑事二人はそれだけ告げると部屋を去っていった。


逮捕か――

一輝は病室のベッドを眺めながら深いため息をついた。

これまでも数多くのトラブルを起こし警察の厄介にはなってきた。しかし逮捕されたことはない。

ニュースやドラマでしか聞いたことのない単語に直面し狼狽える。

心の整理もつかぬうちに看護師が言った。

「お疲れのところすいませんが、もうお一人面会の方が来てますよ」

そう言われ一輝ははっと身構えた。

前回幕張の事故のときは結衣がやってきた。

そのあとで残機のダイゴが現れた。

今回もどちらかだろうか。

どちらにしろこの間の事故からそう経っていない。

『気をつけて』とさんざん言われていただけに気まずい。

しかし開かれた扉から見えたのは思いがけない顔だった。

「梅本さん！」

そこには所属事務所UEMの代表兼監督の梅本が立っていた。

「イッキ、大丈夫か？」

梅本は沈鬱《ちんうつ》な表情のまま病室に入ってくる。いつもはカットソーにジーンズのようなラフな恰好だが、この日はジャケットにネクタイまで締めていた。

「さっき警察から話を聞いたよ」

梅本のその言葉ですべてを悟る。

おそらく聞いたのではなく訊かれたのだろう。一輝の所属先の社長として事情聴取をされたのだ。だからこそそのスーツなのかと納得した。

「なんで落書きなんかしたんだ。まさか警察が言うようなことはしてないよな」

「もちろんです」

警察が言うようなこととは〝放火〟だ。落書きについても否定したかったが、『残機がやったこと』などと言っても信じてもらえるはずがない。

「まあとにかく今は警察の捜査に協力しろ」

「はい……」

梅本は言いながらお見舞いのお菓子をサイドテーブルの上に置く。

そこで結衣の顔が浮かんだ。

この間の交通事故で運ばれたときは梅本が結衣に連絡していた。

「あの、このこと結衣には？」

「事が事だからな。俺からは伝えてない」

それを聞いて安堵する。事情を知れば結衣はさらに呆れるだろう。

いまさら彼女にどう思われようとかまわないが犯罪者とバカにされるのは嫌だった。

「このこと、あいつには黙っておいてもらえますか？」

「分かったよ」

梅本が応える。そしてパイプ椅子に腰掛けると腹から絞り出すように話し始めた。

「実はもうひとつお前に言わなきゃいけないことがある」

梅本は元カリスマゲーマーで、事務所の代表ながら現役プロからは兄貴のように慕われている。そんな気さくな梅本がいつになく真剣な表情だった。その雰囲気から一輝に嫌な予感が走った。

「すいません。事務所にご迷惑かけて。夏の大会では結果を出して恩返しします」

「いや、それには及ばない」

「え？」

「UEMとして、お前との契約を解除することにした」

どこかで予想していた言葉だった。

一輝は梅本からそっと視線を外す。

「高校生のお前をスカウトしてこの道に誘ったのは俺だ。以来十年以上、楽しいことも苦しいこともたくさんあった。でも事件を起こしたお前をこのまま所属させておくわけにはいかない。eスポーツ界全体のイメージもある」

「でも……」

「もう言い訳は聞けない。これは社長としての俺の決定だ」

STAGE.4

1

一週間後、ようやく自由の身になった一輝はその足で横浜に来ていた。

事故に遭って病院に入院したが、幕張の事故のときと同じように奇跡的に大きな怪我もなかった。そのため念のための精密検査を済ませたあと翌日には退院できたのだ。

ただしすぐに自宅には帰れない。

入院した日に挨拶に来た刑事二人にともなわれ川崎警察署に連れていかれたのだ。勾留され取り調べを受ける毎日が始まった。

近所の防犯カメラにはこの家の両親と揉み合いになった挙句、逃げていく黒いフードを被った男の姿が映っていた。その動画を一輝は見せられたが画像が粗く判然としない。ただ一輝に似ているのは間違いない。

当初は野々村家のガレージへの落書きだけでなく放火についても疑われた。

しかし一輝は猛烈に反論した。

放火のあった日は自分はその日のバイトを終えて帰宅してから自宅でずっとゲームの練習をしていた。誰もアリバイを証明してくれる人はいないが嘘は言っていない。

なぜその日事務所に行かなかったのか悔やまれた。あそこにいれば同僚ゲーマーがたくさんいる。もふもふ先輩がアリバイになるような証明をしてくれただろう。

ようやく放火の疑いが晴れたのは勾留されて三日が過ぎた日だった。

供述どおり、桜木町の駅前コンビニの防犯カメラにその日の夜七時ごろに一輝が来店している様子が映っていたのだ。手に弁当を提げて自宅方面へと去っていく。

もちろん放火はその日の夜半に起きているのでそれでも完璧なアリバイではない。しかしその後桜木町駅付近の防犯カメラに一輝らしい男が深夜に現れた形跡はない。自家用車も持たずタクシーを使った形跡もない。

そしてついに火災現場の近くに住む男が真犯人として逮捕された。

男は野々村家の息子や晴輝が通う小学校でＰＴＡの会長を務めている男だった。

野々村家の両親から毎週のようにクレームをつけられ困り果てていたという。

精神的に追い込まれて病院にまで通うほどだった。その結果発作的に起こした犯行だという。

ようやく放火の疑いは晴れたが落書きについては反論の余地がなかった。

のちに知ったことだが、リュウスケは神奈川、東京、千葉、さらに大阪、福岡にまで足を運ぶ自称ストリート・アーティストだった。特に神奈川県内は地元にしていて数多くの犯行を重ねている。界隈では有名で、その作品をブログで紹介する人もいるほどだった。

犯行の数が多ければ多いほどその証拠もたくさん残る。

犯行現場近くの防犯カメラにしばしばマスク姿の男が映っており、どれもが同一人物と思われた。もちろんそれだけでは決定的な証拠にならなかったが致命的だったのは指紋だった。

当然作業中は手袋をしている。しかし作業を終えてスマホを操作するために手袋を外していた。そこに家主が現れたことで慌てて荷物を取って逃げたが、スプレー缶をひとつ落としていった。素手で持っていたスプレー缶には当然リュウスケの指紋が残されていたのである。

学生時代、一輝は学校にも行かずゲーセンに通い詰め幾度となくトラブルを起こしてきた。当然警察に目を付けられて補導されたことも何度もある。そのとき指紋も採取されていた。

当たり前というべきか運が悪いというべきか、どうやら細部まで残機は本体と同じらしい。警察のデータベースによって落書き犯の指紋と一輝の指紋が一致した。

『残機』という単語が何度も一輝の喉元まで出かかったが結局話すことはなかった。

そんなことを話しても信じてもらえるはずがない。下手すれば〝おかしい〟と思われて強制的に専門病院へ入院させられかねない。

初めての逮捕ということでなんとか不起訴となり、今朝約一週間ぶりに自由の身になったのである。

横浜駅を出た一輝はそのままUEMの事務所までやってきた。

振り返ればしばらく事務所には来ていない。重い足取りでエントランスホールに来ると受付のスタッフが一輝に気がついた。一輝が頭を軽く下げるものの話しかけてくる様子はない。

一輝はそのまま三階の格ゲー練習場へ向かった。

扉を開けて中に入ると午前中ながら多くの同僚が練習している。東京初のワールドカップを控えて誰もが必死になっていた。

一輝が顔を出した瞬間誰もが一瞬顔を向ける。しかし久々に顔を見せたにもかかわらず話しかけてくる者は誰もいなかった。

格ゲー仲間なんてこんなもんだ。同僚とはいえ皆ライバルなのだから。

一輝はそう思い部屋の中にさらに足を踏み入れる。個人用ロッカーを開けて持ってきた紙袋の中に私物を入れた。アーケードコントローラーなどのゲーミングデバイス（周辺機器）に、置きっぱなしにしていたパーカーやジャケットなどの衣類だ。

十年以上の血と汗が染み込んだ練習場だったが、改めて見てみると自分のいた証《あかし》など紙袋ひとつに収まってしまう。

ふと見ると、部屋の奥のモニターのところで一輝が入所以来世話になってきたもふもふが練習をしていた。

「もふもふさん……」

一輝が声をかけるともふもふはヘッドセットを外していきなり言った。

「おうイッキ。お前クビだってな」

遠慮のない言い方に一輝はムッとする。

いったいこれまで何度、技の習得に力を貸してやったことだろう。

その恩をまったく感じていないことに驚いた。

とはいえここで言い争ったら惨めなのは一輝だ。

「自分から辞めるんすよ。ゲーマーなんていつまでもやる仕事じゃないんで」

プライドを守るための嘘だった。

そう言った瞬間もふもふの目が鋭くなった。

「だからダメなんだよ、お前は」

「は？」

舌打ち交じりのその言い草に一輝の頭に血が上る。

怒気をはらんで言い返すともふもふが最後に言った。

「今さら言ってもしょうがねえよな。辞めるんだろ。十年間お疲れさん。元気でな」

罵声が口元まで出かかるが大勢の同僚が聞いている。

もふもふはすでにヘッドセットを着けてゲームを再開している。

すんでのところで思いとどまると一輝は部屋をあとにした。

今日、社長の梅本は海外出張で事務所にはいないという。最後に挨拶だけでもしておこうと思っていたがそれも叶わない。受付で個人ロッカーの鍵を返しても誰も何も話しかけてはこなかった。

一輝はこうして高校在学中から世話になったＵＥＭに別れを告げたのだった。


その日の夜、一輝は横浜の山下公園に来ていた。

事務所を出てから行く当てもなくフラフラと歩いてここにたどり着いたのだ。

海を望むベンチに腰掛けたときはまだ陽は沈んでいなかったが、いつの間にかあたりは暗くなっている。

五月も後半になりこの時間に外にいても寒くはない。とはいえ梅雨の迫った空はどんよりとしていて今にも雨が降りそうだ。風はそれほど強くないが波はけっこう高い。波が護岸に打ち付けるたびに鉄の塊がぶつかるような重く鈍い音を響かせている。

気がつくとついに小粒の雨が落ちてきている。

それでも一輝はその場を立ち去ることができなかった。

暗い波間の先に大型タンカーの照明が小さく見える。左から右にゆっくりと移動する光る点を追いながら一輝は物思いに沈んでいた。

一輝がゲームを始めたのは小学三年生のときだ。

両親は物心つく前に離婚していて一輝は母親に育てられた。親子二人が暮らすために母親はスナックで働いていた。当然夜は一人で過ごさなければならない。夕方母を送り出してから作り置きされた夕飯をチンして食べ、お風呂に入って冷たい布団に潜り込む。

朝起きると母は帰っていたが、酔った勢いのままリビングのソファで寝ていることが多かった。トーストすることもなく食パンをかじり牛乳で流し込む。眠る母に一声かけてから学校に行くという毎日だった。

そんな息子を不憫に思ったのか、一人で留守番している間も寂しくないようにと母が誕生日プレゼントに買ってくれたのがテレビゲームだった。

ゲームは当然インターネットにつなげてオンラインで顔も知らない相手と対戦することができた。専用のマイクを使えば相手と話すこともできる。

一輝は一人の夜が寂しくなくなるどころか、こんな世界があったのかとワクワクしたことを覚えている。

夜はひたすら家でゲームをし学校でもその話題で盛り上がる。

そのうちクラスメイトがゲーセンに誘ってくれるようになり、行った先でさらなる衝撃を覚えた。

当時は『eスポーツ』という言葉が生まれ、国内でもプロゲーマーが誕生するなど空前のゲームブームだった。日本中で大会が開催されるようになり世界大会の賞金額がどんどん高額になっていった。

そんな中で一輝が初めて行った横浜のゲーセンに、のちにUEMを起こす梅本光春《みつはる》がいた。日本人初のプロゲーマーとしてテレビや雑誌でたびたび取り上げられており、一輝も当然知っていた。

ただ驚いたのは有名人に会えたからではない。

一輝が度肝を抜かれたのは彼のその強さだった。

そのころ格ゲーで一番人気だったトランス・ファイターVは、まだ3Dホログラムではなく単なるフルCGのゲームだった。しかしそのリアルさと派手な演出でゲームファンを虜《とりこ》にし各地で大会が開かれていた。

当然ゲーセンでも一番人気で、プロの梅本がやってきたとなれば誰もが対戦したくなる。対面のゲーム機には梅本と戦いたい人たちで長蛇の列ができていた。

当時、梅本が使っていたのは巨大な鎌を振り回す仙人キャラ〝ホーミン老師〟だった。通称ホー。ジャンプ力、パンチ力などはそれほどではないが、踏み込みが速く十分な間合いを取っていてもいきなり鎌が伸びてくる。ただ扱いづらくそれほど人気のキャラクターではない。

しかし梅本は百戦錬磨だった。どんな素人だろうがセミプロだろうが容赦せず、磨き抜かれた技で一気に勝負を決めていた。

一輝を魅了したのはただ強さだけではない。

梅本の戦い方に型がなかったことだ。

戦う相手によって戦法を変えて思いもよらないコンボを仕掛けてくる。当然相性の悪い相手には攻め込まれることもあったが、ライフ0に限りなく近い状況から奇跡的な大逆転を見せてくれるのだ。

強いだけではない選手。梅本は一輝にとって〝魅せるトップゲーマー〟だった。

梅本にいつか追いつきたい。自分も世界のひのき舞台に上がりみんなから称賛を浴びたい。天下を獲りヒーローになる。

それが一輝の夢だった。

だけど——

その夢は呆気なく崩れ去った。

憧れの梅本に誘われて入った事務所。そこをクビになった。

もふもふについた嘘が心に刺さる。

自分から辞めたのではなく憧れの梅本に切られたのだ。

もうプロゲーマーではない。

ヒーローになる夢も叶わない。

ゲームしかなかった一輝には何も残らない。
降り始めた雨は徐々に強くなり滴が顔に流れてくる。
海から目をそらしうつむいた一輝はこみ上げる想いに堪《た》えられなかった。
頬を伝わる雨水に涙が混じる。
嗚咽《おえつ》が喉を通り口元に溢れてくる。
ふと目の前の暗い海が頭をよぎった。
ここですべてを終わらせたら楽だろうか――
しかし一輝は行動に移せなかった。
そんな勇気さえ持てない自分が情けない。
声を上げそうになるのを歯を食いしばって必死に堪えた。

2

重い足を引きずりながら細かい雨の中を歩き続ける。
桜木町に着くころには全身ぐっしょりと濡れて身体の芯まで冷えていた。
住宅街の細い道路を進んでアパートまでたどり着く。

するとそこに見慣れた顔があった。外階段で膝を抱えて座っている。それは最後の残機・ダイゴだった。

その姿を見て思わず息を呑み立ち尽くした。

列車の事故で助かるはずがない。

間違いなく残機のうち誰かが消えたのだ。

そう確信していたが勾留中は確かめることができなかった。

それが今確定した。

消えたのはリュウスケだ。

三人の中でも人一倍『生きたい』と願っていたリュウスケ。

一週間前、リュウスケが別れる間際に言っていたことが頭をよぎる。

神奈川を出て夢を追うって言ってたのに……

止めていた息を吐き出し目を閉じる。

次々と押し寄せる現実を受け止めきれない。

一輝はダイゴに話しかける気力も失せていた。直後ダイゴも一輝に気がついた。

「一輝さん、お帰りなさい！」

ダイゴが一輝に駆け寄る。

しかし一輝は無視した。

「大変でしたね」

から。

ダイゴだって当然川崎の放火のことは知っているはずだ。あれだけ騒ぎになったのだから。

問題は結衣である。ＳＮＳをあまり見ないとはいえ、家の近くで起きた事件だから結衣だって事件自体は知っているだろう。

しかし落書き犯の実名までは報道されていない。『上山一輝』が関与していることを知らなければいいのだが……

一輝の心配を察したかのようにダイゴが言った。

「そんなに心配しないでください。結衣さんは事件のことは知らないし、勾留中も晴輝くんの面倒は僕が見てましたから」

ひとまず安心するものの、一輝はダイゴの脇を無言で通り抜けて水滴を垂らしながら階段を上る。二階建てのアパートには各階に四部屋ある。一輝の部屋は二階の一番奥だ。

一輝がポケットから部屋のカードキーを取り出してドアノブの下にある認証センサーに触れる。ロック解除の乾いた音が響いた。部屋に入る一輝の後ろからダイゴも足を入れる。

いつもなら『入ってくんな』と怒鳴るところだが一輝は何も言わなかった。まるでダイゴなどそこにいないように無反応である。

ダイゴのほうもそれ以上話そうとしない。

脱衣所からタオルを持ってくると一輝に黙って渡す。

「着替え、どこですか?」

一輝は魂が抜けたように濡れた服のままソファに崩れ落ちていた。何も話そうとしない一輝を尻目にダイゴはあたりを見回す。

ベッドの上にグレーのスウェット上下が転がっている。洗濯籠の中に取り込んだままの下着が入っていた。

「とにかくこのままじゃ風邪ひいちゃいますから、これに着替えてください」

ダイゴは一輝のジャケットを強引に脱がせた。一輝はようやくタオルで頭を拭き自ら着替えを始める。蛍光灯に照らされた顔は真っ白で今にも倒れそうだ。唇を紫にしてくぐもった咳をしている。

一輝は小さいころ喘息《ぜんそく》持ちだった。普段は何事もなく暮らしているが体調を崩すと発作が出る。大人になってからは年に一、二回だったが、発作に備えて吸入ステロイド剤も常備していた。

ダイゴが洗面台からステロイド剤を見つけて持ってきた。初めて部屋に上がるはずなのにどこに何があるのかまるで知っているかのようだ。

「これ、ここに置いておきます。苦しくなったら吸ってくださいね」

なんで喘息持ちだと知ってるんだろう。

うつむいて床を眺めながら頭に浮かんだ疑問を流す。そしてポツリとつぶやいた。

「終わった――」

「何がです？」

「何もかもだよ。俺は事務所をクビになった」

その声は今にも消え入りそうなほど小さい。

「でもまだ生きてるじゃないですか」

「え？」

一輝が訊き返すとダイゴが一輝をまっすぐ見て言った。

「リュウスケくんのおかげでまだ生きてるじゃないですか」

思わぬ言葉に一輝は一瞬動きを止める。

今の一輝には残機のことを考える余裕はなかった。

「もう俺には何もない。放《ほ》っといてくれ！」

そう言うと一輝はベッドに横になり頭から布団を被る。

布団ごしの一輝の背中は微かに震えていた。

「頭に響く軽快なリズムで一輝はゆっくりと目を開けた。

ベッドに横になり九十度回転した自分の部屋を眺める。十畳ワンルームの部屋は一目ですべてが見渡せる。食卓を兼用したコーヒーテーブルの先にキッチンに立つダイゴの背中が見えた。包丁で何かを切っているらしい。

首元まで布団を被っているはずなのに寒気がする。胸から湧き出る咳を抑えられず何度もむせ返る。その声でダイゴが振り向いた。

「一輝さん、起きました？　夜中に熱が出てきたみたいです。大丈夫ですか？」

壁掛け時計を見ると午前九時だ。珍しく十時間以上寝ていたようだ。身体の節々が痛み怠《だる》い。ふたたび咳き込んだ。

「お前、何やってんだよ？」

「何って、料理ですよ。昨日雨の中歩いたりするからやっぱり風邪ひいたんですよ」

ダイゴはそう言うと普段お湯を沸かすくらいしかしないキッチンに向き直った。

フラフラする頭を上げてあたりを見回すと自分の部屋ではないようだった。

衣服が床に散乱し食べ終わったカップラーメンやコンビニ弁当のゴミがテーブルの上を占拠していたはずだ。なのにそれらが見事になくなりあらゆるものが整然としている。

一輝が寝ている間にダイゴがやったようだ。モニター前の〝ゲームコーナー〟も綺麗になっていた。

「誰がこんなこと頼んだ。余計なことすんな」

力のないか細い声を出す。

特にゲームコーナーは自分にしか分からない配置があるのだ。勝手に触られたくない。

「そんなこと言ったって一輝さん熱で動けないんだからしょうがないじゃないですか？　放っておいたらゴミで埋まっちゃいますよ」

昨日までの現実が押し寄せてくる。

すべてを失った今とにかく一人になりたい。

早く出ていってほしい。

思えば結婚していたときもそうだった。

結衣はズケズケと一輝の領域を侵しお節介ばかり。ダイゴもそっくりだ。

とはいえ思うように動けない身体では強引に追い出す気力も湧かない。

するとダイゴがキッチンから小鍋を持ってきてコーヒーテーブルに置いた。

「お粥を作りました。できるだけ食べてください。もしあとで食べるんならチンしてくださいね。あと風邪薬も置いときます。とにかくゆっくり休んでください」

一輝は壁に向かって横になっている。ダイゴは一輝の背中にそう言うと玄関に向かった。

「今日からバイトを再開します。いろいろありましたけど一輝さんがいない間は体調不良で誤魔化しときました」

ダイゴはそう言って軽く笑った。

「これ以上シフトに穴開けられませんから、とりあえず一輝さんが治るまで僕が行きますよ」

一輝は目をつぶり応えない。

ダイゴはそれ以上何も言わず出ていった。

それから一輝は風邪で寝込み続けた。

当初は発熱とわずかな咳だけだったが二日目の夜に酷い喘息の発作を起こした。

それでも一輝は病院に行きたくないため、市販の風邪薬と喘息用ステロイド剤で急場をしのいでいた。

ところがついに喘息が悪化し肺炎にまでつながってしまったのだ。

その間もずっとダイゴが一輝の世話をした。家事をこなし看病しながら、ダイゴはバイトに行き続けた。

ようやく起き上がれるようになったのはちょうど一週間後の夜だった。

頼みもしないのにダイゴはバイトが終わると一輝のアパートに帰ってくる。そしてお粥を作り薬を飲むのを介助する。夜は部屋の片隅で膝を抱えてずっと座っていた。

今夜も頼んでもいないのに夕飯の準備をしている。出てきたのはシチューだった。

「そろそろお粥にも飽きたでしょ？　少しはお肉も食べないと身体が弱っちゃいますからね」

一輝はベッドサイドに腰を下ろしコーヒーテーブルを引き寄せる。

皿を覗くとそこには野菜たっぷりのホワイトシチューが盛られていた。ソーセージが二本浮かんでいる。

なんでもできるダイゴに驚きつつも口には出さなかった。

一輝自身はいっさい料理をしない。リュウスケが残機にも個性があると言っていたが、自分の分身のはずなのにこの違いに驚いてしまう。ホワイトシチューの作り方なんて一輝にはまったく分からない。

「本でいろいろ勉強してきましたからね」

一輝の内心を読んだかのようにダイゴが言った。

「この一週間、バイトは早番で毎日出ました。だいぶ仕事にも慣れましたよ」

ダイゴがバイトの報告をする。

『慣れた』という単語が一輝の頭に引っかかった。

一輝にとってのバイト初日、すでにダイゴは店の先輩から信頼されていた。いまさら『慣れた』もない。控えめな表現だが相当頼りにされているようだった。

「体調戻ったら代わってくださいね」

ダイゴを無視してスプーンを口に運ぶ。ダイゴが作ったものを素直に食べるのも癪《しゃく》に障ったが空腹には耐えられなかった。

いま一輝がバイトに出たら、周りの期待が大きい分だけ自分のダメっぷりが目立つだろう。怒られている姿が頭をよぎりうんざりした。できるならこのままダイゴにバイトしてもらいたい。

「ところで明日、明後日はバイト休みです。久々に晴輝くんの世話ですけどどうしますか？」

「お前行ってくれよ……」

一輝は即答した。
シンヤに続けてリュウスケの消滅。
事務所からの解雇。
そして逮捕。
体調が戻るに従って今まで考えずに済んでいたことが自然と頭に浮かんでくる。
まだ頭の整理ができていない。
この先どうしていいかまったく想像できなかった。
ゲーマーとして世界一になるという張りつめた想いが破裂したままだ。
自分のこともどうしていいか分からないのに子どもの面倒なんて見られない。
まったく力が湧いてこなかった。
不安が一気に押し寄せて深いため息をついた。
「でも……」
ダイゴはどこか不満そうだ。
その様子を見て一輝が釘を打つように言い放った。
「バイトはする。結衣に金は払う。でも別れた家族の世話までできない」
一輝はお皿に口を付けてシチューを最後まで流し込む。
寝汗をかいた身体がベトベトして気持ち悪い。
立ち上がって風呂場に向かうと乱暴に扉を閉めた。

3

翌日、一輝が起きるとすでにお昼を過ぎていた。

これまでも午前中は寝ていることが多かったがそれは深夜までゲームの練習をしていたからだ。昨夜は風邪もあって夜十二時前には眠っている。

見るとコーヒーテーブルの上にトーストと目玉焼きが置かれている。マグカップにはインスタントスープの素が入れられ、ご丁寧にお湯の入ったポットまで用意されていた。テーブルの隅には『晴輝くんと会ってきます』とメモが添えられている。

ベッドから起き上がると昨日までの怠さが嘘のように身体が軽い。

ダイゴの思惑に乗るようで腹が立ったが、空腹を覚えたので用意された食事を瞬く間に平らげた。

バイトも休み。子守りはダイゴがしている。UEMの事務所に行くこともない。

ぽっかり空いた時間を持て余しながら、いつの間にかモニターの電源を点けていた。

ゲームを立ち上げアーケードコントローラーを手にする。

二十年の習慣とは恐ろしい。気がつくと一輝はゲームを始めていた。

頭の隅ではもう意味がないと分かっている。

ＩＥＣ（国際ｅスポーツ連盟）とＪＥＣ（日本ｅスポーツ連盟）に加盟する事務所に入らなければプロとして参加できる大会は少ない。もちろんないことはないが、シード権はなく一般参加として予選からスタートしなければならなかった。これでは優勝などとても不可能だ。トッププロとして活躍してきたプライドが予選参加の邪魔をする。

しかし寝食の他は今まですべてゲームに捧げてきた。

空いた時間ができればゲームをする。

それは一輝にとって条件反射だ。

息をするに等しい行動である。

ところがオンラインにつないで対戦していてもまったくゲームに身が入らなかった。

ゲーマーとして選手生命を絶たれたことだけではない。

気づけばシンヤとリュウスケのことを思い出していた。

最後に会ったときシンヤは大切な人を見守りたいと言っていた。そのためにどうしても消えたくない。だから無理しないでほしいと懇願していた。

リュウスケはシンヤの死を知り狼狽していた。

彼は残機という自分の運命を恨んでいたのだろうか。アーティストとして世の中に認められたいという夢を持っていた。あの強い想いは『代わりの存在』という現実に苦悩していたからこその夢だったのだろうか。

そのすべてを自分が終わらせてしまった——

今まで自分だけを頼りに生きてきたつもりだった。

他人のことなどどうでもいい。

別れてしまえば妻子も同じだ。

人間、生まれたときも死ぬときも結局一人である。

ならば好きなように生きればいい。

そう思っていた。

それなのに気づけば彼らの死を考えている。

彼らの熱い想いは死によってどこへ行ったのだろう。

『チュンライ、WIN！』

モニターから相手の勝利を告げるコールが響く。

一輝はコントローラーを床に置くとおもむろに部屋をあとにした。

アパートを出た一輝は多摩川の河川敷に来ていた。

以前ダイゴに格安スマホを買い与えたときに自分のスマホと同期させてある。地図アプリを立ち上げるとダイゴの居場所が赤い星印で表示されていた。

駅前繁華街を抜けて住宅街を進み河川敷に出る。途中結衣がパートをする店の近くに来たが素通りした。

彼女は放火事件のことは知らない。結衣から連絡がないということは約束したとおり梅本は彼女に何も伝えていないのだろう。ダイゴが彼女たちに頻繁に会ってくれているおかげで、いつもと変わらぬ毎日を過ごしているようだ。

いま彼女に会う気力がない。養育費を滞納している中で職を失ったとなれば何を言われるか分からなかった。

爽やかに晴れた空の下、土手を上流に向かって歩いていく。

河川敷には野球場やサッカー場が並んでいた。日曜日ということもあって家族連れが自然を満喫している。

しばらく行くとスマホの赤い星が現在位置と近づいた。顔を上げると目の前に公園がある。そこにダイゴと晴輝の姿があった。

なぜここに来ようと思ったのか自分でも分からない。

ゲームをしていたらふと二人が気になった。

ダイゴはバイト先でやけに優秀だ。家事をやってもそつなくこなす。

ならば子守りはどうなのか。

ダイゴが晴輝とどんなふうに接しているのか見てみようと思ったのだ。

事務所をクビになり時間は腐るほどある。

一輝は帽子もマスクも着けていない。顔を隠すものは何もなかった。

当然ダイゴも顔を晒し晴輝の相手をしている。

同じ顔で声をかけるわけにはいかない。幸い公園の脇にコンクリート製の立派なトイレが立っている。一輝はその壁に身を寄せて二人の様子を見守った。

「ねえねえ、今度はあれ登ろう！」

「本当に？　晴輝一人で行ってきなよ」

「やだ！　一緒に登る」

晴輝が指さしているのは極太のロープで編まれたジャングルジムだ。巨大な円錐形をしていて、そのてっぺんは十メートルくらいの高さがある。

晴輝がダイゴの手を引いてジャングルジムまで連れていく。来慣れた公園なのか晴輝はスルスルと登っていった。

「早く早く！」

「ちょっと待って……」

ダイゴは恐々《こわごわ》ロープを摑むと足元を確かめながら慎重に登っていく。半分くらいまで登ったところで脚が交差してしまい、どうにも動きが止まってしまった。

早々とてっぺんまで登り切った晴輝が指示を出す。

「違うよ！　左の手で上のロープ摑んで、右足はそこ！」

指示どおりに動いてようやく体勢が整う。それでもダイゴは高い所が苦手なのか晴輝の近くまで登って止まった。
「もうここまでで勘弁」
「仕方ないなぁ」
一輝も高い所は苦手だ。その一点ではダイゴとリンクしているようだ。
晴輝がダイゴの怖がる顔を見て大きな声で笑っている。
一輝はそれを見てなんとも不思議な気持ちが湧き上がった。
自分と同じ姿の男が息子と楽しそうに遊んでいる。
数えるほどしか会っていないが晴輝のあんな笑顔を見るのは初めてだった。
今まで自分は父親らしいことなどしたことがない。
プロゲーマーとして家族との時間など無用だった。
今さらやり直そうとも思わない。
それでも二人の遊ぶ姿を見て考えずにはいられなかった。
ダイゴが本当の父親だったら晴輝はもっと幸せだったのかもしれない。
自分がプロゲーマーでなければ、こんな人生もあったのだろうか。
少なくとも今の晴輝にとってダイゴのほうがよほどヒーローだ。
一足先に帰ってゲームをしているとしばらくしてダイゴがアパートに戻ってきた。
「戻りました。体調どうですか？」

扉を開けるなりダイゴが部屋の奥に向かって声を張る。

「ああ、もう治ったよ。遅かったな」

「ええ、晴輝くんがなかなか離してくれなくて。風邪治ったんですね」

モニターからチラッと視線を外しダイゴを見る。その顔は嬉しそうに綻《ほころ》んでいた。

どうやら近くから覗いていたことには気づいていないようだ。

ダイゴのことを無視してゲームをやり続ける。しかし一輝はまったく集中できていなかった。

「一輝さん、ご飯は？」

「コンビニの弁当で済ませたよ」

その答えを聞きながらダイゴがコーヒーテーブルの上に出されたままの弁当のゴミを片付け始めた。

「こんなものばかりじゃ身体に悪いですよ。少しは自炊しないと」

「……」

一輝はゲームに集中するふりをして聞き流した。

ダイゴはそれ以上問い詰めることなくすぐにキッチンに向かった。

ダイゴの背中ごしに水道から水が勢いよく流れる音が響く。

夕飯は弁当で済ませたが流しにはコップやスプーンなどの食器が溜まっていた。ダイゴが何も言わずにそれらを洗い始める。これではまるで押しかけ女房だ。

一輝はコントローラーを握り続けながらあえて知っていることを訊いた。

「お前今日何してたんだよ」

「今日は晴輝くんを見てました。昨夜言ったじゃないですか?」

「分かってるよ。どこで何をしてたのか訊いてんだ」

ダイゴの洗い物をする手が一瞬止まる。

「河川敷の公園で遊んでました。さすがに男の子は元気ですね。四時間も公園にいましたよ」

二人の打ち解けた様子が甦る。

自分の分身のはずなのにやけに子どもの扱いが巧い。

一輝にはまったくできないことだ。

以前リュウスケが言っていた。本体と残機は分身だから基本的な能力は同じ。ただ育ってきた環境によって個性があると。

確かにリュウスケと自分には似たところがあった。

一輝も絵は得意なほうだったし逃げ足が速いところも似ている。

しかしシンヤとダイゴについてはまったく理解できなかった。

シンヤはある老人の面倒を見ていたという。

自分にそんな一面はない。

子どもと楽しそうに遊ぶダイゴもそうだ。

家事といいバイトの能力といい自分とは似ても似つかない。とはいえみんな一輝の残機だ。気がつかないだけで、自分の中にもこんな部分が隠されているのだろうか。

純粋に不思議に思った。

「お前メシは？」

一輝はすぐに変なことを訊いている自分に気がついた。

「そもそも食う必要ないのか」

「ですね。遅くなったんで結衣さんに誘われたんですが断りました」

「なんで？」

「一輝さんの体調も気になりましたし、余計なことするなってまた怒られるかもしれないと思ったんで」

確かに以前なら言いそうだ。

別れた妻となれ合っても良いことはない。

結衣は養育費を早く引き出そうとしているだけなのだ。きっと……

ダイゴもだんだん分かってきたようだ。

「お前今までどこで何してた？」

「だから晴輝くんと――」

「今日のことじゃねえよ。生い立ちのこと訊いてんだ」

モニターを見つめながら訊く。ダイゴは洗い物をしながら話し始めた。

「実は僕、小さいころの記憶はまったくありません」

「……」

「気づいたとき、ただひたすら街の中を彷徨《さまよ》い歩いていました。今でもそのときのことをはっきり覚えています。たぶん十歳くらいです。真夏でした。ジリジリとした太陽が照り付ける中を歩いていたんです。そしてたどり着いたのが川崎でした」

話し始めるダイゴの背中からはさっきまでの明るい雰囲気は消えていた。当時の気持ちも一緒に思い出しているのだろう。

「なんだ、そんなころから近くにいたのか？　俺も川崎が地元だよ」

「はい。一輝さんを初めて見たのはそのときです。歩いてたどり着いた先に小学校がありました。たぶん夏休みだったんでしょう。午後のグラウンドで小学生たちがサッカーの試合をしてました。

そこで試合に出てたのが一輝さんだったんです。初めは驚きました。自分とそっくりの子がいるんですから。しかも一輝さんはその試合で大活躍でした」

確かに一輝は小学生時代、地元のサッカーチームに入っていた。

すでにゲームにのめり込んでいたが同時に外で遊ぶことも好きだった。そのころはリーダー的な役割を演じることが多かった。

しかしまさかそんな昔からダイゴが自分を見ていたとは……

「でも一番驚いたのは似てたことじゃありません。その場面を以前夢で見たことがあったことでした。そこに着くまで何日も歩き続けていましたが、夜になると知らない公園とかで横になってたんですす。そんなときよく夢を見たんですが、そのサッカーの試合の場面が何度か出てきたんですよ。本能的に気づいてましたけどそれではっきりしました。自分は〝残機〟なんだ。サッカーをやってるあの子が〝本体〟なんだって」

一輝はなんだか切なくなってダイゴのほうを見られなかった。

「それからずっとずっと遠くから見てましたよ。僕は根暗で地味な性格です。でも本体の一輝さんは違った。クラスの人気者でみんなが憧れてました」

ダイゴは言いながら振り向きキラキラした目を一輝に注いだ。

「正直僕は誇らしかったんです。自分は何もできないけど、僕と同じ姿をした一輝さんはこんなにも輝いている。僕の中の一番。まさに名前の通りでした」

「なんでそのころ声かけねえんだよ」

「だってそのころそんな話したって、一輝さん信じてくれるはずないじゃないですか？それに残機は基本本体に迷惑かけるわけにはいきませんから。だから僕は一輝さんを陰で支えていこうって決めたんです。そのころ転校していった友達覚えてますか？」

急にそう言われ一輝はおぼろげな記憶を思い出した。

小学生時代に転校した友達といえば心当たりは一人しかいない。

「中島大悟《なかじまだいご》くん――」

一輝のその顔を見てダイゴがうなずいた。

「そうです。一輝くんがその子と大の仲良しなことには気づいてました。お母さんが働いていていわゆる〝鍵っ子〟だった一輝さんにとって、一緒にいてくれる彼はまさに親友でしたよね。その彼が急に北海道へ引っ越すと聞いて一輝さんはとても悲しんでましたね。名前がなかった僕は大悟くんみたいになりたいなって思って『ダイゴ』って名前にしたんです」

まさか名前の由来が小学生時代の自分の親友だとは気づかなかった。

「僕は一輝さんの全部を知ってるつもりです。十代で挑んだゲームの世界大会も、結婚も、離婚も、そして最近のことも……一輝さんの夢は僕の夢です。僕には絶対できないことを一輝さんにはやってほしい。それが叶うなら僕は本望です」

ダイゴは洗い物をやめ身体ごと一輝のほうを向いて言った。

ダイゴの想いを知り何かと思い至る。

出会った当初、一輝のバイトの身代わりを買っててくれたのもダイゴだ。バイトも家事も愚痴ひとつ言わず真面目にやり、稼いだ金はすべて一輝の口座に振り込まれている。晴輝の相手だってそうだ。子守りほど面倒なことはない。なのに嫌な顔ひとつせずやっている。晴輝からだって慕われている。

それに対して今の自分はどうだ。

三十も目前に迫ったいま寂れたアパートの一室でうずくまっている。

二十歳のころ思い描いていた十年後の自分とはあまりにかけ離れていた。

ヒーローとは程遠い自分の姿に情けなさがこみ上げる。

一輝はうつむくダイゴに視線を向けた。

本体のための人生か……

自分はずっとゲーマーとしてのし上がることしか考えてこなかった。

俺には到底真似できない。

「お前、今日からここに住めよ」

自分でも意外な言葉だった。

すべてを失って弱っているのもそうだが、それ以上にダイゴの自分に対する想いが今の一輝には素直に嬉しかった。

ただ意地っ張りな性格から素直にその感情を表現できない。

その結果の提案だった。

一輝がそう提案するとダイゴに笑顔が戻る。そして一言口を開いた。

「分かりました」

4

翌日、一輝は体調もほぼ回復したので久々にバイトに行くことにした。

もともとは休みだったのだが、朝、先輩パートの島崎からダイゴに電話があったのだ。早番シフトのバイトが一人急に休むことになり困っているという。

店は午前十時から明け方四時まで開いている。スタッフは三交代制で働いていた。今となっては関係ないが、一輝はゲームの練習をメインに考えていたため、もっとも練習のはかどる遅番・夜番の時間帯は避けて基本は早番に入っていた。早番は午前十時から午後四時までだ。

ダイゴは晴輝の相手をしに行くという。晴輝の学校は午後二時半に終わるので、一輝のほうが先に家を出た。

もう何度かバイトには出ているのである程度仕事には慣れている。

しかしダイゴほど出ていないし巧くできるか不安だ。それでも生活のためにはやるしかない。

出勤するなりリーダーの島崎が「悪いわね。急に出てもらって」と声をかけてくる。失敗ばかりの自分に根気よく教えてくれる島崎には一輝も頭が上がらなかった。月曜の昼間ということもあっていつもより客は少ない。それでも病み上がりの一輝には体力的にきつかった。

とはいえダイゴの仕事っぷりとあまりに違えばさすがにおかしいと感づかれてしまう。ここをクビになれば暮らしていけないのだ。

必死に接客をしバックヤードで洗い物に精を出す。

夕方近くなると学生の客が増え生意気な態度をとる奴らもいた。

彼らはプロゲーマー・イッキのことなど知らない。一輝の歳なら店長を任されていてもおかしくはないが一輝はいそいそと接客をしていた。客から見たら、ただ〝カラオケでバイトするおっさん〟でしかない。

学生にタメ口でオーダーをされる自分が情けなかった。

そんな感情を抱きながらいつしか定時の午後四時になっていた。

一週間寝込んでいただけでずいぶんと体力が落ちている。バイト初日に感じたような疲労感を覚えて一輝は更衣室に向かった。

とそこにバイトリーダーの島崎が声をかけてきた。

「上山さん、お疲れさま」

「あ、お疲れさまです。お先っす」

「なんか今日雰囲気違ったね」

島崎の言葉にドキッとする。やっぱりダイゴと違うことがバレたのだろうか。

「そうっすか？　病み上がりなもんで……」

「ううん。いつもより失敗は多かったけど頑張ってるのは分かったよ」

じゃあねと言って立ち去る島崎の背中に一輝は軽く会釈したのだった。


プレイングワンのビルを出ると、駅前はまだ陽が高かった。

六月に入り今が一番日の長い時期だ。まもなく梅雨に入ってしまうがこの時期はもっとも過ごしやすい。

柔らかな初夏の風を浴びながら一輝は眉間にしわを寄せていた。

考えないようにしているがちょっとしたきっかけでゲームのことを思い出してしまう。

バイト先のプレイングワンも基本的にはゲームセンターだ。最新機種で練習ができるかもと思って始めたバイトである。どうしてもゲームのことを思い出しやすいが、今となってはカラオケに配属されたのがありがたい。

それに加えて一輝が思い出していたのは、毎年この時期にUEMが行う合宿だった。

七・八月は学生の夏休みということもあり、eスポーツの大会が全国各地、世界各地で数多く開催される。

IECが定めるA1グランドスラムではないが、A2、A3などの高レベルの大会も多かった。

それに備えて梅雨の時期には事務所で寝泊まりし、一日中ゲーム浸けの生活になるのである。

しかし一番の目的は同僚と情報交換して技術を高めることだ。

ほとんど一匹狼の一輝はいつも一人で練習し、同僚とコミュニケーションをとることはほとんどなかった。梅本からの命令だったから仕方なく参加していたに過ぎない。唯一話すのはもふもふくらいだった。

それでも初夏の匂いが毎年恒例の行事を思い出させる。

去年の今ごろはＵＥＭの事務所にこもっていた。

今年もその予定だったのに。

クビになったことで逆に合宿を羨ましく感じる。

面倒でも、あれに参加するということは海外遠征にも行ける一軍の証だったのだ。

特に今年の夏はグランドスラムを控えて合宿にも熱が入っていることだろう。

ゲーム界最高峰の試合・四つのグランドスラムのうち二つは毎年開かれる。

ドバイカップは新春一月。百年前からカジノの街として、あらゆるエンターテインメントの中心であるラスベガスで開催されるラスベガスカップは秋だ。

そして残り二つは四年に一度。次の夏のオリンピックは再来年である。

そして今も昔もゲーム界最高の名誉は、二年おきに交互に開かれるオリンピックとワールドカップだった。

オリンピックを主催するIOC（国際オリンピック委員会）は基本的にアマチュア精神を謳っている。eスポーツはプロの参加も認められていたが二十一歳以下と制限されていた。

しかしIECが主催するワールドカップは年齢制限がない。シードこそあるものの、基本的には誰もが予選に参加できるオープンな大会を標榜《ひょうぼう》していた。

参加人数が多く誰もが平等のチャンスを与えられた大会。

ゆえに大会の権威は上がり優勝者は名実ともにゲーム界のナンバーワンとしてその名を世界中に轟《とどろ》かせるのだ。

しかもその大会が今年初めて東京で開かれる。決勝ラウンドは東京ドーム。梅本やもふもふはもちろん、業界全体が熱を帯びていた。

しかし一輝はいま蚊帳《かや》の外にいるのだ。

このまま家に帰るのは気が滅《めい》入る。

一輝は自然と駅に向かい上りの各停列車に飛び乗った。

やってきたのはまたしても川崎の多摩川土手だった。

少しずつ夕暮れの色が濃くなっていく河川敷では近くの中高生が部活動をしている。

野球、サッカー、陸上部の長距離選手たちがグラウンドを走っていた。

選手たちの掛け声をくぐりながら進むと、以前ダイゴと晴輝がジャングルジムで遊んだ公園にやってきた。

そろそろ帰るころと思いきやまだ二人は公園にいる。スマホの地図アプリではダイゴの存在を示す赤い印が公園にとどまっていた。

この間と同じくトイレの陰から覗き込む。

すると今日はダイゴと晴輝だけでなく、同じくらいの年ごろの子が数人一緒だった。

ダイゴを中心にしてみんなが走り回っている。

どうやら鬼ごっこをしているらしい。

病み上がりということもあり一輝は今日はマスクをしている。喘息から肺炎になった一輝にとって冷たい風を吸い込むのは良くないのだ。これなら見つかって「同じ顔」と騒がれる心配もない。

「ズルいよ、おじさん！　百数えてって言ったじゃないか」

「ちゃんと数えたよ」

「嘘だぁ。追いかけるの早すぎだよ」

「ダメダメ。大人しく捕まりなさい」

「大人げねえな」

「なにぃ！」

どうやらみんなは晴輝のクラスメイトらしい。ベンチに放り出されたランドセルの上に同じ学帽が置かれている。側面に同じクラスを表すリボンが揺れていた。

ひときわ身体の大きな子がダイゴに食ってかかる。

ダイゴはそれに大真面目に反論していた。

しかしそれはガチではない。みんなの顔はずっと笑顔だった。ダイゴはその子を背中から抱え込み脇腹をくすぐるような素振りをしている。男の子は「やめて！」と言いながらも笑顔で身体をよじっていた。周りの子たちも二人をはやし立てる。晴輝はその子を助け出そうとダイゴの腕にかじりついた。

周りの子も晴輝にならってダイゴに覆い被さる。大人のダイゴもさすがに勝てず、羽交い締めにしていた子どもを放すと地面に背中から倒れた。

「そんなのナシでしょ。鬼ごっこのルール守ってよ。鬼が攻撃されるってどういうこと？」

「いいんだよ。村人が怒って反撃したんだ！」

「ルール変えすぎ！」

土埃にまみれながらのダイゴの叫びに子どもたちの笑い声が響く。

そこに午後五時を告げるチャイムが鳴った。

「あ、やべ！　帰らないとママに叱られる」

「僕も。塾に行かなきゃ」

チャイムと同時に子どもたちがベンチにダッシュした。ランドセルを背負い足早に公園を離れる。

「じゃあね、また遊ぼう！」

お互いに手を振って別れると公園にはダイゴと晴輝だけが残った。

「僕たちももう帰ろうか。お母さん、お店で待ってるよ」

「うん」

晴輝がうなずいて満面の笑みを浮かべた。

それは一輝が一度も見たことのない顔だった。

満足するまで遊んだとき子どもはこんな顔をするものなのか。

この公園にしょっちゅう来る理由も分かった。

結衣がパートをする弁当屋が近い。晴れた日はここで遊び、仕事が終わったらお店で落ち合って家に帰るのだろう。

「そのまえにオシッコ」

晴輝が叫んで一輝が隠れているトイレに走ってくる。

一輝は慌ててさらに後ろに下がった。

幸い晴輝は一輝に気づかずトイレに入っていく。

しかしダイゴが一輝の存在に気がついた。

少し驚いた表情をしたあと手を振って手招きしている。

話すなら今しかない。

一輝はトイレの陰から出てダイゴに近づいた。

「来てたんですね。バイトどうでした？」

「まあ、なんとかこなしたよ。それよりいつまで子守りしてんだ？」

「もう帰りますよ」

ダイゴはそう言って少し考える素振りを見せるとふたたび口を開いた。

「ここから入れ替わりませんか？」

「はあ？」

「店まで送ってあげてくださいよ」

「いやいや無理だって。お前が送ってくれよ」

いつもは忠実なダイゴが一輝の言葉を聞かず、いきなりその場を離れて土手のほうに向かい始める。

「ちょっと用事を思い出したんです。遅くなっちゃったから晴輝くんお願いしますね」

「ちょっと待てよ！」

しかしダイゴはそれだけ言うと瞬く間に土手の向こうに姿を消した。

ちょうどそこに晴輝が戻ってくる。

「あれ？　そんなパーカー着てたっけ？」

慌ててマスクを外したが、急にダイゴと入れ替わったため服装は違うままだ。ダイゴはさっきTシャツだった。

「ああ、これね。さみいから今着たんだよ」

晴輝は「ふーん」とだけ言ってランドセルに手を伸ばす。やはり子どもだ。あまり詮索されないで助かった。

すると晴輝はランドセルを背負うのではなく蓋を開けると、中から筒状に丸めた画用紙を取り出した。

「これあげる」

そう言って一輝の前に掲げた。

画用紙は赤いリボンで留められていた。

「なんだよ?」と言いながらリボンを外して広げてみる。

それはクレヨンで描かれた人の顔の絵だった。

「それパパだよ」

突然のことに一輝は驚いた。

絵のプレゼントにではない。

晴輝の言葉にだ。

いままで一度も耳にしたことのない言葉だった。

パパか——

小学二年生になって初めてというのもどうかしている。

「全然巧く描けなかったけどさ」

一輝は首を横に振った。

「そんなことねえよ」

嘘じゃない。

顔はしっかり描けているし色の使い方だって上手だ。二年生にしては巧いと思う。リユウスケからの遺伝だろうか？　いや自分か。なんだか混乱する。これは笑顔だからダイゴをイメージして描いたのだろう。決して自分ではない。

分かってはいるけど父親の似顔絵を描いてきてくれたと思うと一輝は嬉しかった。

一輝は何かお返しができないかとポケットを触る。するとジーンズの後ろのポケットに押し込んでいたキャップに気づいた。

引っ張り出し眺める。それは大昔、世界大会でベスト8になったときに貰った『入賞』の記念品だった。紺地に金の刺繍《ししゅう》で大会名と日付、『BEST8』の文字が記されている。

一輝がずっと大切にしてきたものだったがゲーマーを辞めた今は意味がない。

未練を断ち切るためにもちょうどいいと思った。

「晴輝、これやるよ」

受け取った晴輝がキャップを眺める。英語の表記はまだ読めないが、なんとなく分かったようだ。

「これ、凄い帽子じゃん。いいの？」

「ああ、もう俺には必要ない」

「ありがとう！」

晴輝がさっそく頭に被る。

「大切にする」

そう言って一輝を見つめる目はキラキラと輝いていた。

するとそこに遠くから二人を呼ぶ声がした。

振り向くと土手の上で結衣が手を振っている。傍らにはチャイルドシートの付いた自転車が置かれていた。

「ママ！」

ランドセルを背負って晴輝が結衣のもとに駆け上がる。

一輝もあとを追って土手の上まで登った。

「お仕事終わったの？」

晴輝が結衣を見上げる。

「うん、いま終わったところ。おうち帰ってご飯にしよう」

「うん」

晴輝はそう言うと、自分から自転車のチャイルドシートによじ登る。

「お疲れさま。今日もありがとう」

結衣が一輝に頭を下げた。

そこで一輝の手に握られたものに気づく。

「それ何？」

「ああ、さっき晴輝に貰ったんだ。俺の似顔絵だとさ。全然似てないだろ？」

一輝がテレを隠して言った。

「こんなへらへらしてねえし」

結衣は首を横に振った。

「ううん。似てるよ。最近の一輝、よく笑うもん」

最近の一輝自身は敗北感に打ちのめされてずっと笑っていない。結衣はダイゴのことを言っているのだろう。

「ねえ、今日は夕飯食べていかない？」

結衣が顔を覗き込むように提案してきた。

確かダイゴがこの間、誘われたけど断ったと言っていた。食事をする必要のないダイゴだったこともありそうしたのだが、結衣がまた誘ってきたのだ。

しかし一輝は気が進まなかった。

結衣がどういうつもりか知らないが、落ちぶれたゲーマーを憐れんでいるのだろうか。別れた妻の施《ほどこ》しを受けるような真似はしたくない。

「うん、そうしよう！」

一輝は断ろうとしたのだがその前に晴輝が叫んだ。

「お惣菜、お店からいっぱい貰っちゃったの。私たちだけじゃ食べきれないから一輝も手伝って」

結衣はそう言うと、一輝の返事を待たずに晴輝の乗った自転車を押し始めた。

5

結衣と晴輝が暮らすのは多摩川をさらにさかのぼった場所だった。

結衣は歩きの一輝に合わせてずっと自転車に乗らず押していく。

十五分ほど歩くと小さく古びた木造の一軒家が見えてきた。

簡素なブロック塀で囲まれた敷地に取ってつけたような小さな庭。庭に生えた木々が大きく枝を張り小さな家を隠している。

赤いトタン板の屋根の下は和風の砂壁が塗られていた。

この家に一輝が来るのは別居して以来である。

今はもう結衣と晴輝の二人暮らしだが、ここはもともと結衣の実家だった。

わずかな期間だったが一輝も結婚していたころはここに住んでいた。

懐かしい反面嫌な記憶が甦ってくる。

玄関に入るとたんに鄙《ひな》びた臭いが鼻をついた。

半世紀以上人が住み続けた独特の臭いだ。

広い三和土《たたき》を上がり暗い廊下を抜けると、板張りのダイニングとそれに続く和室の居間が見えてくる。小さいとはいえ庭に面した居間は開放的だった。

一輝は気が引けたが、晴輝のはしゃぐ様子に帰るタイミングを完全に失っていた。


家に着いて一時間後、炊飯器からご飯の炊けた電子音が響いてきた。

「うわぁ、やっぱすげえ！　また勝ったよ」

結衣が夕飯の準備をしている間に一輝は晴輝にせがまれてテレビでオンラインゲームをしている。

格ゲーではなくレーシングゲームだ。ホログラスはもちろん、アーケードコントローラーもないので普通のコントローラーだ。

しかし二十年ゲーマーをしてきた一輝はどんなソフトもお手の物だ。

コツさえ掴めばどんなゲームだってすぐに人並み以上に巧くできる。

一時間もオンラインでつながった猛者《もさ》たちとレースを繰り広げたが、一度も負けることはなかった。

「やっぱり天才だね。じゃあ次はこれやろうっと！」

「まだやんのか？　もう勘弁してくれよ」

「そうよ晴輝。ご飯できたから食べよう」

晴輝は不満そうだったがお腹も減っているのだろう。すぐに食卓に着くと一輝も従った。

テーブルの上には大皿に盛られたお惣菜が並んでいた。

「これは男爵いものコロッケでしょ。これは揚げ豆腐の肉詰め。これはキクラゲともやしの中華風サラダね。あ、お味噌汁は晴輝の大好きな大根と油揚げにしました」

「やった！　いただきます」

晴輝は大きな声で言うと勢い込んで食べ始めた。

「ゆっくり食べなさい。一輝も遠慮しないで」

結衣はそう言いながら一輝の茶碗にご飯を山盛りにしてくれた。

晴輝はあっという間にご飯を平らげるとすぐにテレビの前に戻った。

食事前にやっていたレーシングゲームを再開する。一輝のプレイに感動して自分でもやってみたくなったのだろう。

正直、一輝はここ最近あまり食欲がない。

出されたおかずをチビチビと食べていた。

横目で見ていた結衣もゆっくり箸を動かしている。

別れた妻の料理を彼女の実家で食べている。しかも自分に定職はなくフリーターだ。

「ちぇ！」

情けない。すぐにでも帰りたい。

ところがそれを制するように結衣がポツリとつぶやいた。

「事務所、辞めたんだって?」

一輝は大皿に伸ばしていた箸を止めて結衣の顔を見た。

「ああ……知ってたのか?」

「うん。この間梅本さんから。もうすぐ合宿でしょ。梅本さんにお礼を言おうと思って事務所に連絡したの。そしたら」

梅本に連絡したなら話は早い。すでに全部聞いているだろう。一輝から改めて経緯を説明することはない。『辞めた』と伝えてくれたのはありがたかった。

「3Dホログラムになってから正直ゲームがつまらねえんだ。格ゲーはゲームの中でも一番平等なジャンルだった。誰もが横一線。だからこそ練習した奴、センスある奴だけが勝てたんだ。でも3Dホログラムは違う。素人が金を使ってレベルを上げればプロにも勝てる。あまりに情報処理が多くてバグは起こりまくる。そんなんじゃあ真剣にやるのがバカらしいんだよ」

一輝は辞めた理由を捲し立てる。

本当の理由を知られないためのカムフラージュだった。

ところが結衣は予想外にそれ以上訊いてこようとはしなかった。

いつもなら「どうして?」を繰り返すのに。

「一輝、初めて会ったときのこと覚えてる？」

そう言って手にしていた茶碗をテーブルに置く。一輝から視線を外し居間にいる晴輝を見ながら続けた。

「高一の春、昔駅前にあったゲームセンターで一輝が喧嘩してた。私見てたんだ」

そのころ一輝はしょっちゅうゲームが理由で喧嘩をしていた。いつのことか分からない。

「お店の前を通ったらなんか騒ぎになってたから、なぜか気になって覗いてみたの。そしたら一輝が大人と揉めてた。傍《そば》で見てた人に訊いたら、子どものほうがゲームに負けたんだけど大人がインチキしたって食ってかかったんだって。一輝、顔を真っ赤にして怒ってた」

一輝は思い出そうとする。確かにそんなこともあったかもしれない。

当時すでに街では無敵と言われていた。大人相手だろうが負けたことを認めたくなかっただけだろう。

「私それまで、勝負でそんなに熱くなる人見たことなかったから驚いたの。翌日学校に行ったら珍しく一輝が登校してた。顔にでっかい絆創膏貼っててね」

当時のことを思い出し結衣がクスリと笑う。

「それで私から話しかけたんだ。昨日ゲーセンで見たよって。そしたら一輝、なんて言ったと思う？」

正直まったく覚えていない。

「俺はヒーローになる、って。びっくりしたよ。高校生にもなってそんなこと言う子がいるんだって。今どき幼稚園児だって恥ずかしいセリフだよね」

聞いている一輝が恥ずかしくなる。

「んなこと言ってねえよ」

「言いました。はっきり覚えてます。ヒーローになる。負け犬にはならない。絶対ビッグになってやるって……」

確かに自分が言いそうなセリフだ。

しかし事務所をクビになった今はもうどうでもいい。

結衣だってどうせバカにしていたんだ。

「私、感激したの」

思わぬ言葉に一輝は「えっ」と結衣を見た。

「あのころ同級生ってみんな、なんかやけに大人びてたじゃない。大人の顔色窺ってルール守って良い成績取って。私もそんな大人が用意したレールに沿って生きることが正解だって思ってた。でも一輝は違ったよね。そんなこと少しも考えてなかったじゃない。周りになんて言われようと自分が信じたことを貫いていた」

結衣は当時から優等生だった。

一輝のように授業をサボることもなく、学級委員長で成績も良い。

そんな彼女が自分をそんなふうに見ていたなんてまったく知らなかった。

気恥ずかしさで一輝は結衣の顔を見ていられない。

不貞腐れたように結衣の後ろのキッチンを眺めていた。

「そんなときあの事故が起きた——」

結衣はそれだけ言ってそっと目を閉じた。

いつもはうるさいほど元気で上から目線の彼女だが、時折こうして考え込むことがある。〝あの事故〟とは父親の突然の死だった。

もともと結衣はこの家で父親や祖父母と暮らしていた。母親は結衣が幼いころに亡くなって父親が結衣を育てていたのだ。一人っ子だったから四人家族だ。

ところが高一の冬に父親が事故に遭い亡くなったのだ。

バスの転落事故と聞いている。

東北への出張に向かうため乗っていたバスはアイスバーンになった高速道路を走っていた。運転手はいたが、まだ開発途上だったＡＩに自動運転をさせていた。それが誤作動を起こしたのである。

そんなときに自動運転モードにするのがおかしい。あとで分かったことだが、過重労働で睡眠不足だった運転手は自動にして居眠りをしていたらしい。

緩やかなカーブだったにもかかわらずスリップしたバスは制御を失って谷底に落ち炎上したのだった。

今思えば結衣の父親にはもう身代わりになってくれる残機はいなかったのだろう。

昨日まで元気だった大切な人が今日にはもういない。

残機を失ってきた今の一輝にはこのときの結衣の気持ちがよく分かった。

まだまだ一緒にやりたいことがあったろう。

一緒に行きたい場所、一緒に食べたいご飯、話したかったこと……

それが一瞬で断ち切られてしまったのだ。

式場で父親の葬儀があり、先生とクラスの代表が参加した。

学級委員でもない一輝は葬儀に参列する必要はなかったが、いつもお節介をしてくる結衣のことが気になって家を出たのだった。

葬儀場に着くと結衣の祖父母が参列者と立ち話をしていた。一輝が訊いたら結衣は先に家に帰ったという。

そこで一輝は彼女の家に向かったのである。

一輝がこの家に来たのはそのときが初めてだった。

何か用があったわけではない。

ゲームばかりで学校にも行かずトラブルばかり起こしている一輝だったが、唯一まともに話しかけてくれるのが結衣だった。『世界一になる』と豪語したことを思い出し、恥ずかしさとともに自分に何ができるだろうと思ったのだ。

ところが高校一年の一輝が悲しみに暮れる同級生にできることなど少ない。

迷った挙句にできたのは苦し紛れの提案だった。今でもそのことを思い出すと恥ずかしくなる。さすがにもっと気の利いたことがあっただろうに。

結衣の家に着きチャイムを鳴らすと彼女が玄関口に出てきた。『一輝、どうしたの？』という顔はしっかりしていたが驚くほど白かった。

そこで一輝は持ってきたリュックを結衣の前にかざして言ったのだ。

『一緒にゲームやらねえか』

中には自宅から持ってきたゲーム機とソフトが入っていた。

ところが次の瞬間、結衣が大声で泣き出した。

クラス一しっかり者の結衣がみっともないほど顔をくしゃくしゃにして泣いたのである。

『ごめん、そんな気分じゃないよな――』

一輝はどうしてこんな空気の読めない提案をしたのだろうと後悔した。

ところが結衣は泣きながら気まずく佇む一輝に抱きついた。

想いは言葉にならずただ大声で泣いていた。

その夜二人はこの家でずっと一緒にいた。結衣が疲れてぐっすり眠ってしまうまで、一輝はずっとゲームをし続けたのだった。

いつしか結衣の頬に一筋の涙が流れていた。

今その場所に晴輝が座ってゲームをしている。

あのときの二人の姿が残像のように重なった。

あのころから一輝はゲーマーとして頭角を現し始めた。

梅本に誘われたことをきっかけに一輝は夢にぐっと近づいたのだった。

結衣は高校を卒業すると看護師専門学校に通い始めたが、父親を亡くした悲しみをずっと引きずっていた。

それもあってか結衣は早くから結婚願望が強かった。常日ごろから温かい家庭を築きたいと言っていた。お金はないけれど一緒に住めればそれでいいと。

当然まだ若い一輝は煮え切らなかったが、結衣の想いに押し切られるように二十歳になると同時に結婚したのだった。

結婚式などは挙げていない。結婚指輪すら一輝はあげていなかった。そのときはとにかく金がなかったから。

一輝は『優勝賞金で指輪を買ってくる』と豪語していたが、果たせぬまま離婚し今に至っている。

一輝はゲームのこととなると勝負にこだわり絶対に諦めない。一日何時間でも練習に明け暮れる。やっていることはゲームであるが、やると決めたら最後までやり通す性格を結衣は好きに思って一緒になる決意をしたのかもしれない。

ところが高校卒業後プロとなりゲーム一筋になると、一輝のゲームに対する真面目さが裏目に出た。これまで楽しかったゲームが一輝にとって重荷になった。結果を残して梅本に恩返ししなければいけないという想いがプレッシャーになっていった。

家庭よりも仕事にのめり込み、勝ちたいという想いが一輝のエゴを肥大化させた。家族が仕事の足かせに思えてきたのだ。

意識すればするほど身体は硬くなり結果が出なくなる。スランプに陥り負けが込んでくると一輝の心はすさんだ。その怒りを結衣にぶつける毎日だった。

当初は耐えていた結衣もついに我慢の限界が来てしまった。ある日の敗戦をきっかけに口論になり一輝は捨て台詞を吐き遠征に出かけてしまう。いつしか二人の溝は決定的になっていた。

振り返れば結衣も体調が悪かったのだ。専門学校に通い、家事をこなし、寝る間を惜しんで勉強していた。しかもそのときすでに晴輝がお腹の中にいた。

遠征から帰っても一輝は結衣が待つ家には帰らず今のアパートを借りた。

結衣はその後妊娠に気づいたが、学校を辞めて一人で晴輝を産む決意をした。

晴輝は予定日より一ヶ月も早く生まれた未熟児だった。出産直後には集中治療室に入れられ、『覚悟もしていてください』と言われるほどだった。

なんとか持ちこたえて順調に成長したものの、そのころにはすでに一輝と結衣は別れていた。一緒に暮らしていた祖父母もその間に亡くなったので、結衣はこの家でシングルマザーとして晴輝を育ててきた。

ふと見るとテレビの前のテーブルの上には難しい本が山積みになっている。それらはすべて看護師の国家試験のためのものだった。晴輝が生まれてその後一人で育ててきたことで中断していたが、どうやら結衣は看護師の夢を諦めていないらしい。

パートに家事と育児、そして勉強。

十年近く、結衣は相当無理をしてきたようだ。

つくづく看護師の夢とは彼女らしい。

病弱な晴輝のことを自分の命よりも大事にしている。父親を失った悔しさを二度と繰り返したくないのだろう。

「でも、最近変わったよね」

昔話を終え、参考書を見つめる一輝をちらっと見ると結衣が急につぶやいた。

「よく晴輝に会いに来てくれるし、あの子もとっても懐いてる」

違う。懐いているのは一輝でなくダイゴだ。

「まあ、プロ辞めて暇なんでな」

強がりでしかない。しかし結衣がつぶやいた。

「事務所、辞めたんじゃなくてクビなのよね」

　はっと一輝は結衣を見た。

「梅本さんは『辞めた』って言い続けてたけど、高橋さんが教えてくれたよ」

　一瞬混乱したが『高橋』とはもふもふのことだ。

「成績不振とトラブルが続いて辞めさせられたって」

　一輝は片頬を上げて歪んだ笑みを見せた。

「まあね。なんでも知ってんだな……なら話も早い。当分養育費は払えそうもない。代わりに晴輝の面倒見るから、それで勘弁して――」

「それでいいの？」

「え？」

「ゲーム、それで諦めちゃうの？」

「なんだよ急に。いっつも辞めろ辞めろって言ってたのお前だろ？　今はバイトだけどそのうち仕事見つけるよ。そしたら給料から養育費払えるんだ。お前の望みどおりじゃねえか」

「そんなこと私はどうでもいい！」

　ゲームに熱中していた晴輝も驚いて結衣を見ている。

「私は一輝にいつまでも夢中になっててほしいの。あの日の夜、まったくゲームができない私に上達するコツを説明してくれたときみたいに。一輝にとってそれがゲームなんでしょ。ならやり続けてよ。優勝できなくてもいい。プロでなくてもいい。他に仕事しながらでも挑戦できるじゃない！」

結衣の目に悲しみが滲んでいた。

「別れたのは勝てなくなったからじゃない。お金に困ったからでもない。一輝がどこか諦めてたからだよ。もうピークを過ぎてるって。私は邪魔で、一緒には戦えないって……」

「……」

「夢を追って、私たちも一緒にもがいて、もがいて、それでいつか実現しよう。苦しくても、同じ方向を向いてれば私たちは幸せだから。お金がなくなったら一緒にバイトすればいいじゃない。だから私たちのことを夢の邪魔だって思わないで」

一輝は結衣に手を握られ顔を上げる。

しかしなかなか勇気が湧いてこなかった。

「でも梅本さんからも見放されたんだ。事務所にも入っていない俺はもうプロゲーマーでもなんでもねえ。〝ゲームオーバー〟なんだよ」

本心ではない。

いまでも夢は一輝の中でくすぶり続けている。

だからこそ何も手につかずずっと死んだように無気力なのだ。

でも子どものころからのカリスマに見捨てられてこれ以上恥を晒せない。

すると結衣が一輝の両腕にすがりついて叫んだ。

「失敗の何がいけないの？　何度失敗したっていいじゃない！　失敗することが負け犬じゃない！　本当の負け犬って諦めた人のことよ！　どんなに惨めに負け続けたって、諦めない限り終わらないよ！」

言い終えて結衣は父親の葬儀の夜と同じ顔で泣いている。

その顔を見た一輝の中で何かが大きく弾《はじ》け飛んだ。

ずっと強引に抑え付けてきたのだ。

もうゲームは終わりだ。一輝の中での〝ヒーロー〟とは〝ナンバーワン〟のことだった。なんでもできる神のような存在。どこからともなく現れすべてを変えられるスーパーマンだ。

しかし一輝はヒーローになれなかった。

それでも人生は続いていく。

次にできることに踏み出さなければならない。

「もう一度戦ってよ。あの時の一輝はヒーローだったよ……」

結衣が泣きながらかすれた声を絞り出す。

〝あの時〟とは結衣の父親の葬儀の夜のことだろう。

その言葉を聞いたとたん一輝の意識に反して顔がグシャグシャに歪む。

さっきまで浮かべていた皮肉な笑みは消え、気がつくと大粒の涙が頰を伝っていた。

一輝は初めて人前で泣いた。

これまでどんなにゲームで負けて悔しくても決して泣くことなんてなかったのに。

元妻の前で、惨めな自分を隠せなかった。

STAGE.5

1

夜遅くに桜木町のアパートに帰るとダイゴが部屋で待っていた。

「お帰りなさい」

いつもなら『ご飯は?』と訊かれるところだがただ静かに座っている。

見渡せば部屋はやけに片付けられている。丁寧な掃除でピカピカだ。流しの洗い籠にも綺麗になった食器が並んでいる。

結衣の家に呼ばれて夕飯を食べてくると踏んでいたのだろうか。

そうなると予想して河川敷の公園で入れ替わったのか。

一輝が帰るまでの間に家事をしていたようである。

「遅かったですね。ずっと結衣さんや晴輝くんと一緒だったんですか?」

「……ああ」

さっきまでの出来事をダイゴに話すのは恥ずかしい。訊かれる前に話題を変えた。

「疲れたからもう寝る。明日お前の予定は？」

「予定と言われても、どうしましょう」

「明日バイトなんだけどお前出てくれ」

「え？　いいんですか？」

「俺たちの働き方が違い過ぎる。パートリーダーの島崎さんから疑われてんだよ」

バイトにしろ子守りにしろダイゴは巧くこなしている。

ダイゴと自分のギャップを埋めなければそのうちボロが出そうだ。いまバイトまでクビになるわけにはいかない。さっき結衣から『夢中になるものを見つけて』と言われた。今はそれが何か分からないが目の前のやるべきことをやるしかない。

「俺が客として行くから。変装していけば分からないだろ」


翌日、ダイゴが午前十時からのバイトに出ると少し間を置いて一輝も家を出た。

昔着ていたダボダボのジーンズに黒いパーカー。そして足元は高校生時代に履いていたバッシュをクローゼットの奥から引っ張り出してきて履いた。一見リュウスケのように見える。実際一輝は彼を意識した。ラッパー風の見た目を装えば貧乏学生のようなダイゴと違った雰囲気になる。仕上げにキャップを緩く被り口には黒いマスクをする。

洗面所の鏡に映る自分を見て「完璧」とつぶやいた。

来慣れた受付に行くとそこには島崎がいた。

「いらっしゃいませ。お一人様でいらっしゃいますか？」

「はい……」

「ご利用時間はどうなさいますか？　飲み放題付きの三時間パックがお得です」

マニュアル通りの受け方はスムーズでさすがリーダーだ。

マスクごしとはいえ目を合わせるのが怖い。覚えているのにわざとプラン表に目を落として悩む真似をした。

とそこにモップを持ったダイゴがやってきた。首からは店のエプロンをかけている。いつも自分が着ているものながら何か不思議な感覚だった。

ダイゴは朝一の掃除を終えてカウンターに戻ってきたところのようだ。

軽く「いらっしゃいませ」とつぶやきながら島崎の横をすり抜ける。途中、一輝と目が合うとふふっと小さく笑った。

「じゃあそれで」

一輝がそう言うと島崎が部屋に案内した。

部屋に入ってもやることがない。別に歌を歌いにきたわけではないのだ。まずは飲み物を頼もうと部屋に置かれたタブレットでコーラを見つけて注文する。

しばらくするとダイゴがお盆を持って現れた。

「失礼します」

ノックのあと重い防音扉をさっと開け素早く身体を滑り込ませる。

流れるようにテーブルの脇に膝を突いてお盆の上のグラスを一輝の前に置いた。コースター、ストローを置く位置、モニターを塞がないための低い姿勢、すべてが流れるように自然で素早くそして的確である。

昔なら何も感じなかっただろう何気ない動作だが、同じバイトをしているために自分との違いを痛感する。

「なかなか巧くやってんな」

実際見ていて参考になる。いくら先輩から指導されてもピンとこなかったが、自分の分身が働いている姿は苦労なく自分と重ねることができた。

「さっき島崎さんからバイトのシフト管理を任されちゃいました」

シフト管理とは店の混雑状況を見越してスタッフの人数を決め、パートとバイトの都合を聞きながら一ヶ月のシフトを決めることである。

「ちょっと待って。それ店長の仕事だろ?」

「いえ、ずっと島崎さんがやってたらしいですよ。店長なんて僕見たことありませんし」

あのハゲ。やっぱりポンコツだったか。正社員の仕事を放棄して店にほとんど来ていない。いったいどこで何をしているのか。

待て待て問題はそこじゃない。

ダイゴが頼まれたということはいずれ一輝もやらなければいけないということだ。スタッフみんなの都合を聞いて調整するなんてもっとも向いていない仕事である。まずはみんなと話さなければならない。

「ごゆっくりお楽しみください」

ダイゴはそう言うとそそくさと部屋をあとにした。

その後も一輝はトイレに行くふり、タンバリンを借りに行くふりをしてたびたび部屋を出ながらダイゴの様子を観察した。

ちょうど一輝がトイレから戻り受付カウンターの前を通りかかったとき、若い母親と幼い娘の客がなぜ曲が入っていないのかとクレームをつけていた。カウンターで島崎と揉めている。

母親が主張していたのは今まさにロードショーしているアニメ映画の主題歌で、娘が歌いたいというから来たのだという。しかしカラオケの配信が間に合わずまだメニューに載っていなかったのだ。

そんなことを現場のパートに言ってもしょうがない。ヒステリックに叫ぶ母親は単なるクレーマーだった。

ところが横で一輝が見ていると、接客から戻ってきたダイゴが島崎に助け舟を出していた。

「お客様、あいにくその曲はまだ配信されていないようです。調べたところ七月三日に曲が発売されるようで、同じ日にカラオケも配信スタート予定とのことでした。本日はこのままキャンセルされて配信以降に改めてお越しいただくのはどうでしょうか？ もしよかったら割引券を差し上げますのでそのときにご利用ください」

笑顔を見せながらダイゴが応対する。

するとその母親は割引券に気を良くしたのか、キャンセルすることなく娘と一緒に二時間満喫していったのだった。

その日、バイトから帰ってきたダイゴに感想を言いアドバイスを受ける。

翌日は一輝がバイトに入り逆にダイゴが変装して一輝の様子を見守った。

そして夜は家で〝反省会〟をする。

連続六日のバイトを交互にこなしているうちに少しずつ一輝とダイゴの差は埋まっていった。

今までなら残機に教えを乞うなどプライドが許さなかった。

しかし今はなぜか自然とふるまえる。少なくともバイト、家事、育児に関してはダイゴのほうが巧いのだ。

連続バイト六日目、この日はダイゴが出勤だ。

それを午後観察に行って三時間過ごしたのちに一輝は家に帰ってきた。

当初は一回だけ見に行けばいいと思っていたが結局三日も行ってしまった。その間カラオケは一曲も歌っていない。

ダイゴが帰ってくるまで一時間以上ある。

ふと見ると、ずっと見向きもしなかったゲーム機がテレビモニターの前で綺麗に整頓されていた。一輝が事務所のライブラリーから持ち出した、海外ライバルのデータやトランス・ファイターⅫのコンボの種類が解説されたムック本、事務所のコーチやアナリストがまとめてくれた戦略資料は綺麗にファイリングされて本棚に並べられていた。すべてダイゴがやったのだろう。

その中からひとつのファイルを抜き出すとそこにはたくさんのDVDが入れられていた。WEB配信された動画をコピーしたものらしい。盤面には日付、大会名、対戦相手と結果が書かれている。それはすべて一輝の過去の主だった戦いの記録だった。

何気なくプレイヤーに入れて再生してみる。

するとモニターに十年近く前の一輝の姿が映し出された。

どうやら東南アジアでの大会である。決勝トーナメントベスト8まで到達した一輝が地元の選手と戦っているところだった。

ちょうど結衣と離婚した直後の大会である。

一輝は髪を金色に染めて戦闘モードであることをアピールしていた。カメラが一輝のアップを映す。そこには殺気立ち相手を睨みつける一輝がいた。

試合は終始相手の優勢で一輝が二連敗していた。決勝トーナメントは3先制だから次の一敗で一輝の負けが決まってしまう。

連敗したことでメンタルをやられたのか一輝の操作するソウヤは精彩を欠いていた。

またたく間にライフを8まで減らされると相手がとどめの攻撃を仕掛けてきた。

絶好調の一輝ならここから巻き返すことだって十分可能だ。ソウヤ得意のウルトラコンボが決まれば一気に逆転できる。

当然一輝もそれを狙っていたがここでまさかのコマンドミスを犯した。

ウルトラコンボどころか、ソウヤはその場から一歩も動かず相手キャラクターの餌食になる。

一輝のこの大会はベスト8で終わった。

十五分ほどの動画を見終わって一輝は勢いよく停止ボタンを押した。

この試合はよく覚えている。

このあとの顚末が動画に収まっていることを恐れた。

このあと、一輝は審判にクレームをつけて再戦を要求したのだ。

理由は、相手が禁止されたコンボを使用したから。

しかし自分のことだからよく覚えている。相手はそんな反則を犯してはいない。むしろ自分がコマンドミスをしたことを認めたくないから相手に難癖をつけたのだ。

当然、相手も、観客も、審判も、そしてチームメイトすら一輝の主張に賛同してくれなかった。

審判の判断はもちろん〝却下〟――

暴言を吐く一輝は梅本に引きずられるように舞台を降りたのだった。

苦い記憶が甦り青ざめる。

なんてイキってるんだ。

こんなに殺気立っていては勝てるものも勝てない……

再生が終了すると、そこにダイゴが帰ってきた。

「ただいま」と言って靴を脱ぐとそのまま休みもせずエプロンを着ける。冷蔵庫を開けて食材を取り出すとキッチンの上に並べていった。もう夕飯の支度をするつもりだ。

一輝はＤＶＤをファイルにしまう。再生しているところをダイゴに見られなくてよかったと安堵しながら声をかけた。

「お疲れ。島崎さん今日も出勤してたな。バイト歴まだ二ヶ月ちょっとなのにお前が副リーダーにしか見えねえよ」

一輝が褒めるとダイゴは笑みを見せた。

「そういえば来月のシフト表、今日店長に送っときました。僕らも週五で出勤ですよ」

時給千百五十円のバイトを一日六時間、月に二十日ちょっと出勤する。およそ十五万程度の稼ぎだった。

二十歳で一千万を超える優勝賞金を稼いでいた一輝にとってそれは生まれて初めての感覚だった。まさか働くってことがこれほどキツいとは。正直食べていくだけでギリギりだ。とても結衣と晴輝に養育費を払える余裕はない。

「ああ、分かったよ。働かねえとな」

諦めにも似た気持ちでつぶやく。しかしふと気づいて提案した。

「そういえば今日給料日だよな。たまには外に食いに行かねえか。俺がおごるよ」

しかしダイゴの視線は冷たい。

「おごるって、僕が働いた分だって含まれていることを忘れないでくださいね」

「まあ、そうか……」

「それに外食なんてダメですよ。収入のうち五万は養育費に充《あ》てるんですから」

「おいおい、このバイト中に養育費払うつもりかよ。家賃と光熱費払ったらいくら残るんだよ」

ゲーマーとして活動しやすいが桜木町の家賃は高めだ。ボロいアパートでも七万もかかっている。

「三万で暮らせねえよ」

「スマホ代を忘れてますよ。僕のと合わせて一万円ですから残りは二万です」

それを聞いて一輝は黙った。

こういう計算はダイゴには勝てない。

一輝は外食を速攻で諦めやりかけていたゲームに戻った。

「ゲーム、また始めたんですね」

ダイゴに指摘されて気づく。

そういえば事務所を辞めてから遠ざかっていたゲームがなぜか急にやりたくなった。自然とトランス・ファイターⅫを立ち上げていた。

「……まあな。てか資料の整理助かるよ。お前だろ、やったの」

「はい。一輝さん、事務所から持ち帰った資料の段ボールが山積みになってましたよ。まだ全部の整理は終わってないです」

「別に今さら整理しなくてもいいけどな……」

一輝は自虐的な笑みを見せた。

「ただ暇だからやってただけだ」

ダイゴは何か言いたそうだったがそのまま背を向けて料理を始める。すぐに小気味良い包丁の音が聞こえてきた。

一輝はソウヤを操作しながらダイゴの背中に話しかけた。

「確か明日は晴輝の相手だったよな」

「あ、そうですよ。順番的に僕ですよね」

一輝は少しの間《ま》を空けてから告げた。

「明日は、俺が行こうか」

その提案にダイゴが振り向く。

「……どうしたんですか急に」

「いつまでもお前に頼るわけにはいかないしな。何度かお前が晴輝の相手してるところ見てなんとなくやり方が分かってきたよ。忘れないうちに復習しとこうと思ってさ」

その言葉を聞いてダイゴが一輝をじっと見つめている。

「分かりました……」

2

翌日、一輝は結衣から晴輝を預かると初めて二人で電車に乗って横浜駅に来た。西口ロータリーを抜けた先にヨコハマキッズランドがある。ここは乳幼児から小学校低学年くらいまでを対象にしたアミューズメント施設で、日曜日ということもあり親子連れで賑わっていた。

大人も遊ぶゲームセンターとは違い、プロジェクションマッピングや3Dホログラムを使ったアトラクション、子どもの描いた絵がアニメーションになるシアター、有名キャラクターによるステージなど、子ども向けの遊びが充実している。

一輝と晴輝は入場料を払うとさっそく体験型アニメシアターに向かった。

リュウスケに似て一輝も晴輝も絵は得意だ。

スタッフから配られた紙とペンで絵を描き提出すると、ものの二十分ほどでアニメになり目の前のスクリーンで上映されるという。

「ほれ、紙とペン。あんま時間ないからさっさと描けよ」

「うん」

「なに描くか決めてんのか？」

「来る前から決めてるよ」

「なんだよ」

「内緒。出来上がってからのお楽しみだよ。パパは？」

「俺か？　俺は別に描かなくていいよ」

晴輝はさっそくテーブルに紙を広げて赤色のペンを握っている。背中を一輝に向けて絵を見られないようにブロックしていた。

「せっかくお金払ったんだからちゃんと描いて！　もったいないじゃん」

子どものくせに一丁前なことを言う。

「分かったよ」とつぶやきながらふと思い出した。

「そういえば最近友達とどうだ？　聞いたぞ。問題児がいたんだってな？」

「礼音くんのこと？」

「ああ。家が火事になって入院してたって聞いたけど」

「そうだよ。よく知ってるね。退院して引っ越しちゃったよ」

「そうか……」

川崎駅のホームでの狂気に満ちた母親の顔を思い出す。

とはいえ子どもが無事で良かった。

助かりさえすればいくらでもやり直せる。

ところがふと気になった。

本当に助かったのか？

自分に三人の残機がいたように誰もが残機を持っているという。

あの子が本体か残機か分からないが、もし本体ならあそこで命を落としそうになっても残機が身代わりに消えて助かった可能性もあるのだ。

リュウスケの別れ際に見せた寂しそうな顔がまた甦った。

シンヤもリュウスケも消えたくなかっただろう。

シンヤは使命があると、リュウスケは夢があると言っていた。生きたいとあれだけ強く望んでいたのに……

そうだ。なら晴輝はどうなんだ。

結衣は？

二人の残機はあといくつだ――

今までどうして気づかなかったのだろう。

胃がせり上がるような苦しさを覚え一輝は晴輝のほうを顧みた。

「できた！　出してくる」

　絵を一輝に見られないようにお腹に押し付けながら、晴輝はシアター横のスタッフカウンターに走っていく。その姿を見て一輝はさらに不安がよぎった。

　その後、時間ギリギリになって一輝も絵を描き終えるとしばらくあとに上映が始まった。

　目の前の緞帳《どんちょう》が開かれてあたりが暗くなる。スタートを告げるブザーが鳴ってスクリーンに数字が現れた。

『3、2、1――』

　軽快な音楽とともにまず登場したのは巨大な肉食恐竜だった。やや歪《いびつ》なうえに頭にはパラボラアンテナのようなものが付いていた。実在の恐竜ではありえない。

　一輝たちが座る席の左前方の親子連れが手を叩いて笑っている。どうやらあの家の子が描いたキャラクターらしい。

　そのあとも次々と子どもたちの創作キャラクターがスクリーンの上に躍った。たかだか二、三十分の作業とは思えないスムーズなアニメーションをどんなからくりで制作しているのか想像もつかない。一昔前ならアニメ制作にはとんでもない時間と労力がかかったはずである。

　そこで晴輝が「来た！」と叫んだ。

さした指の先にはトランス・ファイターのキャラ・ソウヤがいた。トレードマークの赤いマフラーが首元で揺れている。ペンで描いたものだからゲームの中のような立体感はない。しかしなんともいえない味があった。

　そのあとモンスターキャラ・ガリューも登場して戦いを繰り広げ始めた。よく見るとソウヤの顔はオリジナルとは少し違う。

　面長で鋭い目つきは一輝にそっくりだった。

「パパをモデルにアレンジしてみた。面白いでしょ？」

　晴輝はそう言いながら手を叩いて笑っている。

　そのあと一輝が描いた絵も登場した。

　頭から角の生えた子どもの鬼が金棒を振り回しているところだ。しかしよく見れば戦っているのではない。金棒をバットに見立てて野球をしているのだった。

「何あれ？　パパの絵？　変なの！」

　晴輝はそう言いながらもコミカルな動きにウケている。アニメの力に助けられた。

　それはリュウスケが最後に描いたアートだった。

　あのガレージに描いた鬼たちは寄ってたかって子どもを奴隷にして苦しめていた。

　しかし一輝の絵は鬼と子どもが一緒に楽しそうに遊んでいる。もちろんリュウスケのように巧くはなかったが一輝なりの弔いだった。

　一輝の絵を最後に上映が終わる。あたりが少しずつ明るくなり席に座った人たちがざわつきながら立ち上がる。

自分たちも次のアトラクションに行こう。結衣のパート終わりまでまだもう少し遊べるはずだ。

ところがそこでふと違和感を覚えた。

どこかから視線を感じる。

違和感の正体を探してあたりを見回すと、いた。

一輝たちが座る席の列の一番右端でマスクをした男が一人こっちを見ている。

一輝が気づいたことを察したのか、そそくさと席を立ってシアター会場を出ていった。

あれはダイゴだ。間違いない。

自分のことが気になって見にきたのだろう。

でも何か腑に落ちない。

本体の自分がダイゴのバイトを見に行くのとは違うのだ。

何のために見ていたのだろう。しかも一輝が気づいたあとで逃げるように去らなくてもいいはずなのに。


この日、一輝は晴輝の相手を終えると結衣からの夕食の誘いを断って早々に家に帰った。

玄関を開けるといつものようにキッチンでダイゴが料理をしている。

「お帰んなさい。もうすぐご飯できますよ。食べてくるかと思ったけど残ったら冷凍しとけますし――」

説明するダイゴを一輝は無言で見つめる。

玄関で靴を脱ぎながら尋ねた。

「今日、キッズランド来てただろ? 何してたんだよ」

一輝の言葉には棘《とげ》がある。ダイゴは一瞥《いちべつ》したあとつぶやいた。

「心配だったんで見に行きました」

「いちいちそんなこと必要ねえよ。子どもじゃねえんだから」

バイトも凄い。子守りも巧い。料理だって家事だって、ゲーム以外は何をやらせてもダイゴのほうが巧いだろう。プライドの高い一輝もそれは認める。

でも、わざわざ晴輝の相手をしているところにチェックに来なくてもいい。

「分かりました。もうしません。でもひとつだけ……」

三和土を上がり財布と携帯をベッドの上に放り投げると、一輝はソファに身を投げた。

「なんだよ」

「言葉遣い、気をつけてください」

「はあ? お前学校の先生か。細かすぎんだろ」

「いいえ、そんなことありません。晴輝くん、びっくりしてたじゃないですか。呼ぶときは『お前』、否定するときは『ふざけんな』、他にも『食え』『ウザい』。言葉ひとつで気持ちが変わります。晴輝くんには穏やかに過ごさせてあげてください」
言われてみれば一輝の言葉遣いは荒い。
それはプロゲーマーとして勝負の世界で生きる中で、自然と身についた攻撃性だった。
あの世界ではナメられたら終わりだ。
だからこそのキツい言い方だった。
しかし普通はそうはいかない。まして子ども相手に攻撃する意味がなかった。
数日前に結衣の涙を見て変わろうと思った。
この先どうなるのかまだ見えないが投げやりになっている場合ではない。
まだ三十なのだ。人生はまだまだ続く。
自分には心配してくれる人がいるのだ。
「分かったよ。言いたいことはそれだけか」
納得しつつもつい憎まれ口が出る。
同じ顔のダイゴにはまだどこか不思議な感覚が拭えなかった。
そういえばシンヤとリュウスケには使命や夢があった。
なのにダイゴは特にないという。
本体を支えることが一番だというが、そんなことが本当にあるだろうか。
ダイゴにだって人生があるはずだ。
ふと前に言っていたことを思い出す。

〝憧れ〟だと。

それは本体のようになりたいということではないのか。

料理をするダイゴの背中を見て嫌な妄想が頭をよぎる。

同じ顔、同じ背丈、同じ声。

本体と残機が入れ替わっても誰にも分からない。

それはバイトで証明済みだ。

ダイゴは俺になりきるつもりではないのか。

小学生のころから密かに見守ってきたという。夢の共有もある。本体について大概のことは知っているのだ。

主張がないぶん一度勘繰りだすとキリがない。

考えれば考えるほど料理をするダイゴの背中が不気味に感じられた。

そこへ携帯の着信音が響いた。

ダイゴも自分の携帯をチェックしたが鳴っているのはベッドの上だ。

一輝はスマホを手に取ると、画面には『結衣』の文字があった。

『もしもし、あ、一輝』

「ああ、どうした？」

『ううん、別に用事ってこともないんだけど、今日は急いで帰っちゃったから……』

「ああ、ちょっと用事があってな」

『そっか。またご飯食べに来てね』

「ああ」

『キッズランド連れていってくれたんだってね。行こう行こうと思って行けなかったから助かったよ。晴輝も楽しかったって』

電話の向こうで晴輝のはしゃぐ声がする。まだ興奮が冷めないようだ。

『なんか最近、晴輝も変わってきたんだよ。ずいぶん明るくなった』

リュウスケの一件に始まる放火騒動があったことでクラスのイジメっ子もいなくなった。

結衣の話を聞き単純にそれが原因だろうと思った。

『この間なんかテストで百点取ってきてね。今まであまり成績良くなかったのに凄いでしょ。しかもそれがずっと続いてるんだよ。この二週間テストはずっと百点満点ばっかり』

それを聞いて一輝もさすがに疑念がよぎった。

変わったのは分かる。

でもそんな急に変化するものか……

3

月曜日、本当は一輝がバイトに行く予定だったがダイゴと順番を代わってもらった。

一輝がやってきたのは川崎の小学校だ。晴輝が通う川崎市立河原町《かわらまち》小学校である。

多摩川が『く』の字に曲がったちょうど突端にあるため見晴らしがいい。河の近くにある名前にぴったりの学校だった。

スマホで時間を確認すると午前十一時半を表示していた。給食前の最後の授業だから四時間目が始まる時刻だろう。昼休みに校庭で遊ぶところか放課後に会えればいいと思っていた矢先、運動着に着替えて出てきた子どもたちの中に晴輝の姿があった。

運良く晴輝のクラスの四時間目が体育だったらしい。

担任の教師の笛に合わせて準備運動を終えると赤と白の帽子でチームを分けている。先生は石灰でグラウンドに線を引くと白帽の児童にボールを渡した。

白線は『日』の字に引かれて中と外に児童が散開している。どうやらドッジボールを始めるらしい。

ボールを渡された児童が勢い良くボールを投げてゲームがスタートした。

敷地内に入ることができないため校庭脇のフェンスごしに覗き込む。幸いさほど広くないため子どもたちの顔もギリギリ認識できた。晴輝は赤い帽子を被り白線の中で走り回っている。

もともと晴輝は未熟児で生まれたので、なんとか大きくなったがいまだに身体は小さい。体力はなく何かと体調を崩すことが多いらしい。結衣の話では性格も大人しいほうで、クラスでも地味な存在のようだ。だからこそイジメっ子の標的になっていたのだろう。

イジメっ子の野々村礼音はいなくなったが彼と一緒に晴輝をイジメていた子はまだ残っているだろう。一輝は晴輝がまだイジメられているかもしれないと思っていた。

ところが目の前で晴輝は大きな声を出していた。

ちょうど晴輝に向かってボールが投げられる。かなり速い球だったがなんと晴輝はそれを真正面で受け止めた。

「よっしゃ！」

「ナイス晴輝！」

周りからファインプレイを讃える声が上がる。

攻守逆転した晴輝はすぐさま敵の児童へボールを放った。

ドッジボールでは取りにくい足元を狙うのがセオリーだ。晴輝が投げたボールは相手チームのリーダー的な児童に当たり見事に外野へ追いやった。

よく観察すれば赤チームは晴輝が中心になって動いているのが分かる。晴輝が指示を出しみんながそれに自然と従う。結果赤チームが勝利した。リーダーシップを発揮する晴輝を見て親なら普通は喜ぶところだろう。しかし一輝は違った。

望ましくない可能性が高くなり一輝の顔はさらに曇った。

そのあと体育の授業が終わり給食となる。

いったん校舎に入ったら晴輝の様子を窺うことはできない。

職員室脇の管理人室で二年生の予定を訊くと、今日も五時間授業だという。授業と帰りのホームルームを終えて出てくるのは午後二時半だと教えられた。

一輝はいったん近くのコンビニに行って昼を済ませ放課後を見計らってふたたび学校にやってきた。

終業を告げるチャイムが鳴り少しずつ児童が帰宅を始める。

高学年は六時間授業らしく、この時間に出てくるのは小さな子どもたちだけだった。

しばらく待っているとようやく晴輝が姿を現した。少しグレーがかったランドセルは間違いなく晴輝のものだ。脇には見慣れた巾着袋がぶら下がっていた。

ところがここでも体育の授業の時と同じように少し想像と違っていた。

晴輝と一緒に数人の子どもたちが出てきて晴輝を中心におしゃべりが弾んでいる。そこには女の子も交じっていて見るからにクラスの人気者だった。

大して知っているわけではないが晴輝はもともとこんなキャラではないはずだ。

間違いない――

その様子を見て一輝は確信した。

結衣が言っていたテストのことといい疑う余地はない。

ならば次の展開も予想できる。

そう思ってしばらく待っていると予想どおりの事態になった。

二年生の昇降口からマスクで顔を隠した男の子がコソコソ出てきたのである。

一輝が目印にしていたのはランドセルだ。帰宅する大勢の児童の中で彼だけランドセルを背負っていない。

一輝は校庭脇のフェンスから急いで正門のほうに回り込むと、出てきたマスクの子に声をかけた。

「お帰り」

いきなり声をかけられた子はびくっと肩を震わせ驚いている。

一輝に気づくと小さくつぶやいた。

「パパ……」

それは正真正銘、晴輝だった。

「お前何やってんだよ。ランドセル、さっきみんなと一緒に出ていった子に渡したのか?」

一輝の質問に晴輝が黙り込んでいる。

一輝の予想は確信に変わった。

「あれ、お前の残機なんだな?」

「〝残機〟ってなに? あの子は僕の〝分身〟だって言ってたよ」

それを聞いて初めて気づいた。

〝残機〟はゲーム用語だ。ダイゴたちが一輝に分かりやすいようにその単語を使っているだけで一般的な呼び方ではないらしい。以前シンヤやリュウスケが言っていたように〝分身〟や〝ドッペルゲンガー〟のほうが一般的なのだろう。

「呼び方はどっちでもいいよ。とにかくお前にそっくりな子なんだろ?」

「うん」

「どうしてお前のランドセル背負ってんだよ。さっきの体育だって。あの子どこから来てるんだ?」

「詳しくは知らない。たまたまこの間パパと行ったゲームセンターで僕を見かけたんだって。家も近いって言ってたよ。最近よく来るんだ」

晴輝がポツポツと説明してくれた。

「あの子、ハルノブくんっていうんだ。頭が良くて運動神経もバッグンなんだよ」

「だからってお前、テストもその子に受けさせてるだろ」

一輝もバイトをダイゴに身代わりさせている。他人のことを言えた立場ではないがそれとこれは別だ。

一輝のきつい言い方に晴輝の声が一段と小さくなった。

「なんで知ってるの?」

「ママが言ってたんだよ。最近百点ばっかりだって。さっきのドッジボールもあいつだろ」

「うん。だって僕は運動苦手だしハルノブくんがやったほうがクラスのみんなも喜ぶんだよ」

どこかで聞いた理屈だった。

少し前までの一輝も同じことを考えていた。どっちがやってもいいなら得意なほうがやればいい。そのほうが効率的だ。

しかし今は違う。下手でも失敗しても自分がやることに意味がある。

「お前はその間どこにいた?」

「トイレにずっとこもってた」

その姿を想像して悲しくなった。

「ハルノブくんがそうしろって。僕も楽だしクラスのみんなも喜ぶから……」

「そんなんじゃダメだ!」

いつも口の悪い一輝だがそれとはまた違うきつい言い方だった。

「その子に身代わりになってもらってたらお前は何も変わらない。失敗してもいいから
お前自身がやらなきゃダメだ。もう来るなってその子に言え」

しかし晴輝はうつむいたまま言った。

「そんなこと、言えないよ。何をやっても僕より巧いんだもん……」

晴輝の姿が自分と重なる。

事務所をクビになり打ちひしがれていた一輝とそっくりだった。

自信をなくしただ逃げることを考えていたのだ。

しかしそんな晴輝を見ていていま気づいた。

自分がやるべきことも本当はずっと分かっていたのだ。

ただ目を背《そむ》けていたに過ぎない。

この一ヶ月ずっと悩んできたがようやくするべきことが定まった。

「俺も同じように考えてたんだよ」

一輝の静かな語り口に晴輝が顔を上げた。

「試合に負けて落ち込んでたんだ。もうゲーマー辞めようかって」

「えっ？　プロ辞めちゃうの？」

「いや、辞めない。いま決めた。もう逃げるのはやめにする。だからお前も逃げるな。

その子より巧くできなくてもお前がやるんだ」

「でも……ハルノブくん強いから、逆らえない」

「分かった。じゃあ俺も手伝ってやる。でも全部じゃないぞ。お前が言うのを手伝うだけだ。いいな」

晴輝がうなずく。

一輝は晴輝の背中を押して言った。

「あの子もさっき出ていったばかりだ。追いかけよう」


一輝と晴輝が足早に進むとすぐにハルノブたちの一団に追いついた。

クラスメイトたちと一緒だったが、さすがにまだ全員小学二年生だ。下校途中に寄り道する子はいない。ハルノブについていく子は少しずつ減り、駅に近づくころようやく一人になった。

ハルノブはロータリーを回り込んでいつか一輝たちが遊んだショッピングモールに入ろうとする。そこで一輝が晴輝の背中を押した。

「今だ」

晴輝は小走りにハルノブに近づき小さな背中に声をかけた。一輝は物陰から様子を見守る。

「ハルノブくん……」

「おう、お前か。どうした？」

振り向いたハルノブの顔を一輝は初めてまじまじと見る。

確かに晴輝と同じだが目つきや表情でずいぶん雰囲気が違う。自信に溢れた様子はいかにもクラスの中心的な存在のものだ。その雰囲気はどこかリュウスケに似ている。分身なのにこうも違うのか。

残機にも個性はあるとリュウスケたちも言っていた。元は同じでもそれぞれに性格がある。ただし絵を描くことや走る能力の基本的な部分は同じらしい。生まれたあとの育ち方で何を伸ばし何を諦めたか。それによって大きくなればなるほど違いが出る。つまり残機とは、本体にとって可能性のあった他の人生そのものなのかもしれない。

「あんま俺に話しかけるなって言っただろ。誰かに見られたらどうすんだよ」

「ちょっと話したいことがあるんだ。少し時間あるかな?」

「なんだよ。俺今日はチュンライで脚技のコンボ覚えるつもりなんだ。あんまり時間ないんだよな」

押しの強いハルノブに晴輝が気圧されている。このままでは逃げられそうだ。

「ちょっとだけだからいいかな?」

後ろで見ていた一輝が近づき口を開いた。

その姿を見てハルノブは一歩退いた。

「誰だこれ?　まさか父親か?」

「うん」

「勝手に話してんじゃねえよ」

「うん。バレちゃったんだ」

「バレてもヒミツにしろって言っただろ。どんくせえな」

「ごめん……」

「で、なんだよ」

モジモジする晴輝の姿にもどかしさを感じるが一輝はできるだけ見守った。

「……もう、ここには来ないでほしいんだ」

「はぁ？ 何言ってんの？ お前も喜んでたじゃねえか」

「うん、でも……」

「でもじゃねえよ。俺は気に入ってんだ。これからは本物として暮らさせてもらう。おじさんも黙っててくれよ」

その高圧的な話し方は小学二年生とは思えない。大人しい晴輝は顔を伏せてしまった。一輝は晴輝の頭を軽く撫でるとハルノブに対して話し始めた。

「ハルノブくんっていったね。どうして晴輝になり替わろうとするんだ？ 君にも自分の人生があるだろ？ 家は？」

「あるよ。近くの空き家に潜り込んで住んでる。でもつまらねえんだ。いっつも一人だし、遊ぶのはいつも公園だからそのときの友達しかできねえし。

でも晴輝は違う。仲の良い友達だっていっぱいいるし小遣いが欲しければ持ってこさせられる」

ハルノブはそう言ってポケットから千円札を取り出した。

一輝は面食らったが気を取り直して言った。

「でもここは晴輝の場所なんだ。周りも君を晴輝と思ってる。君はなんでも他人より上手にできるみたいだけど、それだと混乱しちゃうだろ？」

「巧くできるのがなんでダメなの？　こいつの成績が良くなるんだぜ。クラスの中でのポジションも俺のおかげで上がったし良いことだらけじゃん」

ハルノブは居直って大人の一輝に対しても堂々と意見する。しかし一輝は言い返した。

「いや、君には君の良いところがあるように晴輝には晴輝の良いところがある。それぞれに居場所があるんだ。なり替わったりせずに別々に生きてほしいんだよ」

一輝はハルノブを気遣ってできるだけ優しく諭した。

「違うね。同じ姿なんだから優秀なほうが本物として生きていったほうがいいじゃん」

「いや、そういうことじゃ……」

「何をやっても俺のほうが優秀なんだ。分身とか残機とか面倒くせえ。俺が本体になる！」

さっきまで笑みを浮かべて話していたがハルノブの表情が急に険しくなった。鋭い目つきに一輝も驚く。

無駄だ。こいつに何を言っても通用しない。どうするべきか考えているとずっと一輝の後ろに隠れていた晴輝が言った。

「君は僕じゃないんだ。もうここには来ないで！」

「なんだと！」

「元に戻りたいんだ。パパに言われて分かった。このままじゃあ僕の居場所がなくなっちゃう！」

勇気を振り絞って晴輝が言う。

一輝は最後に付け加えた。

「晴輝もこう言ってるんだ。こいつが隠れなきゃ入れ替わりも上手くいかないだろ。もう分かってくれるな」

ハルノブは一輝をギッと睨みつけるとランドセルを投げ捨てて駅へ向かって去っていった。

ハルノブを追い返した一輝と晴輝はその足で結衣が待つ弁当屋に向かった。

それにしても晴輝はハルノブに対してよくしっかり意見できたものだ。

意外に芯の強い晴輝に感心する。

晴輝は道すがら興奮が冷めないのか、ずっと黙って顔を上気させている。その顔を見て一輝には新たな不安もよぎった。

ハルノブを追い返すことはできた。でも残機は全部で三人いる。残り二人はどんな子たちだろう。できればずっと遠いところでお互いのことを一生知らずに生きてほしい。

残機と本体が知り合うとろくなことがないのは自分の経験で証明済みである。

もちろんすでに三人いない可能性もある。未熟児として生まれ身体の弱かった晴輝だ。一緒に暮らしていなかったので詳しいことは分からないが、どこかで命を落として残機数を減らしている可能性だってある。

あといくつ残機がいるか分からないというのは一輝を不安にさせた。

弁当屋にたどり着き晴輝を結衣に返す。結衣は仕事が佳境なのか手が離せないようだ。

一輝は晴輝に「またな」と一声かけると店を出た。

晴輝から引き留められたが道すがら気づいたことがあったからだ。

多摩川の土手沿いを歩きしばらくしてから振り返った。

「ずっと見てたのかよ」

そこにはマスク姿のダイゴがいた。

「バレてたんですか？」

「バレバレだよ。そんなでっかいマスクして、怪しいだろ。バイトは？」

「島崎さんにお願いして早退させてもらいました」

晴輝が心配なのは分かるが一輝も一緒なのだ。そこまでするダイゴが理解できない。

ハルノブの言った『晴輝として生きる』という言葉が一輝の頭をよぎった。

二人は並んで歩き始めた。

「ハルノブくんへの言葉、よく言えましたね。聞こえてましたよ」

「子ども扱いすんな。小二相手に言えるに決まってんだろ」

「いや、子ども相手とか関係なくよく晴輝くんの居場所を守ってくれました」

本当の親になったような言い方に不信感が募った。

ダイゴは一拍置いて言った。

「ヒーローみたいでした」

その言葉にドキッとした。

「小学校の卒業文集にも『ヒーローになる』って書いてましたよね」

「お前、卒業文集までなんで知ってんだ？」

「一度だけ一輝さんになりすましてクラスメイトに見せてもらったことがあるんです」

ダイゴは淡々とした口調で言う。

今の一輝にはやけに意味深に聞こえた。

4

翌日の午後、一輝はふたたび晴輝の小学校に来ていた。

昨日の晴輝はよく頑張った。

小学二年生ながら迫力のあるハルノブに対してひるまずしっかり自分の意見を言えたのだ。大人の自分でさえ同じような状況に立たされたら逃げ出していたかもしれない。そう、今までの自分なら。

ただ一輝は依然ハルノブのことが気になっている。

別れ際の態度が引っかかるのだ。不満を残しているのは明らかだった。自分がいたからあの場は引き下がったが、ちゃんと言ったとおりにするか不安だ。

そこで、確認するために一輝は小学校にやってきたのだった。

校門前の物陰に隠れて待っているとちょうど五時間目の授業終了を知らせるチャイムが鳴った。しばらくすると低学年の児童が昇降口に現れる。もうすぐ晴輝も出てくるだろう。そう思っていたときだった。背後から聞きなれた声が聞こえてきた。

晴輝？　いつの間に校門を出たのだろう。

しかしそれは晴輝ではなかった。

ハルノブが授業を終えて出てきた晴輝のクラスメイトたちに声をかけていたのだ。

授業には一輝たちに言われたとおり出なかったようだが、学校が終わるのをここで待っていたらしい。『一人でいてもつまらねえんだ』というハルノブの言葉が甦った。

「晴輝、いつの間に？　まだ教室にいなかったっけ？」

「これから遊ぼうよ。いつもの公園で待ってるからさ」

クラスメイトたちが口々に声をかける。ハルノブはいかにも満足そうだった。

「いいぜ。じゃあ公園にいろよ。あとで行くから」

確かに放課後の公園で何をしようがハルノブの勝手だ。自分たちとの約束を無視したわけではない。

どうやらハルノブはこちらの存在には気づいていないようだ。クラスの男の子たちはいったん家に帰っていく。そのあと公園で合流するらしい。

ところがハルノブはそこに残り誰かを待っているようだった。

まさか晴輝に何かするつもりだろうか。

子どもがすることだからたかが知れているが、殴り合いの喧嘩にでもなれば晴輝がやられるのは目に見えている。

晴輝はまだ教室から出てこない。万が一に備えて一輝は様子を窺った。

するとハルノブが一人の女の子に近づいて言った。

「玲奈《れな》、これからどこ行くんだ？」

玲奈と呼ばれた子は小学二年生のわりに背が高くもう少し年上に見える少女だった。学帽についているリボンから晴輝のクラスメイトだと分かる。大きな瞳と赤い頬が印象的な可愛い子である。

「これからピアノの練習」

玲奈はハルノブにそう返すとさっさと歩き去っていく。ハルノブは後ろから追いかけた。

「そんなのいいから俺と遊ばねえ?」

「ダメだよ。サボったらママに叱られちゃうもん。それにピアノは楽しいし。また明日ね」

玲奈はそう言ってハルノブに手を振る。

ハルノブは諦めたのか歩みを止めて玲奈の後ろ姿を見守っていた。

どうやらハルノブが学校に来た目的は彼女のようだ。晴輝に何か言いがかりをつけにきたのではないらしい。

一輝はそのことにホッとすると物陰から出てハルノブに近づいた。

「ハルノブ――」

一輝の声にハルノブがはっとして振り返る。一輝に気づいて身を硬くした。何も言わず反抗的な視線を向けてくる。

「……」

「昨日はいろいろ言って悪かった。でも晴輝の希望を受け入れてくれたんだな」

「別に、晴輝の言うとおりにしたわけじゃない。もう授業出るの飽きたんだよ」

ハルノブが視線を外して嘯《うそぶ》く。明らかに本心ではなさそうだがその強がりが子どもらしい。そこで女の子のことを思い出した。

「あの子、可愛かったな。玲奈っていうんだ」

ハルノブがキッと一輝を睨む。

「聞いてたのかよ」

「聞こえたんだよ。ってかあの子のこと好きなの？」

「そんなんじゃねえよ！」

ハルノブはそう言って急に走り出す。男の子たちと約束した公園に行くのだろう。あれくらいで照れるとは、口は悪くてもやはり子どもだ。晴輝のことは諦めてくれたらしいしこれで安心である。

そこに校門のほうから声が聞こえてきた。

「パパ――」

「おう晴輝、お帰り」

「どうして今日もいるの？」

「ちょっと近くまで来たんでな」

一輝は照れもあってそう応えた。これまで父親として接していないだけにまだどう接していいかピンとこない。

「それより今ハルノブがいたぞ。授業中何もなかったか？」

「うん、大丈夫。授業はちゃんと僕が出たよ」

「そうか」

やはり一輝の思い過ごしだったらしい。

「そういえば、玲奈って子、お前のクラスの子だろ？」

「え？」

「さっきハルノブがしつこく話しかけてたよ。あいつあの子のこと好きみたいだな」

「……」

一輝がハルノブをからかうように笑いながら話す。

ところがそれを聞いた晴輝はうつむいてしまった。

「どうしたんだよ。元気ねえな。ちゃんと給食食ったのか？」

一輝はそう言って晴輝の肩を叩く。しかし晴輝はうつむいたままだ。

そこでふと気づいた。学帽の横から覗く晴輝の耳が赤く染まっている。

「え？　お前も好きなの？」

「そ、そんなんじゃないよ……」

必死に誤魔化そうとするが晴輝の声は消え入りそうだ。

どうやら晴輝も玲奈という子が好きらしい。やはり残機と本体は好みまで似るのだろうか。

「好きなら告白しちゃえよ」

小学二年生に告白も何もないだろうが一輝はからかい半分で晴輝に言った。

しかし本人は大真面目である。

「そんなこと無理だよ」

そう言って晴輝は歩き始めた。

その様子を見て一輝は自分のことを思い出した。

結衣と付き合うようになったのもほとんど結衣に引っ張られてのことだった。そういうところは自分に似たのかもしれない。

今日は子守りの約束はしていないが、せっかくここまで来たんだから結衣の働く弁当屋まで送っていこう。一輝は晴輝を追いかけると並んで学校をあとにした。

学校から弁当屋までは少し離れている。

学校での出来事などを聞きながら歩いていった。多摩川沿いの道は野の花が咲き乱れていて気持ちの良い風が吹いている。

一輝と一緒の帰り道が楽しいのか、晴輝はずっとしゃべり続けていた。おかげで歩みが遅く、十分でたどり着く道に三十分以上かかっていた。

「でねでね、ユウキくんって子が鼻から牛乳出しちゃったんだよ！」

晴輝は自分の話で爆笑している。

こんな活き活きとした晴輝を見るのは初めてかもしれない。

ダイゴが進んで晴輝の世話をするのも少し理解できる気がした。

ところがそこでふと気づいた。

二人が進む先に玲奈が現れたのだ。手には花の刺繍が施された可愛いトートバッグを提げている。そして目の前の建物に入ろうとしていた。

見れば、そこは一軒家ながら看板が掲げてある。『すみれピアノ教室』と書かれていた。そういえばさっき玲奈は『ピアノの練習に行く』と言っていた。一輝と晴輝がのんびり歩いている間に自宅で準備をしてきたのだろう。

見ると晴輝も玲奈に気づいたのか、さっきまでの元気は消え失せてうつむいていた。

「おい晴輝、あの子だぞ。声かけてこいよ」

「だから無理だって……」

一輝のからかいに晴輝はムキになって怒り出す。

その姿が可愛くて一輝はさらにイジりたくなった。

ところが一輝が口を開く前にピアノ教室の前から声が聞こえてきた。

「玲奈、ちょっと待てよ」

まさに教室に入ろうとする玲奈を呼び止めたのはハルノブだった。

一輝と晴輝は慌てて路肩に停めてあった自動車の陰に隠れた。そこから顔だけ出して様子を窺う。

「晴輝くん、どうしたの？　こんなとこまで」

「玲奈、俺と付き合えよ」

「だから、これからピアノなの」

「いや、そういう意味じゃなくて彼女になれよ」

およそ小学二年生とは思えないセリフだ。今どきの子はこんなにませているのだろうか。しかし顔を真っ赤にしてハルノブと玲奈を見つめている晴輝を見る限り、むしろこれが普通だろうと思った。ハルノブがやけに大人びているのだ。

玲奈は驚き少し顔を上気させている。

なんでも優秀でクラスの人気者でもあったハルノブは自信満々だ。

ところが玲奈がピシャリと言った。

「嫌だよ」

「え？」

ハルノブは心底驚いた顔をしている。

「だって最近の晴輝くん、なんだか凄く乱暴なんだもん」

直後ハルノブの顔が急に険しくなった。鋭い目つきで玲奈を見ている。

それでも玲奈は続けた。

「勉強もスポーツも最近急にできるようになったけど私は嫌だな。前の晴輝くんのほうが私は好き」

その言葉は車の陰に隠れる一輝と晴輝の耳にも届いた。

晴輝の身体を肘で小突き「よかったな！」と耳元で囁く。

晴輝は驚いたのか、顔を赤くしながらも玲奈のほうを凝視していた。

「そうかよ！」

ハルノブが突然怒鳴った。

「あんな奴のどこがいいんだか」

「え？」

ハルノブは晴輝のことを指して言うが玲奈には意味が通じない。

ふとハルノブがこちらを振り返った。

一輝と晴輝が物陰に隠れているのに気づいていたようである。

ギッと睨まれた一輝は子ども相手にビクリとする。

ハルノブは何も言わずその場から走り去っていった。

STAGE.6

1

昨日までの雨は嘘のように止み、見上げる空は青く澄みわたっていた。

東側に開いた窓から朝日が差し込んでくる。すでに太陽の勢いは凄まじく今日は暑くなることを予感させた。

一輝はコーヒーテーブルの上にダイゴが用意した朝食をかき込んでいた。牛乳のかかったシリアルの中にバナナのスライスとミックスナッツが混ぜてある。別のお皿にはカットされたオレンジ。マグカップからは淹《い》れたてのコーヒーの湯気が立ち上っていた。

「リュックに軽食と飲み物入れときましたよ。疲れたら食べてください」

ダイゴは相変わらず献身的だが一輝は「ああ」と素っ気なく応えた。

一緒には暮らしているが一輝の中のダイゴへの不信感は残ったままである。

食事を済ませて身支度を整えると勝負服に着替える。

と言ってもデートのためのオシャレな服ではない。

就職活動のためのスーツでもない。

いつも着慣れたジーンズとTシャツだ。

玄関でスニーカーを履き荷物を入れたリュックを背負う。

壁にかけた時計を見ると朝の七時半を過ぎたところだ。

「じゃあ、先に行ってくる」

一輝は背中を向けたままダイゴに言った。

「頑張って」

一輝は振り向くことなく玄関の扉を開けた。


晴輝の残機が姿を消してから二ヶ月近くが経っていた。

息子のことを考えてあえて残機とは別れるように促した。

しかし晴輝を説得し促すうちに、自分こそ残機にどれだけ頼ってきたかを思い知らされた。

あまちゃんだった。上手くいけばすべて自分一人の才能のおかげで、失敗すればすべて誰かのせい。面倒なことは他人に任せ自分は好きなことだけをやる。

そんな自分がどれだけ小さかったかに家族や残機たちを見ていて気づかされた。

子どもはまさに自分を映す鏡だ。子育てによって親を成長させてくれる。

事務所を解雇されて自分を見失っていた一輝だったが、ようやく自分がやるべきことが分かった気がした。

一輝はプロゲーマーに復活することを決めたのだった。

日本屈指の事務所UEMを解雇されたのは痛い。金銭面のサポートをはじめ、遠征の準備、大会への登録、ライバル選手のデータなど、事務所から受けるバックアップは計り知れない。

でも事務所に所属しなければプロゲーマーを名乗れないわけではなかった。

現に世界ではフリーのeスポーツプレイヤーは数多い。

事務所所属を参加条件にしている大会も多いがそうでないオープンな大会もある。やってやれないことはないのだ。

セカンドキャリアのことも頭をよぎった。

プロゲーマーの引退後は監督やコーチとして現場に残るか、ゲームメーカーへの就職、イベントのスタッフ、ゲームのジャーナリストなど、プロとしてのキャリアを活かした仕事は数多くある。

しかし一輝はそれらを選ばなかった。

昔のように勝負に固執したわけではない。俺は天才だ。まだやれる。バカにした奴らを見返してやる。そんな妄執でもない。

セカンドキャリアを積むことはいくつになってもできる。

ただ選手としてできるのはあとわずか。後悔したくない。

そして一番の理由は自分を変えるためだった。

中途半端で自分勝手、無責任な自分を変えたい。

そのためにずっとやってきたゲームに戻る。

矛盾するようだが一輝の中でははっきり見えていた。

これまでも、みじめな自分をゲームが救ってきてくれた。今回も同じだ。自分が生きる道はやはりここだと悟っていた。

格ゲーは個人で戦う勝負の世界だ。

すべて自己責任。結果にはプレイヤーの人間性すべてが出る。

この二ヶ月の努力と大会本番でのパフォーマンスでどこまでできるか——

それは自分がどこまで変われたのかを測る最高の物差しだ。

そう決意してから今日まで一輝は凄まじい毎日を送ってきた。

平均睡眠時間は数時間だ。朝起きてから夜寝るまで食事や風呂などの最低限のこと以外、すべてゲームの練習に注ぎ込んだ。もちろんトランス・ファイターⅫだ。

当初の二週間はアパートの自室にこもり時間の許す限りソウヤのコンボを繰り返した。

練習を怠っていた一ヶ月で、馴染んでいたアーケードコントローラーの感覚が鈍くなりつつあった。それをもう一度身体に叩き込まなければならなかった。

技相性を確かめながらメーカーが発表しているあらゆるコンボをひたすら繰り返す。

十発十中、百発百中でなければ意味がない。大会本番のプレッシャーの中で成功させるには〝絶対〟という確信が必要なのだ。

わずか六十分の一秒にすべてを懸けた。

身体とは不思議なもので繰り返すうちにリズムが染み込んでくる。考えるより先に指が動くようになると戦う相手の反応にも自然と対応できるようになるのだ。

戻ったという確信を得た一輝は次の一週間はオンラインでの戦いに明け暮れた。マッチングレベルの最高域〝レジェンド〟で世界中の相手と戦う。

今までが自分との戦いだとしたらここからは相手ありきの練習だ。独りよがりでは決して勝てない。相手の使うキャラのリーチの長さ、ジャンプ力、詰めの速さ、繰り出す技の数々、それらの違いと自らの持つコンボの相性をひとつひとつ確かめていく。その組み合わせは無限大だ。コンボ練習も果てしなかったがそれ以上にキリがない。ただひたすら戦い続けるしかない。

そんな毎日を送るうちにいつしか一輝の体重は十キロ以上落ちていた。髪は伸び顎には無精ひげが浮いている。

練習の間ダイゴは黙ってバイトに出ていた。一輝はダイゴの様子が気になってはいたもののとにかく練習に集中した。

結衣と晴輝には、もう最後かもしれないけど自分を試してみる、だから当分会えないと伝えた。あえてダイゴには家族に会いに行かせなかった。

これまでならうるさく言われるところだったが、今までと違う決意を感じてくれたらしく結衣は黙ってうなずいてくれた。

彼女は今までもゲームそのものに反対していたわけではない。中途半端で無責任な人がやるべきものじゃないと言っていたのだ。ゲームであってもなくても何か打ち込めるものに真剣に取り組んでほしかったのだ。

自分を支えてくれる人がいる。ならばその期待に応えなければならない。

一輝は最後の仕上げとして関東の聖地を渡り歩いた。プロゲーマーや腕に覚えのあるゲーマーが集うゲームセンターで、3Dホログラム機を使っての実戦練習だった。

オンラインを使わず目の前の対戦相手と戦うのは、顔の見えないオンラインでの戦いとは一味違う。同じ部屋にいれば相手の表情や息遣いまで伝わってくる。余裕をかましているか殺気立っているか、すべてが伝わるうえで戦うのは思ったより神経を使う。まさに人間対人間の総力戦なのだ。

失いかけた感覚を短期間で取り戻し積み上げてきた自負があった。

しかし一輝はそこで壁にぶつかった。

ただ勝つだけではダメだ。相手は猛者とはいえ素人なのである。力ずくで勝つのではなく、対戦相手のすべての動きを把握し、空気を読み、そのリズムの中で自分の最大限の力を発揮して勝たなければならない。

当然ながら格ゲーは相手と戦う競技である。相手なくして自分もない。これまでは対戦相手のことなど関係なく、ただ自分のスタイルを押し付けるだけでなんの配慮もなかった。

しかし今は相手に対する敬意を持つようになっていた。それを学んだのは残機や家族との関わりからだった。

一輝はゲーセンのオープンからラストまで各地の聖地に入り浸った。

元日本チャンピオンが武者修行しているという噂はSNSで駆け回り、腕試しをしようとする猛者が集まるようになった。

そこで一輝も翌日行く聖地を予告するようにした。

自然と一輝の周りに人が集まりレベルも上がる。

今まで『イッキの試合はつまらない』と言われてきた。

ただ勝つことだけを考えていたからだ。格下だろうが得意のキャラを使い、永久コンボで一気に勝利する。それは見ていてまったく面白味に欠けていたことだろう。

梅本やもふもふとは対照的な戦い方だ。

ところがこの武者修行の最中、いつしか『イッキのスタイルが変わった』『やべぇ戦い方してる』と評判になった。

ひたすらそんな毎日を続け、その後繰り広げられた〝予選〟。

結果、一輝はスタートラインにこぎつけていた。

電車を乗り継いで一輝がやってきたのはJR水道橋駅だった。

もう以前のような遅刻はしない。

まだ朝も早かったがホームはすでに大混雑している。改札をなんとか抜けて進むと大きな遊歩道の先に白い巨大な建物が見えてきた。

敷地の前で一輝は立ち止まると空を見上げて大きな深呼吸をした。

特訓している間に季節は夏真っ盛りだ。

目の前にアーチ状の仮設エントランスができている。

そこにはゲーム界最大のイベント名が記されていた。

四年に一度、いや東京で開かれるとなると一生に一度かもしれない。

そこには『ＩＥＣ　ワールドカップＴＯＫＹＯ　決勝トーナメント』と書かれていた。

2

ワールドカップは名実ともに世界一のゲームタイトルだ。

他にもグランドスラムはあるし賞金額が多い大会もたくさんある。

しかしＩＥＣ（国際ｅスポーツ連盟）が主催する四年に一度の祭典は歴史とファンの多さ、それゆえの権威の高さで群を抜いている。前回のサウジアラビア大会では生中継を視聴したファンが五億人を突破し放映権料も莫大に跳ね上がったという。

そんなワールドカップの権威を高めているもうひとつの理由が本戦の前に開かれる〝地区予選〟だった。

他の大会の多くは、所属事務所があり、日ごろからプロとして活躍している選手限定にして、一気に優勝者を決める。予選のリーグ戦はあるし前回大会優勝者は決勝トーナメントから参加するが、基本的には絞られた人数から数日の間にトップが決まるのだ。

ところがワールドカップは違った。

オンラインで遊べるゲームは他のスポーツなどと違い、世界のどんな僻地《へきち》に住んでいようと腕を磨くことができる。ゆえにまだ見ぬ隠れた才能を見出すのもこの大会の目的だった。だからこそ参加資格を事務所に所属するプロに限定していないのである。

本戦の一ヶ月前に地区予選が開催されるのだがここへのエントリーは誰でも可能だ。

当然プロゲーマーは本戦へのシード権を持っているが、地区予選を勝ち抜いた者は誰だろうと本戦へ出場できる。

世界各地で繰り広げられる地区予選では、ＩＥＣが地域のレベルによって割り当てた本戦への出場枠がある。日本はわずか一だった。そこに全国から腕に覚えのあるアマチュアの猛者が殺到する。一攫《いっかく》千金、夢の実現を懸けて挑んでくる。

今回は東京大会だから楽なものだが、世界中の地区予選では勝者を決める前に、本戦参加の意思があるか、パスポートは所持しているかなどが確かめられる。そして本戦出場権獲得者はIECの招待で参加するのだった。

そんな地区予選を一輝は見事に勝ち抜いたのだ。

今までの一輝なら腐っていただろう。

なぜ元日本一の自分がアマチュアと一緒に地区予選に出なければいけないのか。

それはプライドが許さない。

地区予選に出るくらいなら初めから棄権したほうがましだ。

四年に一度の大会であってもそれくらいに考えていただろう。

現に前回サウジアラビア大会は事務所の経費で参加したが、本戦の予選リーグで敗退している。そのときも相手選手と騒ぎを起こしていた。たまたまその相手が地区予選から勝ち抜いたアマチュアだった。そんな相手に負けたことがカッコ悪くて一輝はその後日本に帰るまでずっと悪態をついていた。

『ワールドカップはアマチュアがいて質が悪い。次からはもう参加したくない』などと言っていたのだ。

そんな今まで積み上げたプライドをすべて捨てて一から積み上げ直した。

プロとして失うものはない。死ぬ気で這い上がる。

それはかつての功名心とは少し違う。弱い自分との戦いだった。

一輝はエントランスの派手な看板に向かって静かに拳を握った。

選手と一般客とはエントランスが違う。

選手は地下の関係者口から入りスタッフによって控室に案内される。

仮設看板の案内に沿って関係者口に進むと、そこに結衣と晴輝の姿があった。

「おう、来てくれたんだな」

「おはよう。いよいよだね」

「パパ！　頑張ってね」

特訓を重ねてきたため電話で近況を報告しあってはいたが、実際に会うのは久しぶりだ。

二人は本戦出場を本当に喜んでくれている。

昔の一輝なら応援に行きたいと言われても気が散るから来るなと断っているところだが、今は違う。二人の存在が力になる。一輝は「おう」と拳を見せた。一輝は応援してくれている家族に心の底から感謝していた。

「今日は本戦の中の予選リーグだぞ。メインステージの3Dホログラム機じゃなくて小さなブースでホログラス着けての対戦だ。たぶん生では見られないし見られるとしたらWEB配信だ。スマホで見られるんだから家でも同じだぞ」

「ううん、でも来たかったの。今日と最終日はパート休みにしといたから」

結衣はそう言ってニコッと笑った。

さりげないがその応援の仕方も結衣らしい。『必ず決勝まで残って』と背中を押されたような気がする。

「分かったよ。予選は夜遅くなるから終わったら俺を待たずに先に帰っててくれ。電話もなかなかしづらくなる」

「うん分かってる」

結衣がそう言って手を上げる。晴輝もそれにならって大きく手を振っていた。

「じゃあ一週間後に」

一輝は拳を掲げて地下への階段を降りる。

本戦の予選リーグは四日間、つづく決勝トーナメントが三日間。

初日の今日八月十日から決勝の十六日まで一週間の長い戦いだ。

もう一度必ずここで結衣と晴輝に会う、一輝はそう心に刻みつけた。

3

五百名ほどが参加する予選リーグは一リーグ八人の3先制。総当たりで成績トップだけが決勝トーナメントに駒を進める。

一人七試合、四日間で全二十八試合をひとつのブースでこなさなければならない。一人一日一、二試合だ。

抽選の結果一輝が振り分けられたのは『F－3』リーグ。一輝を除いた他の七人は実に国際色豊かな顔ぶれだった。

アメリカの選手が二人に、フランス、シンガポール、オーストラリア、韓国、そして一輝の他にもう一人日本の選手がいた。

ゲームの世界に男女はない。どの大会も混合戦だ。プロゲーマーには圧倒的に男が多かったが一輝のリーグには女性が二人いた。フランスとオーストラリアの代表である。

主要な選手については事前にシミュレーション練習をすることが欠かせないが、ワールドカップの予選リーグは直前に対戦者が決まるため事前準備がほぼ不可能だ。ゆえに各選手の底力やその場その場の対応力が求められる。

それから四日間、一輝はまさに死力を尽くした。

七戦全勝で予選リーグを突破、と言えれば楽だが、そこは世界のトップアスリートばかりが集まる大会である。消化試合などはひとつもなくみんなの実力は伯仲《はくちゅう》していた。全勝でも全敗でもおかしくない。

それでも一輝は初めの三試合を連取した。おそらくトップ通過には最低五勝か六勝は必要だろう。そのうちの三勝はでかい。

ところが続く韓国の選手に惜敗した。

この選手は一輝も以前から知っていた。

引退前の梅本とも対戦したことのあるベテランで世界大会の優勝経験もある猛者だ。格ゲーこそ日本での盛り上がりが上だったがゲーム業界全体の盛り上がりでは韓国のほうが上である。二〇〇〇年代初頭から国を挙げてネット環境を整え、サイバー産業、ゲーム産業に力を入れてきた韓国ではプロゲーマーの立場も日本より高い。FPS（ファーストパーソンシューター）のプロリーグが開催されており事務所の数も日本の倍だ。世界大会で活躍する選手も多かった。

彼が使うのは飛び技が得意なダバロスだ。

ソウヤでの接近戦を得意としている一輝はリズムを崩され、一時間にもおよぶ激闘の末に二対三で敗れたのだ。

ただしその後の戦いでこの韓国の選手は三敗してしまい、予選リーグ敗退が決まってしまった。

三日目終了時点で一輝は五勝一敗。次は予選リーグの最終戦。相手は一輝と同じ成績だ。勝ったほうが決勝トーナメント進出である。

その相手は一輝もよく知る男だった。

予選リーグ最終戦、プレイヤー席に現れたのは対戦したことのある男だった。

同じく日本人で背が低く若い。鋭い目つきは以前よりさらに鋭くなり一輝のことを睨んでいる。金髪の頭は忘れようがなかった。ゲーマー名カイザーだ。

春の大会で一輝が口汚く罵ったときからの因縁がある。四ヶ月ほど前にはゲーセンを出たところでガリューになりきって棍棒を振りかざしてきたあの男である。

あのとき一輝は警察に被害届は出さなかった。が、次に目の前に現れたら自分がやられた以上にボコボコにしてやるつもりだった。

しかしプロゲーマーがリアルに喧嘩で勝っても意味がない。復讐するならゲームがいい。

今はもう特に個人的な感情はない。ただ相手との対戦に思いを馳せる。

あの男もここまで勝ち上がってきたということは以前より相当力を付けていることだろう。確か所属事務所は〝テッパン〟だ。最近活躍する所属ゲーマーが多く知名度を上げている新興の事務所だ。

もう復讐などはどうでもいい。ただ目の前の試合に勝つ。そして決勝トーナメントに進むのだ。

試合前の挨拶をしようと一輝が立ち上がったが相手は応じる素振りを見せない。ただじっとこちらを睨みつけている。仕方なくふたたび席に着くと直後に試合が始まった。

カイザーは以前と同じようにガリューを選択してきた。

このキャラは動きは若干ソウヤに劣るが一発の破壊力が凄まじい。特に棍棒を振りかざしての攻撃には注意が必要だ。

しかし一輝は心得ていた。ＵＥＭの元先輩もふもふも同じくガリューを使う。彼とさんざん練習してきたため他のガリュー使いに負ける気はしない。

ところが開始早々異変に気づいた。

すばしっこさでは勝つはずのソウヤが踏み込みでまったく歯が立たないのだ。これまでの経験が吹き飛ぶ。繰り返してきた技相性のデータがまったく役に立たない。得意のコンボをつなげてもすべてよけられてしまった。

今までにないガリューの動きに冷や汗が出る。

瞬く間にライフを失い最初のステージを落としてしまった。予選リーグは短期決戦の3先制。一ゲームの重要性がでかい。

第二ステージ、一輝は大きな深呼吸をしてから臨み、前のステージとはスタイルを変えた。

踏み込みの速さでソウヤ有利、そんな経験があったから必ず一輝から技を仕掛けていた。しかしこのステージから相手の動きを見るようにしたのだ。

ガリューが仕掛け、それを見極めてから反撃を加える。相手は攻撃をかわされた時点で体勢を崩しているため、それだけ攻撃の精度が上がるのである。〝後の先を取る〟戦法だ。

以前の一輝ならひたすら自分のスタイルを貫こうとして相手のペースに巻き込まれ敗戦しているところだ。しかし一輝は相手のスタイルを逆手に取る〝柔らかさ〟を見せたのだった。

とはいえ口で言うのと実際にやるのとでは訳が違う。カイザーの操るガリューはありえない速さでコンボを仕掛けてくる。少しでも反応が遅れればガリューの餌食になってしまう。

この戦い方は極度の集中力を必要とした。すでに三日の予選リーグを戦い疲労もピークに達している。身体の消耗が凄まじい。

第一ステージよりもソウヤの攻撃がガリューにヒットする。しかしガリューの攻撃をすべてよけきれない。

一進一退の攻防が続きお互いにライフを一ケタに減らしたところで、ガリューのウルトラコンボが飛んできた。

刹那、一輝は驚異的な反応速度でコントローラーを操作し命中率の高いコンボをよけようとした。時間にして百分の一秒ほどのことである。

操作は成功した。あとは引いた体勢から烈風投掌拳を出して――

そう思った瞬間、ソウヤの身体がフレームギリギリまで吹き飛ばされたのだ。

『ガリュー、WIN!』

直後カイザーが興奮した雄叫《おたけ》びを上げていた。

負けた。二連敗。あとひとつ落とせばすべてここで終わる。

落ち着け、落ち着くんだ。

これまでまったく危なげなく勝ってきた相手に連敗を喫し動揺が心を占めてくる。

今までの一輝なら一気に集中力を途切らせてしまうところだが、なんとか冷静さを保ち次の試合に思いを馳せているときだった。

試合を見ていた審判がゲーム中断を告げたのだ。

ギャラリーからザワザワとした声が広がる。

ワールドカップに限らずプロが参加する公式戦では、ＩＥＣの規則により審判の設置が義務付けられている。

リアルなスポーツとは違いコンピューターによるゲームだが、ときにはバグが起こって画面が停止してしまったり大会で禁止されている反則技が使われたりする場合がある。

そんなとき審判がゲームを捌《さば》きスムーズな進行を促すのだ。

とはいえ審判の出番は少ない。トッププロ同士の戦いでは反則などもなくゲーム機の安全な作動を見守るのが仕事になっていた。

ところが一輝とカイザーの試合が止められたのだ。

一輝は何事かと驚きプレイヤー席で様子を見守る。主審が副審とともに何やら話したあと二人揃ってカイザーのプレイヤー席に近づいた。

審判がカイザーに何か言っている。直後カイザーの激昂する声が聞こえてきた。

「ふざけんなよ！　そんなわけねえだろうが」

「とにかく一時預けなさい」

何やら揉めているが審判の言うことは絶対だ。激しい性格のカイザーは顔を真っ赤にして興奮している。直後カイザーのアーケードコントローラーを持って主審が席を離れた。

舞台下に控えていたテクニカルスタッフにカイザーのコントローラーが渡される。そして審査が始まった。

勝ったほうが決勝トーナメント進出なのだ。ゆえに会場もザワザワと落ち着かない雰囲気に包まれている。一輝はただ集中力を途切らせないように気をつけながら静かに様子を見守る。もっともイライラしているのはカイザーだ。プレイヤー席に座ってはいるが時折大きな声を上げピリピリとした雰囲気に満ちている。

そして五分ほど過ぎたころ審判がマイクを摑んで会場に告げた。

『カイザー選手のコントローラーに不正が見つかりました。よってイッキ選手の勝利とします。詳しくは公式サイトをご覧ください』

その瞬間相手プレイヤー席の中でカイザーが奇声を上げる。

それは言葉にならずただ怒りと憎悪が入り混じった叫びだった。

一輝は大きく息を吐く。

意外な形だったがとにかく勝った。

予選リーグ六勝一敗、うち不戦勝一。

他の選手もカイザーとの対戦がすべて不戦勝になっても一輝の一位は揺るがなかった。

一輝は見事、猛者が集まる予選F－3リーグを首位で終えて決勝トーナメント進出を勝ち取った。

予選リーグ突破の夜、選手控室から結衣に電話をするといきなり絶叫が聞こえてきた。

『見てたよ！　おめでとう』

あまりの興奮に一輝のほうが驚いてしまう。

『どれも凄い試合だったね！　素人の私でも凄さが分かったよ』

「ああ、そうだな。みんな凄かった。ひとつ間違えば負けてたよ」

『でも大丈夫なの？　最後の試合』

「ああ、あれか。失格は仕方ねえだろうな。勝ちたくてやった気持ちは分からなくはない。でもアウトだ」

一輝は静かに素直な感想を漏らす。

最終戦のあと大会公式サイトで発表になった説明には、カイザーのコントローラーに禁止されている改造が施されていたことが記されていた。

公式戦で使用するアーケードコントローラーは本来は改造できないようになっている。外側の強化プラスチックボディに蓋はなく一体成形型だ。中のＩＣチップをいじれないようになっている。

ところがカイザーのコントローラーはそのＩＣがＩＥＣが認可している正規のものから代えられ、改造ＩＣになっていたのだ。

プレイヤーの操作速度を補うプログラミングがされており実際よりも速い動きを可能にしていたという。

道理で今まで経験したことのないガリューの動きだと思ったのだ。

結果、彼はワールドカップの戦績抹消と、向こう十年間の公式戦出場禁止を言い渡されていた。事実上の追放である。

これまで何度かトラブルになってきた因縁の相手だが、勝ちたいという気持ちが空回りしたのだろう。今までの一輝がまさにそうだった。気持ちは分からないではない。

とはいえ勝ちは勝ちだ。早く頭を切り替える必要がある。

一輝は顔を引き締めた。

するとしの間を置いて結衣が言った。

『一輝、変わったね』

「戦い方か？　そんなことねえだろ」

『ううん。戦い方もだけど一輝自身のこと。昔は相手に敬意なんてなかった。成長したね』

電話口から結衣の信頼が伝わってくる。

「あ、ありがと」

今まで一度も言ったことのないセリフが自然と洩《も》れた。

『いよいよ決勝トーナメントだね』

「ああ。事務所クビになってよくここまで来れたよ。失うもんはない。やれるだけやってみる」

一輝はそう言って通話を切った。

身支度を整えて会場を出る。

すでに夜九時を過ぎていた。

明日も早い。今日の疲れは今夜のうちに解消して明日に臨まなければ。

家路を急ごうとすると背後から声をかけられた。

「一輝さん、お疲れさま」

「ダイゴ……なんで？」

そこにはダイゴの姿があった。

「バイト終わってWEB配信見てたんですけど、興奮しちゃって来ちゃいました」

「……そうか」

くすぶり続けている疑念が浮かび、ただそれだけつぶやく。

「リュック持ちますよ」と言うダイゴに、ただ「いいよ」とだけ返す。

しかしそんな一輝のよそよそしい態度などお構いなしにダイゴは一輝のリュックを手に取った。

「早く帰ってご飯にしましょう」

そう言ってダイゴは駅のほうに足早に歩いていく。

一輝はその後ろ姿を複雑な表情で見つめていた。

4

翌日、いよいよ世界一を決める決勝トーナメントが始まった。

予選リーグを勝ち抜いた者たちとシード権を持つディフェンディング・チャンピオンを加えた六十四人のトーナメントである。

決勝トーナメントからは東京ドーム中央に四つある巨大ステージで、3Dホログラム映写機を使っての対戦だ。テレビ中継もされるし予選リーグとは格段に違う注目度である。

一日二試合ずつ、初日の二試合を勝ち残ればいよいよベスト16だ。

一回戦、一輝は午前十時からアルゼンチンの選手と対戦した。

一輝と同じ歳の男性選手で、直前に開かれた大会で南米チャンピオンになっている。

アナウンサーのコールでステージに上がると会場のボルテージの高さに身震いした。

巨大モニターに選手二人の顔が映される。握手を交わすとすぐに対戦が始まった。決勝トーナメントからは5先制である。

予選リーグが終わった直後に決勝トーナメントの対戦カードが発表される。一輝はその直後から対戦しそうな選手の情報を調べまくった。一回戦の相手についてももちろんである。

事前の準備が功を奏したのか一輝はアルゼンチンの選手相手に優位に試合を展開した。どうやら相手は一輝のことをノーマークだったらしい。一輝の得意技も癖もそして弱点も、何も研究してこなかったようだ。直前まで成績が悪かったのがこんなところで活きるとは思わなかった。

得意のコンボを繰り出すと面白いようにハマる。一ステージこそ落としたが、一輝は五対一でベスト32に進むことができたのである。

一輝は国内でそこそこの知名度だったがここ最近はまったく活躍できていない。会場には対戦相手の母国アルゼンチンから大勢のファンが押し寄せていた。アルゼンチン選手の敗戦に会場が落胆している。

それでも勝利の直後一輝は思わずガッツポーズをしていた。

先を思うと果てしなく、眩暈がしてくる。

まず一勝――

ここからの対戦相手は誰もがトップアスリートだ。ただ目の前の勝負に集中するしかない。

そしてすぐに次の試合に思いを馳せた。

決勝トーナメント二回戦はこの日の午後二時からスタートする。

このあと行われる試合の勝者が相手だ。

一輝は巨大モニターを睨みながら覚悟を決める。

一輝の視線の先には一人の若者が映っていた。

おそらく勝つのは彼だろう。

一輝にとって最大の難関だ。

アナウンサーのコールでひときわ大きな歓声が上がる。

手を上げて応えたのはワールドカップ格ゲー部門のディフェンディング・チャンピオンで世界ランキングナンバーワン。

中国上海のレジェンドゲーマー〝ネオ〟だった。

スタッフに誘導されてメインステージに進むと今まで聞いたことのない地鳴りに驚いた。

ステージ上のアナウンサーのコールでネオ選手がステージに上がり歓声が最高潮を迎える。ディフェンディング・チャンピオンの登場に、会場のファンも世界中のテレビの視聴者も誰もが興奮していた。

ネオ選手は前の試合をストレートで勝利しベスト16を懸けて一輝との一戦に臨んでい

た。

　一輝はもちろんネオ選手をよく知っている。

歳は二十五歳。ゲーマーとしてもっとも脂がのる時期だ。前回のワールドカップ・サウジアラビア大会で、わずか二十一歳のネオ選手は初の3Dホログラム対応となったトランス・ファイターⅪでゴールドメダルを獲得。一躍世界のスーパースターになっていた。

　握手をして間近に顔を見ると思った以上に若い。まだ子どものようなあどけなさを残していた。

「Let's have a good fight!」

　ネオ選手はそうつぶやいてウインクをしてきた。

　年下ながらさすが前回チャンピオンだ。余裕を見せてくる。

「サンキュー。ユートゥー」

　一輝は雰囲気に呑み込まれないようになんとかコメントを一言絞り出した。

　そして自前のアーケードコントローラーを持ってステージ上のプレイヤー席に座る。

　二人が席に着いたとたんステージ上が薄暗がりに包まれた。

　ネオ選手はチュンライ使いだ。

　次の瞬間、目の前に荒野が広がりソウヤとチュンライの等身大の姿がホログラムで浮かび上がる。アナウンサーの絶叫がこだました。

『Fight!』

決勝トーナメント二回戦の試合が始まった。

ネオ選手の操るチュンライはスタート早々、驚くほど速く流れるようにウルトラコンボをつなげてくる。当初一輝に攻撃する間を与えず続けざまに受けに回らされた。

さすが世界一の技である。

その妙技に会場からも歓声が上がった。会場は東京だったが誰もがネオ選手を応援しているのが分かる。雰囲気は完全にアウェイだ。

しかし一輝はダメージを最小限に抑えた受け技で様子を見ると、徐々にネオ選手の息遣いを感じられるようになっていった。

今までの一輝なら相手がどんな性格・特徴だろうと、ただひたすら自分の得意技を繰り返していただろう。

これはハマれば強いが一度崩されると脆《もろ》い戦い方だ。国内のアマチュアや若いプロたちにはこれでも勝てたがトッププロとなればそうはいかない。これが一輝がここ最近結果を残せない一番の原因だった。

ところが今の一輝は違った。

一秒にも満たない相手のコマンド入力を読みゲーム全体の構成を俯瞰《ふかん》できる。世界一であれ、ネオ選手が何を考え次に何をしてくるか分かる気がした。

武者修行の後半にファンたちがSNSで騒いでいたのも一輝のこんな変化だった。

相手により、場面により、変幻自在に戦い方を変える。見ているほうは次の展開が読めない。だからこそ面白かった。

何事も予定調和はつまらない。先が読めない中で最善を尽くすから面白いのだ。

明らかにネオ選手有利と思われていた戦いは蓋を開ければ接戦になった。

一輝が第八ステージを勝利して四対四になったときには会場内が異様な雰囲気に包まれた。

試合はすでに一時間に迫ろうとしていたが会場のファンは誰一人その場から離れようとしない。それどころか一挙手一投足を固唾《かたず》を呑み見守った。

もしかしてネオがここで負けるのか——

そんな空気が一瞬会場をよぎる。

一輝の頭にも行けるかもという期待がかすめた。

ところが第九ステージ、一輝は最後の最後でミスを犯した。

お互いライフ12という拮抗《きっこう》した状況で一輝がコンボ技からの烈風投掌拳を繰り出した。しかしネオ選手のチュンライはソウヤの技が来る前に頭上を越えていつの間にか反対側に移動していたのである。

誰もが目を疑うほどの早業だった。一瞬バグかと思うほどチュンライの姿が画面から消えて次の瞬間にはもう反対側にいたのだ。

観客が歓声を上げる暇もない。

一輝としてもコマンドの入力ミスをしたわけではなかった。試合の流れの読み合いでネオ選手のほうが一枚上手《うわて》だったのだ。彼は一輝の烈風投掌拳を読んでいた。

そして間髪を容れずにチュンライの脚技がソウヤを吹き飛ばす。

試合が決まった瞬間、刹那の沈黙のあとに大歓声がこだました。

『チュンライ、WIN！』

巨大モニターにネオ選手の勝利が告げられる。

一輝はプレイヤー席で静かに目をつぶる。

すべて終わった。

一輝はそう痛感した。

5

ネオ選手の劇的勝利に会場はまだ興奮のるつぼと化している。

ネオ選手が手を上げて声援に応えている横で、一輝は項垂れながらステージをあとにしようとした。

しかしそこでふと思いとどまり振り返る。

するとネオ選手も一輝の姿に目を留めた。

「I was surprised at the last jump. I am honored to fight with the world champion.（最後のジャンプには驚きました。世界チャンピオンと戦えて光栄です）」

悔しさはある。しかし一輝はそれだけは言っておこうと口を開いた。

すると意外にもネオ選手が一輝の手をとって言った。

「You are great! Let's fight again.（あなたは凄い！　また一緒に戦いましょう）」

カメラが二人の握手をアップでとらえる。そしてネオ選手の顔につなげてさらに大歓声を追った。

その脇で一輝は一人ステージを降りた。

敗退した一輝は選手控室に直行した。

割り当てられたロッカー前のパイプ椅子に身体を落とす。頭からタオルをかけて下を向いた。

頭と身体はまだ興奮で痺れているようだ。さっきまで激闘を繰り広げていたため指先にはまだ熱が残っている。

その指を見ながら一輝はのしかかる現実を受け入れていた。

ワールドカップでベスト32。そして世界ランキング一位の選手に一歩も引けを取らず戦えた。間違いなく今の試合が一輝の人生でのベストバウトだ。

悔いはない。

一輝はそう自分に言い聞かせていた。

もともと最後になるかもしれないと思って臨んだ大会だ。

自分はどこまでできるのか、どこまで変われたのか、試したかった。

そしてネオ選手にあそこまで善戦したんだ。

手にはまだ握手の感覚が残っている。

もう十分じゃないか。

ネオ選手は『また戦おう』と言ってくれたが、もう『また』はない。

二十年のゲーマー生活が頭の中を駆け巡る。

そこで結衣と晴輝の顔が浮かんだ。

負けたことはテレビ中継で知っているだろう。電話をかけてこないのは彼女たちの優しさだろうか。

あいつらを喜ばせてやれなかった。最終日に会場で会うことは叶わなかった。

ベスト32は立派な成績だ。

彼女たちはそう言ってくれるだろう。

しかし世界大会とはいえ人々の記憶には優勝者だけが刻まれる。

ベスト32などないにも等しい戦績だ。

引退——

重い現実が身体を襲い一輝はきつく目を閉じる。

辛いが受け止めるしかない。

そう思い定めたときだった。

「お疲れさん」

頭上から思いがけない声が響いてきた。

頭に被ったタオルを取り声のしたほうを見上げる。

そこには元所属事務所の監督・梅本の姿があった。

「惜しかったな。ネオをあそこまで追い込むとは、さすがだよ」

慰めの言葉をかけにきてくれたのか。

会うのはクビを宣告された日以来だった。

「ありがとうございます。でも勝負は勝負。負けたら終わりです」

「うん……」

試合後に必ず荒れる一輝を梅本は知っている。

しかし一輝は付け加えた。

「やっぱり世界ランク一位は凄かったです。最後は僕も判断ミスしましたけどむしろ彼の読みを褒めてあげたい」

そう声を絞り出したあと一輝は悔しさで顔を歪める。

一輝のそんな様子に梅本が言った。

「予選リーグからずっと見てたよ。十年、いや、お前が学生のころから知ってるから十五年近くの付き合いだ。そもそもエントリーしたのを知って驚いたけどね」

梅本が一輝の肩に手を置く。

「変わったな、イッキ。よく変わった。口では巧く言えねえけどゲーム観が昔とは別人だよ。なんて表現すればいいんだろうな。独りよがりじゃなくなった」

クビを告げられ当初は梅本を恨んでいた。

あの放火は自分の犯行ではない。アリバイを証明できず落書きの罪は被ってしまったが、あれだって本当は自分ではないのだ。

なのに騒動を理由に自分を切り捨てた。

そんな梅本が憎かった。憧れていた人だけにその反動も大きかった。

ところが彼は見ていてくれた。

この数日の試合を。そしてそれまでの練習の成果を。

天才肌の梅本はもともと饒舌なほうではない。行動や結果で周囲を巻き込むタイプだ。

一輝にかけた言葉も感覚的だ。

でも一輝は嬉しかった。クビを宣告してきた梅本だったがずっと彼に守られてきたことを痛感する。結衣と同じように自分を見ていてくれたのだ。

「見てて面白かったよ」

梅本のそのつぶやきに一輝はついに抑えていた想いを堪えきれなくなった。

ふたたび下を向くと噛みしめた歯の間から嗚咽が漏れる。

あの梅本に面白いと言われたことが嬉しかった。

憧れ続けていた梅本。現役時代、伝説の逆転劇でファンを魅了し続けたカリスマが『ただ強いだけ』と揶揄《やゆ》されてきた一輝のゲームを『面白い』と言ってくれたのだ。

この言葉だけで十分じゃないか。

これまでで最高の褒め言葉だ。

この言葉にたどり着けただけで二十年ゲームをやってきた価値がある。

心の底から梅本に感謝した。

すると梅本が続けて言った。

「次、早く準備しろよ」

一輝の頭が混乱する。

涙に濡れる目を梅本に向けた。

「今のお前なら何が起きてもおかしくない。暴れてこい」

「でも……」

敗退したと言おうとした一輝に梅本が力強く言い放った。

「大会ルールくらいちゃんと頭に入れとけ。決勝トーナメントのベスト8までは〝ダブルイリミネーション方式〟だ」

聞いた瞬間一輝は椅子を倒して立ち上がった。

全身にみるみる力が甦ってくる。

すべてを諦めかけた自分に心の中でバカと叫んだ。

梅本が一輝の背中を叩いて言った。

「敗者復活戦が始まるぞ！」

6

八月十六日午前十時。

ステージ袖に立った一輝は目をつぶり精神を集中させていた。

会場を包む大歓声にももう慣れてきた。数日前に感じた極度の緊張感はもうない。心の中はただ静かだった。

ようやくここまでこぎつけた。

二ヶ月前の自分では考えられない。

しかし一輝は頭を振った。

過去にとらわれるな。

偉業を成し遂げたと思えば思うほどこれからの一歩が出なくなる。

大切なのは今だ。

積み上げてきた過去でも、思い描く理想の未来でもない。

今この一瞬の積み上げでしかない。

『Semi-finalist IKKI!』

選手もファンも、誰もがノーマークだった男の名前がコールされる。

すると会場が揺れた。

一輝は予選からここまでのわずか十数試合で熱狂的なファンを獲得していた。

コールに後押しされて一輝がステージに踏み出す。

グランドスラム最高峰、四年に一度のワールドカップ決勝トーナメント最終日、いよいよセミファイナルが始まろうとしていた。

決勝トーナメント二回戦で敗退した一輝だったが、梅本からダブルイリミネーション方式つまり敗者復活戦があると教えられた。

準々決勝までに一度負けた敗者同士（ルーザーズ）で戦い、その中で勝ち抜いた四人が無敗の四人と対戦する。その勝者四人がセミファイナリストとなる独特のシステムだ。

一度は絶望に包まれた一輝だったが本当に最後のチャンスにすべてを懸けた。

結衣はそのことを知っていたから連絡をしてこなかったのだろう。一輝は自分の間抜けさを思い出して苦笑いした。

一輝はその後の試合で神がかっていた。

格ゲー一筋で打ち込んでいた経験が一気に花開いたようだ。

一輝自身、気負いもなく頭の中は空っぽだ。

しかし身体が勝手に動く。試合が始まると相手の次の動きが映像になって頭に浮かび先手先手で対応できた。

それを見ていたファンからイッキコールが沸き上がるようになる。テレビ放送でも視聴率が跳ね上がった。WEB配信では膨大な数の書き込みがアップされていく。

『奇跡の復活！』『全盛期の梅本の再来』『上山が神山になった！』などのコメントが溢れた。

敗者復活戦を連勝すると、一輝は見事にセミファイナルに這い上がったのである。

闇に包まれていたステージにスポットライトが放たれ一輝の姿を浮かび上がらせた。

今までワールドカップでの日本人の優勝者はいない。

会場はステージ上にその期待を込めている。

しかしそれは一輝にだけではなかった。

決勝トーナメントを全勝で駆け上がった対戦相手の名前がコールされた。

『Next one. MOFMOF!』

勝ち上がっていたのは元事務所の先輩もふもふだった。

梅本と同じく彼は一輝が事務所に入ったときから世話になってきた先輩である。

日本人同士の準決勝に国内のファンたちは熱狂していた。

いずれにしろ決勝には必ず日本人が残る。

〝日本人初制覇〟の夢に誰もが興奮していた。

「試合見たぞ。なかなかやるじゃん。見違えたよ」

「先輩、負けませんよ」

それだけの会話ですべてが通じる。

もふもふも一輝も静かに笑っていた。

言葉を交えるのはあの日、事務所を去ったとき以来だった。吐き捨てるように別れの言葉を言ったもふもふに一輝は心底呆れ腹を立てていた。

十年以上の付き合いがあってもクビになればこんな扱いかと。

しかし彼は見抜いていたのだ。一輝の勘違いを。だからこそここ一番の試合で勝てないことを。それが去り際の言葉『だからダメなんだ』に込められていたのだ。

あのときの一輝には悪口にしか聞こえなかったが今は分かる。

あれがあのときの一輝へのギリギリのアドバイスだったのだ。

一輝は感謝を込めて頭を下げた。

握手を交わし席に分かれる。

ステージ最前列にある関係者席を見ると梅本が二人の勇士に微笑んでいた。

三人の視線が交差する。梅本はどちらにともなくうなずいた。

一輝にももふもふにも頑張れと言っている。

いよいよ試合が始まった。

投掌拳＞EXセービングアタック＞ダッシュキャンセル＞滅・衝撃波！

『→↓↘P』＞『中P＋中K』＞『→』＞『↓↘↓↘PPP』『→↑↗強K』＞『中P＋中K』＞『→』＞『↑↗↑↗K』『↑↗↑↗中P中K』＞『→PPP』＞『→↓強P強K』＞『PPP↓↘↓』

頭の中をコマンドが駆け巡る。

考える前に身体が反応しソウヤのホログラムが一輝の分身のように動く。ゲーム特有のぎこちなさはない。技と技のつなぎ目を探すほうが難しいほど、ソウヤは流れるように連続技を繰り出していった。

しかしそれはもふもふも同じだ。

もふもふの操るガリューがソウヤの技をよける、もしくは受け技で流し、次の瞬間ウルトラコンボをつなげてくる。もしダウンを奪えばそこに畳みかけるような永久コンボを仕掛けてきた。

お互い同じ事務所で練習してきた仲だ。

一輝は後輩たちと練習することはなかったがもふもふには思いついた技やコツを話し

てきた。一輝の性格もよく知っている。癖も短所も見透かされているはずだ。

それでも一輝には余裕があった。

ならばその〝知られている〟ということを逆手に取ればいい。

もふもふは『こんなとき一輝ならこう動くだろう』と予想してくる。その裏をかけばいいのだ。

探り合い、一瞬の隙を見つけて怒濤《どとう》の攻めを繰り出し合う。

ハイレベルな攻防に二人の体力は奪われていった。

対峙して微動だにしないときですらプレイヤー席の二人の息は荒い。

太っているもふもふは大量の汗をかき一輝も肩が上下に揺れていた。まるで二人が直
接肉弾戦をしているようだ。

一ステージ十分以上かけながら試合が動いていく。

まずもふもふが二連勝。

続く第三ステージでようやく一輝が一勝をもぎ取る。

そこからさらに三ステージが進んだ。

第六ステージを終えて一輝はいよいよ崖っぷちに立たされていた。

もふもふに四敗を喫し王手をかけられたのである。

体力の限界も近い。集中力が途切れてくる。

ここまでよく勝ち上がってきたが相手は強者のもふもふ先輩だ。

ワールドカップで三位決定戦はない。準決勝敗退の二人に銅メダルが渡される。すでにメダリストになるのは決まっていた。もうこれで十分じゃないか。

そんな気持ちが一輝の頭に浮かんだときだった。

一息ついた一輝はふと会場を見た。

熱狂の東京ドームには五万人を超える観客が詰めかけている。

その誰もが中央のメインステージ、一輝ともふもふが操作するソウヤとガリューのホログラムを固唾を呑んで見つめていた。

そんな大歓声の中で一輝の目に結衣と晴輝の姿が飛び込んできた。

大会初日以来初めて、彼女たちが応援に駆けつけている。

最終日にまた会おう。その約束を果たせて良かった。

二人は中央の舞台から数十メートルの距離で一輝のプレイを見守っていた。

観客の誰もが椅子に座っていない。その場で立ち上がり、拳を突き上げ、声を嗄《か》らして、日本人対決を応援している。結衣と晴輝もその渦の中にいた。

その姿を見て一輝は弱音を吐きそうになっていた自分に気づく。

確かに銅メダルは素晴らしい。

でも自分はナンバーワンになると決めたのだ。

ここで満足していられない。

もうあとはなかったが少なくとも最後まで諦めたらダメだ。

そう結衣と約束したのだから。

諦めずに戦いきれば少なくとも彼女たちの中で自分はヒーローになれる。

ところが直後一輝は気がついた。

結衣と晴輝のすぐ後ろにダイゴの姿があったのだ。

一輝が驚いたのはダイゴのいでたちだった。

帽子もマスクも、顔を隠すものを何も着けていない。

そのうえで、いつバレてもおかしくないほど結衣と晴輝のそばに佇んでいるのである。

これまでもバレそうになったことはある。

しかしこの大舞台に一輝が上がっている最中、結衣たちに急接近しているのとは意味が違う。〝何か〟を企んでいるとしか思えなかった。

そこで一輝は頭を振った。

考えるな。集中だ。

今は勝負以外のことを考えてちゃダメだ。

相手はもふもふ先輩だ。一瞬の気の緩みを見逃してくれる相手ではない。

油断したほうが負ける。そんなギリギリの戦いなのだ。

崩れそうになる心を立て直す。

意図的に情報をシャットアウトし目の前の戦いに集中する。

この二ヶ月の間に鍛えたメンタルが一輝の心を研ぎ澄ませる。

プレッシャーを力に変えられるようになっていた。

そこから一輝のギアが一段上がった。

ゲームにはプログラムされているものの〝不可能な技〟がある。

決められた時間の中で決められたコマンドを打つことで技を繰り出すのがコンボだ。

その設定は人間の反応速度の限界一フレーム（六十分の一秒）で組み立てられている。

しかしその不可能コンボには、ところどころに〇・五フレームのコマンドが設定されているのだ。通常一回しか入力しないところに二つのコマンドを打ち込まなければならない。百二十分の一秒の入力だ。設定はできるが実現はできない。誰も見たことがない幻の技だ。いわば開発者の悪戯である。

しかし一輝はそれに挑んだ。

やってやれないことはない。

決勝トーナメント二回戦でネオ選手が見せた最後の技。

あれはまさに不可能コンボだった。

一輝は今まで一度も成功させたことはないが知識として頭に入っている。

ソウヤができる不可能コンボはただひとつだ。

一輝はそこからの試合中に戦いながら何度かそれを試してみた。

しかし上手くいかない。

技を失敗すれば必ずその隙を突かれる。ハイレベルになればなるほどミスをしたほうが勝負を落とすのだ。

それでも一輝は二連勝した。

これで五分。四対四になり次に勝ったほうが決勝に進む。

すでにもう一方の勝者は決まっていた。

二回戦で一輝が負けた相手ネオである。

ワールドカップ連覇という前人未到の偉業へ王手をかけていた。

彼と戦うのは自分だ。

必ずリベンジを果たす。

第九ステージ、ガリューのウルトラコンボが決まりソウヤがライフ4まで追い込まれた。そのまま永久コンボをつなげてくる。

絶体絶命。

しかしライフが0になる直前、一輝はソウヤに意識を重ねた。

まるで自分がソウヤの分身になったかの如く。

この数ヶ月、残機たちと不思議な時間を過ごしてきた。

分身の彼らからたくさんのことを学んだ。

自分だけで生きてるんじゃない。

大切な人たちとの関わりの中で生かされている。

そう実感した数ヶ月だった。

邪念を振り払いコントローラーを操作する。

すると会場は一気に静まり返った。

次の瞬間、ステージ上のソウヤのホログラムが一人、また一人と増えていく。

気がつくとガリューの周りを四人のソウヤが取り囲んでいた。

それはまるで、一輝と三人の残機のようだ。

もふもふはパニックになり片っ端から攻撃を仕掛けていく。

しかしどのソウヤも幽霊のようにすり抜けて攻撃が利かない。

こんな技は誰も見たことがなかった。

ついに幻のコンボに成功したのである。

一輝は温め続けたウルトラコンボをガリューに向けて炸裂させた。

『ソウヤ、ＷＩＮ！』

一瞬の静寂。

直後、アナウンサーの絶叫が響き渡った。

『勝ちました。イッキ選手。ソウヤの〝神業〟を炸裂させて勝利。なんて試合だ！』

英語のアナウンスに重なるように国内向けのテレビアナウンサーが日本語で叫んでいる。アナウンサー失格と言われてもおかしくないほど興奮し感情的な絶叫を上げていた。

その声をきっかけに会場は堰《せき》を切ったような大歓声に包まれた。

会場を見ると結衣と晴輝も跳びはねて喜んでいる。しかしその後ろにダイゴの姿は見当たらなかった。

一時間の熱戦を終えて一輝ももふもふもぐったりしている。

よろよろとステージ中央まで来るともふもふが言った。

「やっぱマジのイッキはすげえな。手に負えねえよ」

「先輩、ありがとうございました」

一輝はもふもふの手を両手で包み頭を下げた。

その腕をもふもふが高らかに掲げる。

「もう一人のファイナリストはイッキだ！」

もふもふの叫びに会場のファンが呼応する。

その声に小さく微笑むと一輝の意識は遠のいていった。

7

気がつくとそこは小さな部屋だった。

耳にはまだ喧騒が残っている。巨大なホールでスポットライトを浴び極度の緊張状態にいたときの熱が身体の奥にくすぶっていた。

一輝が簡易ベッドの上で上半身を起こすと若い男が声をかけてきた。

「上山さん、お加減はどうです？」

「……はい、大丈夫です」

意識を失うのはここ数ヶ月で何度目だろう。同じような景色を繰り返し見てきたせいかデジャブを感じる。部屋の中には大袈裟な医療機器は見当たらない。白で統一された部屋、スタッフの白衣から、医務室であることは明白だ。総合病院のＩＣＵでないことも間違いない。

事件や事故で命の危険に晒されたわけではない。

今回はちゃんと試合に参加できたようだ。

そこで一気に意識が覚醒した。

「試合は！」

「大丈夫。決勝は今日の夕方四時からですよ。今はまだ二時半ですからもう少しゆっくりしていってください。過度の疲労です」

医療スタッフの説明を聞き緊張で硬くなった身体を緩めた。

よかった。せっかくたどり着いたワールドカップの決勝を不戦敗にしたくはない。

この間は三日間眠り続け試合を棒に振ったのだ。

全力で戦ってくれたもふもふ先輩のためにも、こんな自分を応援してくれた梅本さんのためにも、決勝は絶対に勝ちたい。

そこで結衣と晴輝の顔が浮かんだ。

もちろん彼女たちのためにもだ。

結衣には長く苦労をかけてしまった。

晴輝には長く寂しい想いをさせてしまった。

そんな二人に報いるために次の試合は絶対に勝ちたい。

二人は勝敗にはこだわらないかもしれないが世界一と二位では雲泥の差だ。

金メダルを獲れば世界ランキングもグッと上がる。賞金も出る。結衣にしっかり養育費を払うこともできる。晴輝だってクラスメイトに自慢できるだろう。もう肩身の狭い想いはさせたくない。

「そういえば、さっきまでここでご家族が付き添ってくれてたんです。もう一回お呼びしましょうか？」

物思いに耽《ふけ》っているとスタッフが教えてくれた。

試合直後のことを思い出す。

舞台上でいきなり意識を失ったのだ。結衣たちも驚いただろう。

しかしもう決勝戦の時間は迫っている。試合を前に会場はさらに混雑しているだろう。

また来てもらうのも大変だ。一輝も試合に向けてもう一度集中力を高めたい。

「いえ、いいです。ありがとうございます」

彼女たちには試合が終わったあとに会えばいい。

そこで必ず優勝報告をするんだ。

今度こそヒーローになる。

一輝はベッドに横になりながら頭の中でそう誓った。

スタッフは一輝を残して部屋をあとにする。あと一時間はここでゆっくりしていよう。決勝は壮絶な戦いになるはずだ。少しでも体力を回復させておいたほうがいい。

ところがそこで急にダイゴの顔がちらついた。

そうだ。試合の最中、一瞬のことだったが観客席の中にダイゴを見た。

しかも結衣と晴輝のすぐ後ろでまったく変装をしていない無防備な姿で立っていた。あのときは試合に集中するためにあえて忘れていたが、そのことが急に気になりだす。なぜあんなところに来ていたのか。考えれば考えるほど嫌な想像が膨らんだ。

とそこで部屋の扉が静かに開いた。

医療スタッフかと思いきや、空いた隙間から覗いたのはまさにそのダイゴの顔だった。

「一輝さん、大丈夫ですか？」

「お前、どうして」

「一輝さんのふりして潜り込みました」

真面目なダイゴのわりには大胆なことをする。ここは関係者以外立ち入り禁止だ。もしバレれば面倒だし何より顔が同じなのだ。

見れば顔にはやはりマスクも帽子も被っていない。

一輝はムクムクと怒りが湧いてきた。

「試合中見たぞ。お前どういうつもりだよ」

一輝はさっきまで抱いていた疑念をぶつけた。

「何がです？」

「結衣と晴輝のすぐ後ろで変装もせずに観戦してただろ。もしあいつらにバレたらどうすんだよ。パニックになるぞ」

一輝の詰問にダイゴがなんと反論するかだいたい想像はついていた。

うっかりしていた、すいませんと謝るだろう。本心はどうあれ面と向かって一輝が問い詰めれば素直に謝罪するに決まっている。

それでも一輝は追及しようと思っていた。モヤモヤした気持ちのままで決勝に臨みたくない。積もり続けた疑念を払拭したかった。

「最後のお別れに来てたんです」

その言葉に一輝は思わず拍子抜けした。

「え？」

「試合の最中なら舞台上に注目しているぶん逆に周りには気が回らないと思って。だからあの隙に二人に別れを告げてきました。もちろん実際声をかけたわけじゃありません。僕の中だけでです。舞台上で活躍する一輝さんを見ながら〝ダイゴ〟としてお別れを伝えていました。変装しなかったのはありのままの姿でお別れしたかったからです」

一輝は頭が混乱した。

別れとはどういうことだ。

ダイゴは小さいときからずっと自分を見守ってきたという。

本体である自分に憧れ陰で支えることを生きがいにしてきたと。

しかしここ最近の意味深な態度から一輝には口にも出したくない想像が膨らんでいた。

ダイゴは結衣や晴輝と過ごすうちに愛情が深まり、そんな日陰の存在では満足できなくなってきたのではないかと。

ダイゴは本体になり替わろうとしている――

そんな疑いを抱いてからダイゴに対する見方が変わってしまっていた。

親切にされればされるほどそれらすべてが怪しく映るのである。

それが準決勝中のあの光景で確信に変わっていた。

やはり自分のすべてを犠牲にして相手に奉仕する人生なんてありえない。

一輝の今までの生き方からはそんなことは想像もできなかった。

ダイゴもハルノブと同じだ。

自分が本体になりたいのだろう。

ところがダイゴは〝別れ〟などと言う。

巧妙な策略だろうかと身構えた。

「どういうことだよ。俺みたいになりたいんだろ。ずっと見てきたんだろ? 俺の家族を奪うつもりじゃないのか？」

一輝が自分の想像を初めてぶつける。

ポカンと佇むダイゴの顔がとてつもない策略家に見えてくる。

そうだ。これはダイゴの壮大な乗っ取り計画だったのだ。

自分を信頼させ、家族と仲良くなって、最後は自分がすべてを手に入れるつもりだったのだ。世界チャンピオンになればその価値はさらに高まる。だからこそゲームも応援していたのだ。

しかしダイゴは静かに息を吐くと穏やかに口を開いた。

「一輝さん、試合ずっと見てました。成長しましたね」

「は？」

「僕は小学生のころからずっと一輝さんを見てきました。なんでも優秀でクラスの人気者だった一輝さんは輝いてました。

でも一方で、周りを見下してかかわろうとしない一輝さんが心配でもありました。そんな生き方ではそのうち辛くなるって。人は一人では生きられませんから」

いつもと違うダイゴの雰囲気に一輝は黙って聞いていた。

「シンヤくんとリュウスケくんに出会って一輝さんに声をかけようと言われたときは正直迷ったんです。残機が本体に迷惑かけるわけにはいきません。

でも今になれば声をかけて良かったと思います。

もちろんシンヤくんとリュウスケくんが消えてしまったことは哀しいです。でもそのおかげで一輝さんが生き残って変わってくれました。結衣さんと晴輝くんとの関わりから大きく変わってくれました。もう昔の一輝さんじゃありません」

真剣なダイゴの面差しを見つめる。

目に涙こそ浮かんでいないが時折声を詰まらせている。微かに声は震えていた。

確かにダイゴの言うとおりかもしれない。

以前の一輝は家族をゲームの邪魔としか思っていなかった。

あいつらがいるから自分の調子が上がらないのだと。

しかし最近は違う。

彼女たちがいるから強くなれる。

二人の喜ぶ顔が見たいから苦しいことも乗り越えられた。

皮肉なことに、ゲームの道を断たれてからそんなことに気づかされた。

きっかけを作ってくれたのは目の前にいるダイゴである。

「決勝、頑張ってください。試合が終わったら僕はそのまま姿を消します。

もうあなたは僕がいなくても大丈夫。家族を、仲間を、大切にして生きていけます。

奥さんと子どもにとってのヒーローになれるはずです」

最後のフレーズを聞き一輝の中に何かがこみ上げた。

それは今まで感じたことのない不思議な感覚だ。

見返りを求めない愛情なんてありえないと思っていた。

できれば自分は与えず与えられる存在でいたい。

ゲームの頂点に立っていればそれが叶う。

圧倒的な才能を持つ者だけが周りから奉仕される権利がある。

だからこそ勝たなければならないし負ければすべてを失う。奉仕する側に回るのは絶対に嫌だった。

でも目の前のダイゴを見てそれが勘違いだったことに気づかされた。

与える側と与えられる側に垣根なんてないんだ。

与えることで与えてもらえる。

愛することで自分も愛されるのだ。

「一輝さんは変わりました。それは結衣さんと晴輝くんが一輝さんを見つめる目を見てれば分かります。あれは僕が育児を代行したからではありません。一輝さんの想いが伝わったんですよ。

でもまだまだです。たまに可愛がるだけじゃダメなんです。育児は晴輝くんが成人するまで、いや一生続きます。これからは楽しいことだけじゃなく嫌な役もやってください。一緒に住めばいろいろあるものです。すべての責任を持つんです。それが一輝さん自身も成長させるはずです」

ダイゴはそう言って手にしたバッグから一冊のノートを取り出した。

表には数ヶ月前の日付が入っている。
「これは晴輝くんの面倒を見始めてから付けていた記録です。僕が相手をしていたとき
どんなことがあったか細かく書いてあります。
好きな食べ物、大好きな遊び、何を言われると嫌がるか、逆に何を褒められると喜ぶ
か――」
一輝はノートを受け取り驚いた。
まさかこんなものを付けていたなんて。
それを今すべて自分に与えようとしている。
パラパラと開くとそこには小さな字でびっしりと書き込まれていた。
はたと止めたページに『大好きなもの』という欄がある。
『ママのオムライスが世界一』『ママの歌は最高に綺麗』……
多くは結衣のことが書いてある。
その中の一角に一輝は釘付けになった。
『ゲームをするパパはカッコいい』
『でも一緒に遊んでくれるパパは最高にカッコいい』
一輝は歯を食いしばりこみ上げるものを抑えた。
ダイゴの想いを聞き自分が抱いていた妄想が情けなくなる。
ダイゴが乗っ取るかもしれないなんて……どこまで自分はバカなんだ。

「さあ、あと少しで決勝です。勝ってヒーローになってください」

ダイゴがそう言って部屋の扉を開ける。

一輝はダイゴの背中に初めての言葉を口にした。

「ありがとう――」

8

八月十六日午後三時三十五分。

IECワールドカップTOKYO、格ゲー部門最後の戦いが迫っていた。

一輝は時計を確認すると医務室のベッドから身体を起こした。

通常、試合直前には自らの控室で、自前のホログラスとアーケードコントローラーを使って身体をほぐす。スポーツ選手の準備運動のようなものだ。そうやって指を慣れさせ身体を作り頭を戦闘モードにしていく。

しかしベッドの上の一輝は静かだった。

ここまでくればもうやることはない。

対戦相手のネオ選手は名実ともに世界ナンバーワンの選手だ。

その強さは決勝トーナメント二回戦で痛感している。

しかし対策はしてきた。彼の過去の戦いは何千回、何万回も見てきたし、彼が操るキャラ・チュンライとソウヤの相性も熟知している。

あとは『ファイト』の合図からラストまで全力を出し切るだけである。

ベッドを降りた一輝は靴下を履きスニーカーに足を入れて紐を結んだ。

「よし――」

十分前になればスタッフが呼びにくるだろう。

それまで集中だ。

一輝はベッドサイドに座って目を閉じた。

これまでのことが頭を駆け巡る。

突然現れた三人の残機。

彼らとの不思議な関わりの中で多くのことを学んできた。

もう二人はこの世に存在しないけれど一輝の中で確かに生きている。

一人で生きてきたと思っていたが間違いだった。多くの人に支えられていたことに気づかなかっただけだ。

梅本さん、もふもふ先輩、事務所の大勢のスタッフたち、さらにはゲーマー〝イッキ〟のファンたち。そしてもちろん結衣と晴輝。

彼らがいなければ今の自分はない。今まではすべて自分のためだったけれどこの一戦はみんなのためにも頑張る。消えたシンヤとリュウスケの弔いでもあるのだ。

集中力が高まってきた。雑念が消えていく。目の前にネオ選手と戦う自分の姿がありありと想像できた。いつでも戦える。

そう思ったときだった。

テーブルに置いてあった一輝のスマホが震える。

画面を覗くと『結衣』の文字が浮かんでいた。

お節介なところはあるがいつもは試合の直前に電話してくるようなことはしない。でもワールドカップの決勝だ。さすがに一言しゃべりたかったのだろうか。

激励だろう。そう思って通話ボタンを触った。

『一輝、晴輝がいない』

一言告げた結衣の声は動揺で大きく震えていた。

医務室を出て狭い廊下を進むと出入口は喧噪に包まれていた。

『関係者以外立ち入り禁止』の規制線が張られているがその前に多くの報道陣が詰めかけている。手にカメラを抱え日本人初のファイナリストが試合に臨む姿をとらえようと待ち構えていた。

一輝の姿に気づいたカメラマンたちが一斉にフラッシュを焚く。眩暈を起こしそうなほどの光の束に圧倒されながらも一輝は彼らの前までやってきた。

カメラマンの横から記者たちが一斉に声を上げる。

「イッキ選手、今の気持ちを聞かせてください！」

「ネオ選手についての印象は？」

「二回戦のリベンジですが自信ありますか？」

言葉と光の波が押し寄せる。

しかし一輝はそれどころではなかった。

「ちょっとどいてください……」

とそこに記者たちをかき分けて結衣が現れた。

気づいた記者たちが一斉に結衣にマイクとレンズを向ける。

「奥さまですね？　感想を一言！」

記者たちの声を無視して一輝は結衣を規制線の中に入れる。腕を引っ張り医務室まで連れていった。

「どうしたんだ？」

「晴輝がいないの！」

電話と同じことを繰り返した結衣の顔は真っ白だった。目には涙も浮かべている。いつもは一輝以上にキモの据わっている結衣であるが今にも取り乱しそうなほどひどく狼狽していた。

「どうして？　準決のときは二人で観戦してたろ。舞台上から気づいたよ」

「うん。そのあと一輝が倒れたからここに二人でお見舞いに来て。点滴打たれて寝てたからそうっとしておこうと思って外に出たの。まだ時間あるからお昼ご飯食べようって。晴輝がラーメン食べたいって言うから席を見つけて晴輝を座らせて、私はフードコートのラーメンの店に並んで。混んでたから買うまでに二十分くらいかかって戻ってきたら晴輝がいなかった……」

捲し立てる結衣だったがその声はか細い。

「トイレとかじゃないのか？　こんなに混雑してるんだ。戻れなくなって迷子になってるとか」

そうであってほしいという想いを込めて一輝は言った。

しかし結衣は頭を振った。

そして一輝の前に手を出した。

そこには紺地のキャップが握られている。以前一輝が晴輝にあげた世界大会ベスト8記念のキャップだった。

これがどうした？

そう思って結衣を見つめると、彼女がキャップのツバの裏側を見せてきた。そこには黒いマジックで何か書かれている。

その文字を目で追って一輝も事の重大さを思い知らされた。

『ハルキは消すことにした』

一瞬で一輝の顔も青ざめる。

誘拐——

なぜ晴輝なんだ。目的はなんだ。金か、怨恨か。

怨恨だとしたら自分が決勝まで勝ち進んだことと何か関係があるのか。

これまで何度もトラブルを起こしている。何が起こってもおかしくはない。

しかしそこで一輝は気づいた。

ツバの裏の文字の筆跡にどこか見覚えがある。

一輝は以前結衣から見せてもらったテストの答案用紙を思い出していた。そうなのだ。以前百点を連発していたテストのときの晴輝の字なのだ。いや違う。結衣には言えないが正確には晴輝の字ではない。

ハルノブだ。

以前貰った似顔絵には小さく大人しい文字が並んでいた。

しかしこのツバの文字、百点満点のテストの文字は、大きく力強くそしてどこか歪んでいる。癖のあるこの筆跡を忘れるはずがない。間違いなくハルノブの筆跡だった。

玲奈にフラれたあとハルノブの心にどんな暗い想いが渦巻いていたのか一輝にも想像できない。やはりハルノブは自分たちを許していなかったのだろうか。

分かっているのはハルノブが晴輝を攫《さら》ったことだ。

殺すはずはない。

言っても子どもだし何よりハルノブは晴輝の残機だ。あと何人残機が残っているか分からないが晴輝の死は残機の消滅につながる。まだ幼いが身体の弱かった晴輝がこれまで残機を失ってきた可能性はある。ハルノブが消えてしまう可能性だって十分あるのだ。ハルノブだってそれは分かっているはず。だとしたら『消す』とはどういうことだろう。

そこまで想像しふと時計に目をやった。

試合が始まるまでもう間がない。

そろそろスタッフが呼びにくるだろう。

結衣は目の前で狼狽しパイプ椅子に崩れ落ちている。

考えろ。集中だ。

ハルノブは晴輝をどこに連れていった。

とそこで心当たりが浮かんだ。

以前ハルノブと話したとき川崎の空き家を見つけてそこに住み着いていると言っていた。

晴輝を殺すつもりがなければどこかに隠すしかない。

子どものすることだ。新たな隠し場所を探したり借りたりすることはできないだろう。

その家に連れていくつもりじゃないのか。

「結衣、いなくなったのが分かったのは何時くらいだ？」

興奮を押し殺した一輝の問いに結衣が顔を上げる。

「ついさっきラーメン買ってる間だから十五分も経ってないと思う」

東京ドームから川崎までは電車か車だ。

ハルノブはもちろん車の運転はできない。電車には監視カメラがある。子どもがそこまで考えるか想像したが、あのハルノブなら考えそうだ。

だとしたら残る選択肢はひとつしかない。奴はどこで手に入れたのか金はそれなりに持っているようだった。証拠を残さず移動するにはこれしかない。

一輝が予想を絞り込んだ矢先に医務室の扉が開いた。

「イッキ選手、そろそろ決勝です」

『STAFF』の腕章を着けた若い男が告げてきた。

瞬間ダイゴの顔が頭をよぎる。

あいつに頼むか。

一輝には時間がない。

でも晴輝を救うにも時間がない。

川崎の隠れ家に行かれたらもう捜す術はなくなる。空き家は途方もない数なのだ。今しかない。

スマホを取り出し『ダイゴ』の番号を呼び出す。

ところがそこでタップしようと伸ばした指を握りしめた。

それでいいのか。

これまでみんなから教わった言葉が駆け巡る。

代わりはいない。自分がやらなければ——

そして次の瞬間一輝は決めた。迷う必要はない。

きつく閉じていた目を開けると晴輝のキャップを握りしめ医務室の扉に手をかけた。

「行ってくる。結衣はここで待っててくれ」

絶対に結衣をハルノブと会わせるわけにはいかない。

「どこに行くの？」

「犯人は川崎に行こうとしてる。出発の前に止めないと」

結衣は状況が呑み込めず驚いた表情で一輝を見ている。

その不安そうな顔に付け加えた。

「必ず無事に連れてくる」

医務室を出た一輝はスタッフの制止を振り払って廊下を走った。

舞台へ続く道ではない。

マスコミが待ち構える廊下の先ではなく逆方向に走っていく。

関係者口から外に出ると水道橋駅方面にダッシュした。

9

息を切らして一輝が目指したのは水道橋駅の横を流れる神田川《かんだがわ》の畔《ほとり》だった。

地名の由来にもなった神田川にかかる水道橋のたもとにはタクシー乗り場がある。それは数年前に誕生した新たな交通手段で水上を走るボートのタクシーだった。しかも完全自動操縦だ。行き先を口頭で伝えるだけでいい。

もちろん地上を走るタクシーにも自動運転車はある。しかし地上は監視カメラがあらゆるところに設置されているためあとで足がつきやすい。その点水上に監視カメラはないのだ。

頭が良く悪知恵も働くハルノブのことだ。そこまで考えていても不思議はない。いやその可能性が一番高い。

そう予想して一輝は追いかけたのだ。

水上無人タクシーの乗り場はこの近辺ではそこだけだ。子どもの足、しかも晴輝も一緒ならまだそう遠くまで行っていないだろう。

外堀通りに出て歩道橋を渡り神田川沿いをひた走る。

その先に水道橋が見えてきた。たもとの歩道は広くちょっとした広場、いや公園のようになっている。

走りながら揺れる視界で見つめると、そこに小さな人影が二つ並んでいた。

やはり予想は当たっていた。

「晴輝！」

見ればまさに到着した水上無人タクシーに乗り込もうとしているところだった。間一髪間に合った。晴輝はハルノブの帽子を目深に被せられマスクもされている。

声にならない音をモゴモゴと発していた。どうやらマスクの下で口を塞がれ目にもアイマスクをされているようだ。声だけで一輝が来たことに気づいている。

「見つけたぞ！」

ハルノブは一瞬驚きの表情を見せた。

乗り場に立つ街路時計を見ると午後四時をちょうど回ったところだ。決勝戦のスタート時刻だった。まさか一輝が追いかけてくるとは思わなかったのだろう。

「どういうつもりだ。晴輝を置いていけ」

子ども相手だが彼のやっていることは絶対に許せない。一輝はハルノブ相手に迫った。

するとハルノブは覚悟を決めたのか、大人の一輝相手に鋭い視線で口を開いた。

「嫌だ。こいつが本体で俺が分身なんて許せない。俺のほうが優秀なんだ！」

「だからって晴輝に何かあればお前が消えるぞ。もう晴輝の分身はお前しかいないかもしれないんだ。分かってんだろ」

「分かってるさ。だから殺したりなんかしないよ。誰にも見つからない所でひっそり暮らしてもらう」

「そんなこと許さねえぞ！」

一輝は思わず叫んでいた。

暗い空き家の一室で鍵をかけられた空間に晴輝が佇んでいる姿が浮かぶ。

そんなことを想像するだけで身の毛がよだった。

するとそこに後ろから一輝を呼ぶ声が聞こえてきた。

一輝が振り返る。ハルノブも声のしたほうに視線を向けた。

そこにはダイゴの姿があった。猛ダッシュでタクシー乗り場に迫っている。

一輝はダイゴに電話していない。しかしダイゴに渡したスマホは一輝のそれと同期させている。一輝がダイゴの居場所を捜せる一方ダイゴも同じだ。決勝開始時間になっても現れない自分を心配して捜しに来たのだろうか。

ハルノブはダイゴの顔を見てすべてを悟ったようだった。

一輝は晴輝の目が塞がれていることに安堵する。こんなところを見られるわけにはいかない。

「大丈夫ですか！」

近づくなりダイゴが大声を上げた。それは今まで聞いたこともないほど感情的なダイゴの声だった。もはや叫びに近い。

晴輝の姿を見るなり狼狽している。

その姿は一輝以上に〝父親〟だった。

「ハルノブ、もうやめろ！　残機が本体に迷惑かけるなんてありえない。本体の立場を乗っ取るなんて絶対に許さないぞ！」

それはついさっきまで一輝が疑っていたことだった。

「うるせえや。あんただってホントは本体になりたいんだろ？」

「そんなこと考えたこともない」

「嘘だ！　俺は分身なんて嫌なんだ」

接岸していたタクシーの扉が開く。

中からＡＩの音声が聞こえてきた。

『行キ先ヲゴ指示クダサイ――』

晴輝を先に行かせハルノブも乗り込もうとする。

一輝とダイゴが止めようとタクシーに近づいた、そのときだった。

後ろの車道から轟音が響いてきたのである。

振り返るとすぐ近くに大型トラックが迫っていた。御茶《おちゃ》ノ水《みず》坂を駆け下りてきたらしい。

それは自動運転ではなかった。ＡＩの運転なら車道を越えて歩道に乗り上げることはできない。自動制御がかかるからだ。

怒濤の勢いで迫るトラック。瞬時に運転席を見るとそこには人影があった。

遠目からでも分かる。狂気にとらわれた目は先日戦ったゲーマーだった。

カイザーである！

不正を働き不戦敗になったうえ選手生命を絶たれた男だった。

開け放った窓から奴が何やら叫んでいる。

やけになった男が断末魔の苦しみに似た悲鳴を上げる。

その叫びはトラックのエンジン音にも勝るほどであった。

カイザーが「イッキー！」と金切り声を上げたと同時に、トラックは縁石に乗り上げバランスを失ったまま猛スピードで一輝たちに迫ってくる。

それを見たダイゴが晴輝の名前を叫びながら走り出した。

晴輝はハルノブに羽交い締めにされたまま身動きが取れない。

一輝は足がすくむ。

目の前に迫る死を悟った。

しかし自分がトラックにはねられたら死ぬのはダイゴである。

いや、みんな一緒に巻き込まれたら？

晴輝は？

俺の残機はあと一機だ。
晴輝はあと何機なんだ。
混乱する中で一輝はようやく気がついた。
あと何機なんてどうでもいい。
愛する息子のために俺が残機になればいい。
次の瞬間一輝は走り出していた。
「晴輝！」
カイザーの奇声、唸るエンジン。
トラックが街路樹にぶつかり横転する。
轟音とともに土埃が舞い上がる。
すべてを巻き込みトラックが横滑りする。
神田川の護岸壁に激突した瞬間、爆発音がこだまする。
トラックが炎上すると空に巨大な黒煙が立ち上った。

EPILOGUE

九月になっても厳しい残暑は続いていた。

日中の太陽は街中のアスファルトをジリジリと焼いている。

それでも陽が沈むと時折涼しい風が吹く。朝晩の空気は真夏のそれとは間違いなく変わっていた。

夏の空気が薄らいでいくのに合わせてワールドカップで起きた大事件の報道も徐々に収まっていった。

決勝直前、初めて最終戦まで上り詰めた日本人と絶対王者の対戦に世界中の注目が集まる中で当の一輝が姿を消した。

その直後、会場のすぐそばでトラックの横転事故が起こった。

その爆発音と振動は会場の中まで響いたという。

それは一輝の不戦敗が告げられ会場が異様な雰囲気に包まれている最中であった。

不正を働き追放されたカイザーが逆恨みした挙句の犯行だった。

自暴自棄になり近くの工事現場で待機していたトラックを奪って一輝に突っ込んできたのである。

警察の事情聴取によると、当初は試合会場に突っ込むつもりだったようだが、神田川の畔で一輝を見つけ、とっさに計画を変更したようだ。

前代未聞のこの事件にマスコミが飛びついた。

トラックを運転していた男の素性、動機。

そして決勝直前になぜ一輝は会場を離れてあんな所にいたのか。

謎の多い事件はさまざまな憶測を呼び関係者は質問攻めにあった。

しかし人の噂もときとともに風化する。

秋の気配とともに人々の関心も他に移っていった。


巨大な窓の外には真夏を思わせる青い空が広がっている。

しかし所々に浮かんだうろこ雲が秋を思わせる。

空の下は舗装された広大な景色だった。

何十機ものジャンボジェット機が停まり離陸のときを待っている。

滑走路では離発着の機が凄まじいエンジン音を響かせていた。

成田空港国際線ターミナル。

そこに一台のタクシーが到着する。

降りた客はトランクから大きなキャリーバッグを取り出した。

客の男は学生のようなラフな恰好でバッグを引いていく。その口元にはマスク、頭には目深に帽子を被っていた。

ダイゴがバッグを引きながらあとからタクシーを降りた人に訊く。

「何番カウンターでしたっけ？」

その問いに同じ顔の男が顔を上げる。ダイゴが続けた。

「ねえ、一輝さん？」

「二十一番だ。でももうここでいいよ。子どもじゃないんだ。あとは一人で行くから」

「最後なんですからギリギリまで手伝わせてください」

そう言ってダイゴが一輝のキャリーバッグを引いていった。

ダイゴは生きていた。

晴輝もハルノブも一命をとりとめていた。むろん一輝もだ。

あのとき、トラックが突っ込んでくる直前、ダイゴが晴輝を抱きしめた。

しかしトラックは土埃を巻き上げて迫ってくる。

為《な》す術を失っていたダイゴと晴輝だったがその直後に一輝が迫った。

そして一輝は二人と、そして呆然とするハルノブも一緒に神田川に突き飛ばしたのだ。

直後、トラックはコンクリート製の壁にぶつかって大破した。接岸していた水上タクシーも巻き込んで大爆発を起こした。

水中から見上げると川面に真っ赤な炎が迫っていた。

一輝が晴輝の、ダイゴがハルノブの服を摑んで水中を進み離れた所で水面に浮かんだ。

そこには一瞬で変わった凄惨《せいさん》な光景が広がっていた。

ギリギリのところで全員無事だったのである。

「それにしても彼には驚きましたね」

キャリーバッグを引きながらダイゴが一ヶ月前のことを言い出した。

彼とはトラックを運転していたカイザーのことだ。

カイザーはあんな事件を起こしトラックが爆発炎上したにもかかわらず無事だったのだ。

詳しいことは分からないが、報道によると奇跡的に大した怪我ではなかったらしい。服は焦げ少しの火傷《やけど》もしていたが命に別状はなかった。そしていま拘置所に収容され裁判が始まっている。間違いないが奇跡的に一人も犠牲者は出なかった。

「ああ。間違いなく死亡事故だ。どこかであいつの残機が消えてるはずだ」

一輝は神妙な顔で言った。

「でもそのおかげであいつは生き残った。出所したら残機の分までしっかり生きてほしいよ」

「ですね」

話しながら進んでいくとチェックインカウンターのフロアに続くエレベーターホールに到着した。

「もうここでいいよ」

一輝がダイゴからキャリーバッグを受け取る。

「いろいろありがとな」

一輝は素直な気持ちをダイゴに伝えた。その顔にはどこか決意が滲んでいる。

一輝の言葉にダイゴは被っていた帽子とマスクを取って言った。

「いえ、僕のほうこそいろいろお節介しちゃってすいません。でも一輝さんがいなくなると寂しくなります」

そして預かっていた航空チケットを一輝に渡した。

そこには『ロサンゼルス』の文字が記されている。

ワールドカップのあと不戦敗という形で銀メダルを獲得した一輝にマスコミが殺到した。金メダルこそ逃したものの日本人の過去最高成績である。どん底を知ったベテラン選手の奇跡の復活を大々的に報じた。今日タクシーで空港まで来たのもマスコミ対策だ。

しかも本戦で一輝はファンを魅了する戦いを見せていた。ファンたちはもし決勝を戦っていたらあのネオも倒せたのではないかと噂している。それほど一輝の決勝までの戦いは伝説になっていた。

そしてその変化を感じた元所属事務所ＵＥＭの社長・梅本が一輝に救いの手を差し伸べていた。

その口利きによって梅本の現役時代のライバルでアメリカ人の男が、自ら主宰するｅスポーツ事務所に一輝を誘ってくれたのだ。

一輝はその事務所に心機一転所属し再起に向けて走り出そうとしている。決意を胸にした渡米である。

当分日本には帰らない。

ところが一輝の決意の真意はそこではなかった。

一輝はずっと言おう言おうとしていたことをようやくここで切り出した。

「ダイゴ、実は頼みたいことがあるんだ」

エレベーターのボタンを押したダイゴが不思議そうに振り返る。

「なんですか？　改まって」

「俺がいない間、あいつらをそっと見守っててくれないか？」

「え？」

ダイゴが一瞬息を呑む。

「いや、勘違いするなよ。昔の俺に戻ったわけじゃない。お前に押し付けたいわけじゃないんだ。家族は何よりも大事だ」

「……でも、いいんですか？　そっくりだけど僕は一輝さんじゃありませんよ。そのことに気づいたからあのとき僕を呼ばなかったんでしょ？」

あのときとは決勝直前、晴輝を捜しに会場を出たときだ。

電話でダイゴを呼ばず自ら捜しに行く決意をした。

もちろん自分だからあのタクシー乗り場を捜せた。結果的には良かったが、あのときダイゴに捜させるという選択肢もあった。

でも電話する直前に一輝は思いとどまった。

確かにワールドカップのゴールドメダルがかかった一戦を前にしているのだから、ダイゴを呼ぶほうが正解だったかもしれない。

でもそれではこれまでの一輝と一緒だ。

身を挺《てい》してシンヤ、リュウスケ、そしてダイゴが教えてくれたことではない。人は誰かの代わりなんてできない。

本体だろうが残機だろうがこの世で唯一の存在なんだ。

晴輝にとって父親は自分しかいない。

ならば自分があのとき何をするべきかは明白だった。

金メダルより息子の命のほうが大切に決まっている。

命があればワールドカップにはこれから何度だってチャレンジできるのだ。

父親である自分自身が救けにいくしかない。

結果がどうあれ、その決断こそ正しかったと胸を張れる。最後の最後で残機たちの想いを汲《く》めた気がした。

「もちろんそうだ。あの判断は正しかったと思ってる」

「じゃあどうして。僕はこのまま二人の前から消えようと思ってたんですよ……」

「昔とは意味が違うんだ。今までは自分のためにお前を使ってきた。便利だったからだ。

上山一輝は一人なのに二馬力使えるんだからな。

でも今回は違う。俺のためじゃない。家族のためだ。それに俺はまだまだ父親として失格だ。必ず結果を残してあいつらを迎えにいく。そのときようやく俺は胸を張って父親になれる」

そう言った一輝の目には今までにない輝きが浮かんでいた。

「だから留守の間、ダイゴは俺の身代わりなんかじゃない。結衣と晴輝にとっては『上山一輝』かもしれないけどお前はお前だ。そして帰ってきたらダイゴはダイゴの人生を歩いてほしい。お前も自分の人生の主役なんだよ」

一輝が今まで言えなかったことを口にする。

ダイゴはしばらく考えてうなずいた。

「分かりました。それでこそ僕が憧れた一輝さんです。あの決断、僕は一輝さんの残機であったことを誇りに思います」

そう言うダイゴの声が震えている。

初めてダイゴに認められて一輝も胸に迫るものがあった。

「何かあったら僕が駆けつけます。心置きなく打ち込んできてください」

一輝がよしとうなずきダイゴの手を握る。ダイゴが笑顔を見せて握り返すと一輝は両手でダイゴの手を包んで言った。

「ありがとう――」

一輝は一人でエレベーターに乗り込むとチェックインカウンターのあるフロアに向かった。

たった今ダイゴと別れたばかりだが改めてこの半年のことを思い出す。

シンヤ、リュウスケ、ダイゴ……

本当に不思議な日々だった。

残機たちは本当に存在していたのかと疑いたくなる。

それでも一輝は握手の感触がまだ残る掌を見つめながら思った。

彼らがいたから今の自分がある。

自分の存在、変化がすべての証だった。

エレベーターが到着すると一輝はキャリーバッグを引いて二十一番カウンターを目指した。

だだっ広いフロアは人でごった返している。

混雑を抜けてようやくたどり着くと、そこに待ち合わせていた二人の姿があった。

「わざわざ見送りありがとな」

「パパ！」

そこには結衣と晴輝が待っていた。

あんな事件に巻き込まれたというのに晴輝は無傷だった。当初は事件のショックで塞ぎ込んでいたがようやく最近笑顔が戻ってきた。あのときのキャップを今日も被ってきている。

結衣もワールドカップの会場で事件を知り当初は驚くほど狼狽していたそうだが、一輝と晴輝が無事だったこともあって今は元気にしている。残機の存在には気づいておらず、ただカイザーが晴輝を誘拐して自動車事故を起こしたと信じていた。

マスコミの質問攻めには参ったがそれも最近は収まっていた。心配していたマスコミもどうやら空港にまでは追いかけてこなかったようだ。

ちなみに晴輝を誘拐した残機のハルノブは事件にショックを受けていた。病院で診てもらえるわけでもないがそもそも無傷だった。爆発騒ぎで大混乱の中、警察と消防、救急車の車両が到着する前にいつの間にか姿を消していた。

奴は本体になりたいと言っていた。

でもあの事件をきっかけにそんなことには意味がないと気づいてほしい。

ハルノブは晴輝にとって守護神でもあるのだから。

ダイゴに言ったのと同じようにハルノブはハルノブの人生の主役なんだ。

誰の代わりでもない。

晴輝が一輝の足にしがみつく。

「僕も連れてって！」

「はは、そうしたいけど仕事なんだ。ママの言うこと聞いて良い子にしてろよ」

「……うん」

晴輝が渋々といった様子でうなずく。

一輝はそっと頭を撫でた。

その姿を見ていた結衣が近づき言った。

「遠征、二週間でしょ。頑張ってね」

結衣には梅本の紹介で遠征に行くとだけ伝えてある。

向こうに住み武者修行することは伝えていない。あっちの大会ではゲーマー名を変えて参加するつもりだ。そうすれば心置きなく家族をダイゴに任せられる。向こうで稼いだ賞金はダイゴに送り、ダイゴから結衣に渡るようにしてもらおうと思っている。

多忙な梅本には昨日のうちにお礼を伝えにいった。

事務所にはもふもふ先輩もいてワールドカップの試合について大袈裟なほどに褒めてくれた。梅本ももふもふ先輩も笑顔で一輝を見送ってくれた。

「ああ。また心配かけるけど留守の間結衣も身体に気をつけて」

「たかが二週間で大袈裟だな。分かってるよ」

結衣はカラカラと笑ったがふっとその笑顔を引っ込めた。

一輝の決意をなにかしら察したのかもしれない。

「頑張ってね」

そう言ってニコッと笑顔を見せる。

「私も頑張る。今度の看護師試験受けてみるつもり」

「そうか。応援してる。でも頑張りすぎるなよ」

「うん」

その笑顔を見て一輝は肝心なことを思い出した。

「……あのさ、渡したいもんがあるんだ」

そう言って航空チケットを入れてあるウエストバッグから小さな箱を取り出す。

気恥ずかしさでわざと乱暴に渡した。

晴輝も二人の足元でじっとその様子を見守っている。

結衣は箱を受け取るとゆっくりと蓋を開けた。

そこには指輪が輝いていた。

「ずいぶん遅くなったけど結婚指輪。受け取ってくれるか」

結衣がそっとうつむき一輝にはどんな表情をしているか読めない。

とたんに不安がこみ上げてきた。

「いや、離婚してるのに結婚指輪もないよな。まあ忘れてくれ。俺が持っててもしょうがないからただのプレゼントと思って受け取ってくれよ」

そう言った直後、顔を上げた結衣は泣いていた。

「どうしたの？　こんな高そうなの……」

指輪をじっと見つめてつぶやく。

一輝は頭を掻きながら言った。

「賞金でな、買ったんだよ」

それはワールドカップの準優勝でＪＥＣから支給された褒賞金をはたいて買ったものだったのだ。

これまで何度も口にして叶わなかったことがようやく実現できたのだ。

今まではただその場を誤魔化すための言葉だった気がする。

でも今回は違った。

ただ勝てたというだけではない。

支えられて摑んだ栄光を一緒に喜びたかった。

結衣が指輪を箱から取り出し一輝に渡す。そしてポツリとつぶやいた。

「送られてきた離婚届、まだ出してないの」

「え？」

意外だった。

てっきり何年も前に離婚は成立したと思っていた。

「だから、ちゃんと帰ってきてね。あの家は今までも、これからだってずっと一輝の家なんだから」

そう言って結衣が左手を差し出す。

ありがとうと言おうとするが喉に何かが詰まって出てこない。

こんな自分をずっと見捨てずにいてくれたことで胸がいっぱいだった。

代わりに一輝の目から一粒の涙がこぼれる。

それが何よりも確かに、結衣への感謝を伝えていた。

結衣から指輪を受け取り彼女の薬指にはめる。

それは彼女の指にぴったりだった。

「じゃあ、行ってくる」

一輝は二人に告げて上りのエスカレーターに乗った。

徐々に結衣と晴輝の姿が遠のいていく。

結衣は指輪をはめた左手を胸に押し当てながら右手を上げて振っていた。晴輝もその足元で結衣と同じようにしている。

一輝は身をひるがえして前を向くと、これから始まる戦いに思いを馳せた。

ここから新たなゲーマー人生が始まる。

どんな結果が待っているか分からないが全力を出し切るまでだ。

目をつぶり、シンヤ、リュウスケ、そしてダイゴに心の中で決意を告げる。

後ろから「いってらっしゃあい！」と晴輝の大声が聞こえてきた。

目を開けて軽く手を上げる。

するとそこで何か違和感を覚えた。

視線を感じる。

そう思ってふと横を見ると、少し離れたところにある下りエスカレーターに女性の姿があった。一瞬目が合ったものの、女性は前を向きどんどん下に降りていく。フェミニンなマキシ丈のワンピースに手には大きなキャリーバッグ。目深に帽子を被っていてしっかりと顔は見られなかった。

しかし一輝には確信があった。

結衣だ。

この数ヶ月、一輝の一番そばにいてずっと励まし続けてくれた結衣と同じ顔である。ワンピースの女はエスカレーターを降り背中を向けて去っていく。その横で結衣と晴輝はまだ手を振り続けていた。

俺が知ってる結衣のほうが本体だよな——

一輝は遠ざかる女の姿を目で追いながら、寒気を感じずにはいられなかった。

STAGE.0 –16歳、出会い–

1

「よっしゃー、ざまあみろ！」

店内に上山一輝の叫び声がこだました。

敗れた相手は一輝の対面の筐体からすごすごと出てくる。ひ弱そうな体つきに細面の顔。大人しめの表情の上にメガネをかけている。身体は小さいが一輝よりは年上だろう。カジュアルな服装から大学生くらいに見えた。

しかし一輝は年上だろうが女性だろうが関係ない。いざ舞台に立ったら真剣勝負。勝つか負けるか。食うか食われるか。ただそれだけだった。

勝てば神。負ければただの負け犬だ。

〝残機〟なしの一発勝負なのだ。お互い一万円を賭けたマネーマッチであればなおさらである。

一輝は相手の筐体の上に置かれた一万円札をポケットにねじこんだ。

やや長めの前髪をはらい相手を睨みつける。線は細いが百八十センチ近い身長と鋭い眼光、そして場慣れした度胸。年下とはいえこれだけで大概の奴は戦意を失うのが常だった。

「俺に挑もうなんて百年早ええんだよ！」

一輝がいつものキメ台詞を口にする。負けた大学生は一輝の罵声にも反論せず大人しく引き下がる。しかし一輝は容赦ない。

「チッ、覇気のねえ奴。次は誰だ⁉」

一輝は筐体に座り直すと、店中に聞こえるほどの大きな声を張り上げた。

一輝がいるのは川崎駅東口に広がる繁華街の一角。業界では有名なゲームセンターだった。

オンライン対戦ができる家庭用ゲーム機が普及したことで、全国にたくさんあったゲーセンはどんどん数を減らしている。しかしこの店は首都圏の強者ゲーマーたちが集まりしのぎを削っている。特に格闘ゲーム、いわゆる格ゲーの大人気シリーズ「トランス・ファイター」のファンやプロゲーマーが集まる〝聖地〟と言われていた。オンラインではなく直接会うことで、情報交換をして親交を深めているのだった。

そんなゲーマーの中でも一輝は異質な存在である。まだ十六歳。高校一年ながらこのあたりでは一番強く、ゲーマー名〝イッキ〟の名は周辺に轟いている。小学生のころからゲーセンに入り浸って大人相手に戦ってきたが、ここ最近の成長はさらに目覚ましかった。

もともと手先が器用で頭もキレる。なによりセンスがいい。そんな一輝が人一倍ゲームをやり込み、常連客を相手に戦ってきたのだ。勝負勘や度胸が備わり向かうところ敵なしだった。

結果、一輝の自信とプライドはどんどん膨れ上がっていたのである。


一輝が声を上げて次の対戦を促す。しかし周りで見ていた多くのギャラリーは一輝の無敵っぷりに尻込みしていた。負けるとこてんぱんに罵られる。しかも一万円を賭けたマネーマッチだ。腕に自信のあるセミプロでも軽はずみに手を挙げられない。強い相手と戦いたいのはやまやまだが嫌な思いもしたくない。

するとそこに、スーツ姿の男がギャラリーの輪を割って現れた。

「おい坊主、今度は俺がやってやんよ」

スーツとはいえ堅気のサラリーマンには見えない。強めのストライプが入ったネイビーのスーツに、首元で緩く結ばれた派手めのネクタイ。パンツは太めでだらしなく腰ではいている。頭は艶のあるオールバック。目つきが鋭く全身から煙草の匂いをまき散らしていた。

笑顔で煽っていた一輝はその男を見るなり目を細めた。

この男、たまにこの店で見かける奴だ。平日の夕方からゲーセンにたむろってるなんてロクな大人じゃない。メチャクチャに打ち負かして恥をかかせてやる。

一輝は学生服のブレザーを脱いでワイシャツの袖をたくし上げる。

対戦相手が決まれば挨拶も何もない。一輝は男の目をひと睨みすると、ゲーム筐体に座り直してコントローラーに手を乗せた。

選んだのは一輝のいつものキャラクター〝ソウヤ〟だ。

日本の大手ゲームメーカーが三十年以上前にスタートさせた人気シリーズで、世界中に多くのファンを抱えている。特にお膝元である日本での人気は高く、最近は多くの大会が開かれていた。賞金総額も年々高くなり、少し前にはこの「トランス・ファイター」を扱う日本第一号のプロゲーマーが生まれている。

ソウヤはいくつもあるキャラクターの中で、このゲームを代表する主人公キャラである。常にセンターを勝ち取っている自分に相応しい。

一方、相手のスーツ男は〝ダバロス〟を選んだ。毛むくじゃらな巨体に棍棒を振り回す醜いモンスターキャラである。この男にぴったりだ。

「Fight!」

ゲーム筐体から戦闘開始の声が轟く。

それを聞いた瞬間、一輝は流れるような操作でソウヤを突進させた。

何度も戦った相手なら出方も分かるし対策も取れる。しかし店で見かけてきたとはいえこいつと戦うのは初めてだ。初めての相手は何もかもが未知数である。とはいえ一輝はこれまで数々の修羅場をくぐってきた。相手の雰囲気を見れば瞬時に戦い方を決められる。

男の様子を見るに明らかに血の気の多いバカだろう。当然〝攻撃重視〟のスタイルのはずだ。こんな相手に守りに入っては後手に回る。相手の攻撃を上回るほどの攻撃を見せて圧倒する。リズムを失った相手は為す術がなくなるはずだ。

そこで一輝は一気に相手の刃圏に入ると、いきなり高速のコマンドを打ち込んで高難度の技を繰り出した。

まず相手の蹴り技を膝蹴りで牽制《けんせい》し、そのまま相手の頭を抱え込む。そして背負い投げの要領で地面に叩きつけると、そのままソウヤの大技・烈風投掌拳を炸裂させたのだ。

周りから驚嘆と称賛の声が上がる。

画面上部にお互いの持ち点である〝ライフ〟が表示されている。一輝のソウヤが100のままなのに対してダバロスは早くも83まで減っていた。敵を先に0にすれば勝ちである。

ダバロスはフラフラになりながら立ち上がろうとする。しかしこのコンボ、いわゆる連続技を喰らうとすぐには戦闘体勢を取れなくなるのだ。

その一瞬の隙を一輝は見逃さない。畳みかけるようにダバロスを投げ飛ばし、続けて烈風投掌拳を決めた。こうなると敵はもうこのループから抜け出せない。ライフを使い切るまでただサンドバッグになるだけである。いわゆる〝永久コンボ〟というやつだ。

一輝はこのモードに入り筐体の中でほくそ笑んだ。

「クソリーマンが調子乗りやがって。もう終わりだ」

一輝はソウヤによるこの永久コンボを十八番にしていた。非常に難しいコマンドをわずか六十分の一秒の中で正確に打ち込まなければならない難しい技だ。ゆえに決まったときはギャラリーから歓声が上がる。技の演出も派手でその爽快感はハンパない。相手が為す術なく足元に転がるのも優越感を満たしてくれた。

ただ、永久コンボはかけたときこそギャラリーも沸くもののそのあとは静まり返る。見かけられたほうにもう勝ち目はない。ただライフがなくなるのを待つしかないのだ。見ているほうはドキドキしないらしい。

しかし一輝にとってそんなことはクソ喰らえだ。

勝てばいい。どんな手段を使っても勝てば正義なのだ。

四回目のコンボが決まりダバロスは早くもライフを一ケタまで減らしている。もう勝利も時間の問題だ。

ところがあと一回で勝利確実と思っていた矢先、その永久コンボが突如破られたのである。ダバロスがその巨体でヒラリとかわし烈風投掌拳が空を切ったのだ。

予想外の展開に一輝は啞然とする。

この技が決まったら逃れられるはずがない。だから〝永久〟なのだ。

その間隙をダバロスは見逃さない。持っていた棍棒をブーメランのように投げてソウヤに軽い一撃を喰らわすと肩の上にソウヤを乗せる。そのまま回転しながら宙を舞い、体重を乗せて地面に叩きつけたのだ。

その一撃でソウヤのライフは50を切った。今度は連続攻撃を喰らったソウヤの頭に星が飛び散り、レバーを動かしても操作できない。そこにふたたびダバロスが肩にソウヤを乗せた。

永久コンボを永久コンボで返された――

一輝の頭の中が一気に沸騰する。

いくらコントローラーを操作してももう遅い。逃れようともがくが、その努力も虚しくふたたびダバロスが回転を始めたのだ。

しかも、敵はすぐに叩きつければいいものをわざと長く回転を続けている。勝負のついたこの状況で一輝を晒し者にしているのだ。

一輝は奥歯を嚙みしめた。

こんな敗戦の仕方は初めてだ。

まさか永久コンボをかわされて逆にかけられるなんて。

さっきまでかましていた余裕から一転、冷や汗が噴き出る。

注目しているギャラリーも思うだろう。

最高にダサい負け方だ。

そう思った瞬間、まだ相手のコンボが決まる前に一輝は筐体を飛び出した。

そのまま対面の筐体に近づく。

周りで見ていたギャラリーは呆然としている。

一輝はまだコントローラーを握っているスーツ男に飛びかかった。

「てめえイカサマしてんじゃねえぞ！」

「何言ってんだよ、このガキ」

「あの技が破れるわけねえだろ。どんな細工した！」

「おい、やめろよ！」

一瞬固まったギャラリーたちが止めに入る。

しかし頭に血が上った一輝の耳には届かない。

胸倉を掴み捻り上げた途端、逆に男の拳が一輝の頬に飛んできた。鼻血が噴き出し口の中が切れる。一輝はお返しとばかりに相手の顔面に頭突きした。

「てめえ、ふざけんなよ！」

「上等だこのヤロウ。相手んなってやんよ！」

スーツの男が一輝を押し倒し馬乗りになる。さすがに大人だ。高校生の一輝は力では敵《かな》わない。そこで一輝は男の腕を思いっきり噛む。相手が叫んでいる隙に立ち上がると、腹に向けて蹴りを入れた。

「おい、誰か店員呼んでこい」

「いや警察だ！　手に負えねえ」

周りで見ていたゲームファンも巻き込んでトランス・ファイターのコーナーが大混乱になる。

数分後、ゲーセンの前にパトカーが急停車したころには店内はムチャクチャになっていた。

2

見上げると、やけに澄んだ空が広がっていた。

雲はどこにも見当たらず青く輝いている。真上に浮かんだ太陽の光が燦々《さんさん》と降り注ぐ。どこからか爽やかな風が吹き抜けていった。

「いてて……」

そんな五月晴れの空の下、多摩川沿いにある川崎市立川濱高校の中庭で一輝は空と正反対の気分でイラついていた。

中庭には噴水がありその周りにいくつかのベンチが並んでいる。一輝はそこに独りで座り、イヤフォンで音楽を聴きながら購買で買ってきた総菜パンを齧《かじ》っていた。

しかしかぶりついた焼きそばパンのソースが口の中にしみる。パンを呑み込んでから唾を吐くと、そこには真っ赤な血が混じっていた。

昨日の放課後、行きつけのゲーセンでマネーマッチを繰り返した。いつになく好調で連戦連勝。十連勝目前というところであのクソリーマンと対戦した。

やり込んでいるゲーマーだろうが所詮は素人だ。ゲーム開始早々は圧倒的に自分が有利だった。それなのに、絶対に防げるはずのない必殺技をなんらかの不正な操作で回避して反撃してきたのである。

俺があんな奴に負けるはずがない。

そう思ったとたん一輝の身体はいつのまにか動いていた。年上だろうが関係なく飛びかかり大喧嘩になってしまったのだ。周りで見ていたギャラリーや店員、さらに警察までやってきて大混乱になってしまったのである。

結局、事の発端である一輝と、対戦していたスーツ男が警察署まで連れていかれこっぴどく叱られた。店の機材を壊したためマネーマッチで稼いだ金は店に没収されてしまった。店長は、本当ならこんな額では済まない、被害届を出されないだけ感謝しろなどとほざいていた。せっかく稼いだ金なのに。しかも自分だけ弁償させられたのも気に食わない。

一輝は自分から仕掛けたことを棚に上げて毒づいた。

おかげで今日は猛烈な金欠である。顔には盛大に絆創膏が貼られていた。

家は母子家庭で母親は夜の仕事に出ている。いつも帰りは明け方で、一輝が学校に行く時間には当然寝ている。中学生だった三月までは給食だったが四月からは弁当だ。しかし母は弁当など作る余裕はない。一輝は入学以来ずっと購買のパンでお昼を済ませていた。

しかし今日は焼きそばパンと肉まんだけだ。金がないから飲み物も買えない。好きな歌でも聴いていれば少しはイライラも収まるかと思っていたが、アップテンポな曲はかえって興奮してしまう。

あの野郎、今度会ったらただじゃおかねえ。

パサついたパンを強引に咀嚼《そしやく》する。口の中に痛みが走るたびに、昨日の苦い記憶が甦り一輝のイライラは募るのだった。

ところがそんな一輝の目の前に何かが差し出される。

慌ててイヤフォンを外すと頭上から声が聞こえてきた。

「イライラにはカルシウム――」

ベンチに座ったまま見上げると逆光で顔が陰になっている。

一瞬誰だか分からない。しかし風が長い髪と制服のスカートを揺らしている。目が慣れてくると、そこにはどこか見覚えのある女子が佇んでいた。

比較的背が高い。目鼻立ちの整った白い卵形の顔が一輝を覗き込んでいる。

入学早々だというのに学校をサボってゲーセンに入り浸っている一輝は名前が思い出

せない。彼女の手には牛乳のパックが握られていた。

「はい、牛乳。カルシウムいっぱいだよ」

そう言われてようやく思い出した。クラスの学級委員長・小橋結衣だ。

小橋が牛乳を一輝の横に置く。それを見て頭に血が上った。

「は？　お前喧嘩売ってんのかよ」

一輝は小橋を睨んで気色ばむ。

しかし小橋は相手にしない。

「ほら、やっぱりカルシウム不足」

そう言ってクスクス笑いながら横に座ってきた。

学校に来たとき一輝はいつも独りで昼を過ごしている。サボってばかりだから友達もいない。いきなり声を掛けられて調子が狂う。

「ねえ、それ何聴いてんの？」

小橋は言いながらイヤフォンを指さした。

ベンチの上に置いたスマホでは無料動画サイトを開いている。最近見つけたお気に入りのMVを聴いているのだった。

ここ最近人気が爆発しているバーチャルシンガーの新曲『畢生《ひっせい》よ』である。誰もが知るカリスマ・アーティストが作詞作曲した歌を、透明感溢れる声で歌い上げるのだ。

このMVを知ってから過去の曲もたくさん聴いた。どれもクールでカッコいい。

それでもやはり一輝の心をわし摑みにしたのはこの新曲だった。

アップテンポでアグレッシブなメロディだがどこか哀しげな雰囲気を帯びている。その雰囲気は一輝の今の気分にピッタリだ。曲も、歌詞も、そしてタイトルでさえ胸に響く。

これは俺のことだ。俺のための歌だ。そう思った。

ゲームの試合前にこの曲を聴くとテンションが上がる。モチベーションを保つのにうってつけのため、一輝は最近繰り返し聴いているのだった。

しかし、親しくもないこいつにそんなことを教えるつもりはない。

慌ててスマホをポケットにしまうと、無視して焼きそばパンをもう一口齧る。小橋は諦めたのか話題を変えてきた。

「その絆創膏、昨日のゲームセンターでの喧嘩でしょ？　たまたま見かけたよ。学校サボって通ってるんだってね。休んだらダメじゃない」

急に説教モードになってくる。

何様のつもりだ。俺に指図とか百年早ええわ。

「ねえ、聞いてるの？」

「うるせえな、お前に関係ねえだろ！」

盛大に舌打ちすると、差し出された牛乳を置いたままベンチを立った。

「俺はプロゲーマーになる。学校なんてくだらねえ。絶対にゲーム界のヒーローになるんだよ！」

小橋の視線を背中に感じる。しかしそれを無視して歩み去った。

最悪。なんだあの女——

イライラする。

もう午後の授業はサボろう。

一輝はパンを齧りながら校門のほうへ歩いていった。

3

一輝は幼いころからゲームにはまってきた。

まだ物心つく前に母親はオヤジと別れてシングルマザーとして一輝を育ててきた。昼はスーパーのパート、夜はスナックで働いている。

ゆえに一輝はずっと〝鍵っ子〟だった。

小学校も中学校も、学校が終わって家に帰ると誰もいない。自分で鍵を開けて中に入り漫然とテレビや漫画を見て過ごす毎日だった。

しかし小学三年の誕生日、さすがに母親も不憫に思ったのだろう。独りで過ごす日中が退屈にならないようにとゲーム機を買ってくれたのだ。

ゲーム本機と同時に買ってくれたのが、当時発売間もなくで大ヒットしていた「トランス・ファイターV」だった。

そこからゲームにはまり瞬く間にコツを摑んだ。当然ネットに繋いでオンラインで対戦もできるため、放課後はずっと世界中の相手としのぎを削っていた。

同じくゲームにはまっている友達がゲーセンに誘ってくれるようになると、一輝のホームは文字通りの家ではなくゲーセンになったのだ。

以来、勉強などそっちのけでゲーム三昧の毎日を送っている。徹夜でやるなんて当たり前。一日十二時間以上、寝るときと食べているとき、そしてたまに学校に行くとき以外はゲームをして過ごしていた。

今ではこの街に自分に敵う相手はいない。この間のようなイカサマをされなければ絶対に負けない自信があった。いま十六歳だが世界で活躍する第一線のプロゲーマーたちはみんな若い。一輝の活躍を耳にしていくつかの事務所からオファーも来ている。

高校くらいは行っておけと言われて入学したがやはり無駄だった。このまま惰性で高校生活を送っていても意味がない。母親には悪いがやはり中退しようかと本気で悩んでいた。

自分は天才だ。

いずれ天下を獲る。

そのためには学校など邪魔だ。

辞めればゲームに専念できる。

ホームグラウンドは学校じゃない。ゲーセンだ。

プロゲーマーになってスターへのぼりつめる。

一輝はそう心に誓っていた。

つい先日、行きつけのゲーセンで騒動を起こしたのでさすがにそこには行きづらい。日曜の今日、一輝は朝から隣町のゲーセンに顔を出していた。

いつものところに比べると建物はボロいしゲーム機もひとつ前の型ばかりだ。しかし人気機種のトランス・ファイターだけは最新バージョンが置いてある。業界内では〝イッキ〟として名の通った一輝が店に来ると、早くも数人のギャラリーが周りを囲んでいた。

今日はマネーマッチはせずただの野試合だ。ホームグラウンドではないこの店でフリーで対戦している。あっちの店ほどの強者はいないが肩慣らしにはちょうどいい。連戦連勝は当たり前。自分のライフをどこまで減らさずに完勝するか。ただそれだけを追求していた。

『ソウヤ、WIN!』

一輝の操るソウヤが烈風投掌拳を炸裂させると、相手のガリューが盛大に吹っ飛ぶ。

ライフ0。

勇ましい効果音楽とともにソウヤの勝ちが告げられる。

オープン時から始めてもう何十連勝しただろう。

それでもまだまだ疲れはない。

次の対戦相手が対面に座るのを待ってふたたび試合をスタートさせた。

ところが今度の相手は極端に異質だった。

一輝に挑んでくるのはある程度腕に覚えのある者ばかりである。

ところがこの相手は素人臭いのだ。

キャラクターの設定に戸惑っている。ようやくゲームが始まったと思ったら意味不明な動きを繰り返す。明らかにどのボタンでどう動くか試している様子なのだ。

ゲーム筐体は向かい合っているが、席は小さな個室のようになっているため相手プレイヤーの顔は見えない。それでもゲーム初心者であることは明らかだった。

「ド素人が！」

一輝は筐体の中でそう毒づくと、そんな相手にも容赦なく攻撃を仕掛けた。

こんな奴にコンボは必要ない。単純な蹴り技でフルボッコしてやる。

宣言どおりに一方的に攻撃して瞬殺する。

ところがゲーム終了直後、プレイヤー席に座る一輝を相手が覗き込んできた。

また喧嘩か——

先日の悪夢が甦る。

しかし目の前にいたのは知っている顔だった。

「上山くん、私でした！」

クラスメイトの小橋が悪戯っぽい顔で笑っている。

一輝はまた面倒臭い奴が来たと舌打ちした。

「なんでお前がこんなとこにいんだよ」

「ちょっと興味があってね。このへんのゲームセンターにいると思って捜してみたの。

――上山くんがハマってるゲームってこれでしょ？　そんなに面白いの？　ちょっと難しすぎるよ」

小橋はそう言って一輝のコントローラーを触ってくる。

「なんであんな動きができるのよ。ちょっと私の機械とは違うんじゃない？」

「うるせえな。そんなわけねえだろ。俺の周りをうろちょろすんなよ」

気づけばすでにお昼を過ぎている。

開店から二時間ずっとプレイしっぱなしだった。疲れはないがちょうどいい。うるさいのが現れたし潮時だ。

一輝はそう思いゲーム機から立ち上がる。足早にゲーセンをあとにした。

「ちょっと待って！」

小橋が後ろからついてくる。

「どこ行くの？」

一輝は歩きながら、顔だけ振り向いて舌打ちした。

「なんなんだよお前。メシだよ。いちいちついてくんなって」

久々に来たゲーセンだが、来たときにはいつも立ち寄るラーメン屋が近くにある。一輝好みの醤油とんこつだ。たっぷりの背脂はパンチがある。

すぐに店の前に着き小橋を追い払おうとする。しかし彼女が急にはしゃぎだした。

「あ、ここ知ってる！　この間雑誌で紹介されてたよね。私も食べてみたかったんだ」

ほらほらと言って自分のスマホをかざしてくる。そこには雑誌のＷＥＢ版で紹介されているこの店の記事が出ていた。

厚かましいとはこいつのことだ。

とはいえ食べたいという客を同じく客の自分が追い払うわけにはいかない。たまたま知り合いが居合わせただけと思うしかない。

一輝は心底面倒臭そうな顔を向けると、「勝手にしろ」とつぶやいて暖簾をくぐった。

カウンター席に並んで座るとほどなくして二人の注文の品が出来上がった。

「お待たせしました！」

カウンターの上で旨そうな湯気を上げている。一輝は「背油横綱級　超スタミナ醬油とんこつラーメン大盛」、小橋は普通の「醬油とんこつラーメン」だった。お昼には少し遅めの時間帯だからか、人気店にもかかわらず店は比較的空いていた。

「美味しそう。いただきます！」

小橋がヘアゴムで長い髪をひとつにまとめる。割り箸をさいて手を合わせると思いのほか豪快に麺をすすりはじめた。

「あ、ホントに美味しい。上山くんも早く食べなよ。のびちゃうよ」

お節介め。一輝は眉間にしわを寄せながら食べはじめた。

とはいえやはり旨い。この界隈ではもっともこってり系の味で一輝の好みにぴったりだ。大盛は普通のラーメンの二倍の麺が入っていたが瞬く間に減っていった。

ふと横を見ると小橋もチャーシューや煮卵をゆっくり味わいながら箸を進めている。こんなこってり系な味よく食えるなと思う。店はガテン系の男たちばかりである。小橋と同じような年頃の女子は一人もいなかった。

「そういえばこの間学校で聴いてた曲、これだよね」

三分の二ほどを一気に食べ終えたころ、小橋が急にそう言ってスマホで音楽配信サイトを見せてくる。そこには一輝が大ファンのバーチャルシンガーの新曲が表示されていた。

「私もこのアーティスト大好きなんだ。最高だよね！」

聞いたとたん一輝は箸を止める。

意外だった。今日二度目の驚きだ。

まさか小橋のような優等生がこんな攻撃的な曲を好むとは思わなかったのだ。

とはいえ自分の好きなアーティストを好きと言われれば嬉しい。

「まあな。これマジで神曲だと思ってる」

「だよね。あとこれも良いよ」

小橋がこの新曲を作詞作曲したアーティストの違う曲名を告げてくる。

それは一輝がこの新曲の次に好きな曲だった。

「なかなか分かってんな」

「ふふ。新曲の『畢生よ』とは違って暗くて悲しいメロディだけど、私は好き。最後の『生きろ。』っていうのがイイよね。なんかすべてを肯定されてるみたいで」

「だな……」

こいつ、自分と同じこと考えてやがる。

ふと我に返り改めて麺をすする。

なんで俺はこんな奴と音楽談義をかましてんだ。

ところが、頭の中で毒づく一輝に小橋がとどめのセリフをつぶやいた。

「今年の夏休みにワンマンライブやるらしいよ」

「マジか！」

思わず箸をカウンターに叩きつけて叫ぶ。大人気にもかかわらずめったにライブをやらないアーティストだ。前回のライブは伝説になっている。一輝もファンになった直後で行きたかったが、見事に抽選で外れたのだ。

「うん。来週チケットが発売になる。私買うつもり。大人気だからソッカンだと思うけど、上山くんのも買っとこうか？」

その誘いに一輝は抗うことができない。

「お、おう、頼むわ――」

気づけば、完全に小橋のペースにはまっていた。

4

その後、小橋は見事ライブのチケットを二枚ゲットした。

お手柄の小橋が「一緒に行こう」と言うのを、一輝は「面倒臭え」と言って渋ったが、内心は行きたくてしょうがなかった。素直になれない一輝は小橋に「一緒じゃなきゃチケットあげないよ」と笑いながら言われ、しぶしぶ納得するフリをしたのだった。

ちょうどそのときマネーマッチによって懐も温かかったし、一輝はカッコつけて二人分のチケット代を小橋に渡したのである。

ライブは思っていた以上に盛り上がり大満足だった。ライブ終わりに二人でメシを食いその日はそれで別れた。

一見正反対のキャラクターだが小橋とは何かと話が合う。好きなアーティスト、芸能人、本、映画、食べ物、ファッション、それに笑いのツボまで……

そして決定的だったのは二人が似たような境遇だったことだ。

小橋も幼いころに母親が亡くなり父親の実家で暮らしているという。祖父母こそ家にいるので一輝とは違い鍵っ子ではないが、片親という寂しさは同じだったのだ。

「なんで俺に声かけたんだよ」

一度、小橋にそう訊いたことがある。ほとんどしゃべったこともなかったのに、昼メシを食べている自分に声をかけてきたのが不思議だったのだ。

すると小橋は笑いながら言った。

「だって、同じ匂いがしたから」

「は？　俺と小橋が？」

慌てて鼻に制服の袖をくっつける。

「ははっ、体臭のことじゃないよ。雰囲気のこと」

笑われて顔が赤くなる。小橋は続けた。

「独りでランチしてたじゃない？　昔の私と同じだなって……。上山くんと中学が同じの子に聞いたよ。お母さんと二人暮らしなんだってね。私も、母親いないんだ。中学時代もなんか友達関係なじめなくて、気づくといつも独りだったの。お節介って言われるかもと思ったけど、この人なら私の気持ち分かってくれるかなって。別に同情とかじゃないの。私が、寂しかっただけ」

そう言って静かに笑っていた。

その後、ライブ翌週にあったeスポーツの大会に一輝は参加したのだが、小橋はそれにも応援に来てくれた。惜しくも優勝を逃したが、プロゲーマーも交じった大会で準優勝だった。一輝は不満タラタラだったが、小橋は大袈裟なくらい喜んでくれた。

夏休みが終わり学校が始まると、サボる一輝を小橋は本気で怒ってくる。毎度毎度そんなだから一輝も仕方なく学校にだけは行くことにした。

お昼休みにあいかわらず総菜パンを齧っていると必ず小橋が現れる。時には自分が握ったというおにぎりを分けてくれることもあった。

小橋は一輝のゲームの話を真剣に聞いてくれていつしか知識だけは豊富になっていた。たまにゲーセンでプレイすると以前と変わらずメチャクチャ弱い。どうやらセンスはないようだ。それでも大会があるたびに応援に来てくれる。

こうして夏が終わり、秋になり、そして年末、年明け――

一輝は、小橋といるときは自分がよく笑っていることに気づく。

いつしかクラスメイトたちは二人をカップルとして扱っていた。

ところが、高校一年ももうすぐ終わろうとしていた二月のことだった。

平日の夜、珍しく一輝が家のアパートで独りカップラーメンを食べているとスマホが鳴った。画面には『小橋結衣』と出ている。

「もしもし結衣、どうした？」

しかし、自分からかけてきたくせに一瞬静まり返る。

「結衣？」

『あ、ごめん。一輝、明日からちょっと学校休む』

さんざん自分のサボりを怒ってきた結衣だ。当然彼女が学校をサボることなんてない。たぶんここまで皆勤賞のはずだ。

そんな結衣が休むという。

「どうした？　何かあったのか？」

『……うん、実はさっき警察から電話があってね——』

そこまで聞いて胸騒ぎを覚える。

これまで何度も警察の厄介になってきた。その単語を聞くだけでドキッとしてしまう。

結衣は静かな声でつぶやいた。

『お父さんが、死んじゃった……』

聞いた瞬間スマホを落としそうになる。まだ一度も会ったことはなかったが、話に聞く結衣の父親は穏やかな人物だった。以前写真を見せてもらったことがある。結衣と並んで撮られた写真には優しそうな紳士が写っていた。

聞けば、東北地方への出張で乗っていた長距離バスが、アイスバーンになった高速道路で横転し谷底に転落したらしい。

結衣が淡々と事故の経緯を伝えてくる。

ひとしきり聞いたあと一輝はつぶやいた。

「大丈夫か？　なんか手伝えることがあれば――」

『ううん、大丈夫。急だったから驚いたけど、おじいちゃんたちもいるしね。それより一輝はサボり過ぎて単位ギリギリなんだから、必ず学校に行ってね。うるさいのがいないからってサボってゲームセンター行ったらダメだよ』

こんなときに冗談を口にして小さく笑う。

葬儀の予定だけ告げると、最後に『本当に大丈夫だから』ともう一度つぶやいて通話が切れた。

5

翌日も、翌々日も、一輝は結衣の言いつけどおりに登校した。

確かに単位ギリギリだ。あと少しでも休めば進級できない恐れもある。

しかし一輝は授業が頭に入ってこなかった。

今日は結衣の父親の葬儀当日である。クラスからは、担任の先生と男子の学級委員長が式に参列していた。

あれから結衣からの連絡はない。忙しいだろうからと一輝も自分から連絡を取ることを控えていた。

夕方になり最後の授業がもうすぐ終わる。昼から葬儀と言っていたからもう終わっているだろうか。結衣のことだ。弔問客に気を遣って疲れていることだろう。今日は連絡をせずそっとしておいたほうがいい。明日は幸い土曜日だ。落ち着いたところで連絡してみようか。

一輝は教室の窓から西の空に沈んでいく夕日を眺め、ぼんやりとそんなことを考えていた。

先日の結衣の電話を思い出す。

父親が亡くなったというのにずいぶんと冷静な声だった。

結衣は母親とは死別し、兄弟もいないから祖父母や父との四人家族である。仕事で忙しい父親は家にほとんどいないので、おじいちゃん子、おばあちゃん子なのと言っていた。〝年寄りっ子は三文安い〟って言われちゃうねなどと自虐ネタをかましていた。

あまり接点のない父親。その父親が亡くなった。哀しくないはずはない。でも思春期の女の子にとってはそんなものなのだろうか……

ところがそこでふと、昔の会話を思い出した。

父親の写真を見せてくれよと言ったときのことだ。

『お母さんが亡くなったとき、お父さんが私をずっと抱きしめてくれたの。小さかったからお葬式とかはよく覚えてないんだけど、そのことだけはしっかり記憶がある。お前のことはパパが一生守るよって……。最近ゆっくり話せないけど、私、お父さんのこと大好きなんだ』

ファザコンかもね——そう言っておどけていた顔が浮かぶ。

その顔を思い出したとたん一輝は頭を抱えた。

そんな結衣が、大好きな父親の急死を冷静に受け止められるはずがない。

あのときの電話は、俺を安心させて、学校へ行かせるための演技だったのだ。

どうしてそれに気づかなかったんだ。

『大丈夫』という言葉を信じて一度も連絡しなかったことを後悔する。俺はバカか。あの妙に元気な声が逆に心配だ。

そこでちょうど六時間目の終業ベルが鳴る。

一輝は帰りのホームルームを待たずダッシュで教室をあとにした。

一輝はいつも自転車通学だ。家から学校までは十数分の距離である。

大急ぎで学校の駐輪場から飛び出す。葬儀場は駅を挟んで学校の反対側だ。チャリで三十分以上はかかるだろう。途中、一輝の自宅アパートのそばを通る。ふと思いつき、いったん家に寄って通学バッグを放り出すと、代わりにいつもプライベートで使っているリュックを背負った。

ふたたびチャリに乗って葬儀場へ急ぐ。

ようやく到着すると、市営斎場の入口には『故・小橋悟志　葬儀会場』と簡易看板が掲げられていた。

駐輪場を無視して入口のそばにチャリを置く。屋内に入ると数人の喪服を着た人たちとすれ違う。人の流れに逆らうように会場に到着すると、すでに葬儀は終わっていた。数人の男たちが立ち話をしている。

「あの……」

年配男性の輪に声をかける。するとそのうちの一人が一輝の学生服姿を見て応えた。

「結衣ちゃんのお友達かい？　来てくれてありがとうね。でももう葬儀は終わったんだ。先生たちもさっき帰ったよ」

訊けば、喪主を務めた結衣の祖父だという。これから場を移して参列してくれた人たちとお斎《とき》をするとのことだった。

しかし聞きたいのはそこじゃない。

「結衣は？」

祖父は「ああ」とつぶやいて続けた。

「結衣は疲れてるようだったから先に家に帰したんだ。事故の連絡があってからほとんど何も食べてないんじゃないかな。もしかしたら眠れてないかもしれない。パパっ子だったからね。相当辛いと思うよ」

言いながら祖父は目元を潤ませている。

その言葉を聞いた瞬間、一輝はふたたびチャリに飛び乗った。

葬儀場を出た一輝は多摩川沿いをさらに北上していた。

あたりはすでにうす暗くなり夕陽のかすかな光が川面に反射している。見晴らしのいい川沿いは風が強い。二月の凍てつく風が頬を刺す。それでも上気した身体に寒さは感じない。結衣のことが心配でただ必死にペダルを漕いだ。

家に近くなりスマホの地図を開く。結衣の家にはまだ一度も来たことがない。聞いていた住所を頼りに初めてやってきたのだった。

地図アプリを頼りに住宅街の路地を縫うと、現在地と目的地のマークがようやく重なった。

スマホから顔を上げる。目の前には古びた和風の一軒家が佇んでいた。

表札に『小橋』とある。ここだ。

一輝は家の壁沿いに自転車を停めると、門をくぐり玄関口まで入っていく。古風なチャイムに手をかけた。

間延びした電子音が家中に響いている。しかし反応がない。もう一度押すとようやく中から人の気配が伝わってきた。

チャイムに通話機能はない。玄関のすりガラス越しに人影が見えてくる。その影が横開きの戸を開けた瞬間驚きの声を上げた。

「一輝、どうしたの？……」

そこには疲れた顔の結衣が立っていた。

顔が異常なほど白い。目の下にはくっきりとクマができている。心なしか顎が尖っているように見えた。この数日でずいぶん痩せただろうか。

「葬儀場に行ったら、おじいちゃんがここだって……」

結衣が静かにうなずく。

「葬儀、来なくていいって言ったのに。学校はちゃんと行ったの？」

「ああ、行ったよ。授業が終わってから来たんだ。……それより大丈夫か？」

やつれた顔を見て結衣に訊く。結衣は静かに笑ってつぶやいた。

「うん、大丈夫だよ。おじいちゃんたちはこのまま朝まで一緒なんだって。私はちょっと疲れちゃったから先に帰ってきたの。もう寝ようかと思って……」

「……ちゃんと食べてんのかよ」

「うん、食べてるよ」

嘘だ。祖父が言っていた。たぶん何も喉を通っていない。目の下のクマがずっと眠れていないことを証明していた。

こんなときまで周りに気を遣うのか。

このままでは倒れてしまう。

なんとかしなきゃ。

しかし高校生の自分にできることは少ない。

ここに来るまでの間、チャリを漕ぎながらずっと考えてきた。

会って、どうすればいいのだろう。

しかし結局大した答えは出ない。

唯一思いつくのは、あのとき、結衣が自分にしてくれたことと同じことだった。

一緒にいよう――

独りでパンを齧っていたとき、結衣が声をかけてくれた。

あのときはただウザいだけだと思ったが今なら分かる。

あのときの俺にとってそれがどれだけありがたかったか。

ただ一緒にいてくれるだけのことがどれだけかけがえのないことか。

なら自分も同じことをしようと思ったのだ。

それでも、結衣と違って一輝は素直にその言葉が出てこない。

そこで、その気恥ずかしさを隠すために一輝は家からある物を持ってきていた。

背中のリュックを下ろして結衣の前にかざす。

結衣はそれを見て不思議そうにしていたが、一輝は一言つぶやいた。

「一緒にゲームやらねえか」

家から持ってきたのは家庭用のゲーム機とソフトだった。

そこでふと気づく。なんでちゃんと説明できないんだ。このセリフだけを聞いたら、こんなときに遊びに誘うただのイタい奴だ。

「ごめん、そんな気分じゃないよな——」

ところが、それを聞いたとたん目の前の結衣が顔をくしゃくしゃにして泣き出した。

まるで小さな子どものように。

大きな声を上げて目から大粒の涙が溢れていた。

大好きな父親の死を必死に堪えていたのだろう。

周りに迷惑がかからないように。

周りを心配させないように。

涙でさえずっと堪えていたのかもしれない。

その結果、眠れず食べられない日が続いてしまったのだ。

そのことに気づかなかった自分が情けない。

この半年、ずっと一緒にいたのにそんなことにも気づけないなんて。

悲しみと後悔で一輝の目からも涙がこぼれる。

結衣は玄関先で一輝に抱きつくと、ただひたすら泣き続けていた。


そのあと結衣の涙が落ち着くと、一輝はリビングのテレビに持ってきたゲーム機を繋いだ。

ダイニングテーブルの上に食事の形跡はない。やはり結衣は何も食べていないのだろう。

日が暮れて寒さが足元から這い上がってくるというのに、部屋には火の気すらなかった。

ストーブを点けてリビングに置く。テレビの前の床にくっついて座り込み、一枚の毛布に二人で包まった。

「結衣もやるか？」

コントローラーを手にして訊くと結衣が小さく首を横に振る。

つぶやいた。

「一輝のを見てる」

一輝がプレイを始めると結衣が一輝の肩に頭を載せてくる。

しばらくは静かにゲームをしていたが、一ゲームが終わったところで一輝はポツリとつぶやいた。

「気づいてやれなくてごめんな。俺てっきり平気だと思って……」

結衣は黙って聞いている。肩ごしに顔を覗き込むと、頬に涙のあとがくっきり残っていた。

悔しさと情けなさ、そして愛《いと》おしさが一輝の中にこみ上げてくる。

涙のあとを見て一輝は誓った。

俺はプロゲーマーになって世界一になる。

そしてこいつを幸せにするんだ。

「ずっと、一緒にいてくれよ」

一輝がぼそりとつぶやいた。いままで成り行きで付き合っていたが、一度も口にしたことのない告白だった。

ところが直後、結衣の頭が上下に揺れはじめる。一輝のつぶやきに反応はなく、呼吸のたびの身体の動きだけが、肩から静かに伝わってきた。

いつのまにか眠ってしまったのだろうか。

どこまで聞いていたか分からない。

しかしそれでもいいと思った。
これから先、いくらでも言う機会はあるだろう。
一輝は小さく息を吐くとそっとゲームの音量を下げる。
そのまま、結衣の眠りを妨げないように、夜遅くまでゲームをし続けた。

この物語はフィクションです。実在する個人・組織・事件等とは一切関係ありません。

初出
単行本『俺の残機を投下します』二〇二〇年七月　小社より刊行
「ＳＴＡＧＥ．０　―十六歳、出会い―」二〇二〇年六月にＷｅｂ河出にて公開

俺《おれ》の残機《ざんき》を投下《とうか》します

二〇二四年 七 月一〇日 初版印刷
二〇二四年 七 月二〇日 初版発行

著 者 山田《やまだ》悠介《ゆうすけ》

発行者 小野寺優
発行所 株式会社河出書房新社
〒一六二‐八五四四
東京都新宿区東五軒町二‐一三
電話〇三‐三四〇四‐八六一一（編集）
〇三‐三四〇四‐一二〇一（営業）
https://www.kawade.co.jp/

ロゴ・表紙デザイン 粟津潔
本文フォーマット 佐々木暁
本文組版 KAWADE DTP WORKS
印刷・製本 中央精版印刷株式会社

Printed in Japan ISBN978-4-309-42123-0